一品仵作

捌

MY FIRST CLASS CORONER

鳳今

目錄

第一章

再入虎口

夤夜更深，馬踏山河，官道上的火光一路向南，漫過一山又一山，沙塵十里不絕，寒露凝溼了衣甲。

御林軍盯住前方，目光一刻不移。

前方的身影似一匹流霞，乘風而去，沒入寂暗裡，難追難尋。

李朝榮滿眼憂色，都督失蹤已有半日，陛下一向隱忍自持，本以為世間無事能驚著他，卻終究有事驚了他。

這時，忽聽前頭一聲長嘶，步惜歡勒馬，馬蹄踏得沙飛石走，待揚塵散去，才看見馬前跪著個人。

月影將一物呈過頭頂。「啟稟主子，月殺傳信，大遼使臣攜通關文書率王軍進了越州，但遼帝不在其中。月殺折回，在西岔路發現了可疑，而後在翠屏山裡發現了此物。」

李朝榮舉著火把上前，火光將步惜歡的掌心照得雪亮，月影呈來的是一塊血跡斑斑的碎布，應是從衣袍上撕下來的。

步惜歡險些墜馬，驚得神駒低嘶一聲，嘶聲未落，男子忽然縱身掠去。林海深深，星河無邊，他落在火光難以照及的林海深處。

少頃，一塊染血的布隨風送入韓其初的掌心裡，男子的聲音從遙遠的林海中傳來，無比清晰——

「急行軍，麥山！」

「你怎知她在麥山？」

翠屏山裡，兩人撥草奔行，猶如蛇影。烏雅阿吉緊隨月殺，怎麼也想不通。

「布上畫著一口血棺，棺蓋開著，畫外音是『開棺』。她曾在麥山上開棺驗屍過，鄭家在麥山下的村子裡，鄭當歸是郎中，她十有八九受了傷。」月殺道。

烏雅阿吉嘖了聲：「看不出來，越隊長有斷案之才。」

「你的話太多了。」月殺心急如焚，步速飛快。

其實今夜實屬走運，這時節樹剛發芽，老樹枝頭並不茂密，他們折回後一路高行，這才發現了掛在枝頭的布。

烏雅阿吉道：「以為小爺樂意聒譟？好心沒好報！」

這人身中兩箭，要沒個人閒聊，神仙也撐不到此時！

話音剛落，月殺忽然停下。

清風拂面，送來幾聲犬吠，烏雅阿吉撥開老枝，見星河懸空，點亮了小村，一間老院子孤零零地坐落在山下與小村之間，院前掛了盞白燈籠。

——義莊。

義莊裡，房門關著，燭火已熄，屋裡卻有人聲。

「小人不敢欺瞞大汗，這附近真沒郎中。」說話的正是義莊的守門人。「要想找郎中，得翻過麥山，山下有一村，村中有戶人家姓鄭，祖上在京城裡是開藥鋪的，還出過御醫。小的認得路，可將人請來，只是需些時辰。」

黑暗裡顯出一道英挺的輪廓，王衛們望向呼延昊，心道：把郎中綁來，天都要亮了，萬一暴露行蹤，恐對大汗不利。

守門人急於求活，接著道：「鄭家和小人有些淵源，鄭郎中他爹十幾年前給人醫治牙疾，被歹人所害，屍體從井裡撈上來時都泡爛了，衙差不肯近身，是小人把屍體給收殮入棺的。鄭郎中念此情分，待小人還算有禮，小人定能將人請來。」

話剛說完，就聽腳步聲從棺前而來，一步一碾，炭碎如骨斷，踏水似蹚血。

「你說十幾年前，藥鋪牙醫，死在井裡？」那聲音如刮人之骨，令人不寒而慄。

「是！」

「可開過棺？」

「開過！是那位名滿京城的英睿都督開的棺。」守門人不知暮青便是英睿，只聽見遼帝一笑，像是開懷，又森涼至極。

「帶路！」

鄭家莊。

一間老院子裡飄著藥香，東屋榻前攏著素帳，榻上之人面白清瘦，靜臥之態如青竹迎風，雖在病中，猶不減凌霜之姿。

婦人的目光落在榻腳那身殘破的戰袍上，一個孩童守在一旁，身穿胡袍，手裡握著把彎刀，刀未出鞘，眼神卻讓人想起山裡的狼。

胡人的孩子……

「咳！」

屏風外傳來一聲咳嗽，婦人嚇了一跳，轉身時腰身圓隆，竟已有孕在身。

鄭當歸端著藥碗，見妻子出來，低聲道：「藥已放溫了，姑娘可睡了？」

「睡了。」蘇氏將藥碗放到桌上，拉著鄭當歸到了院子裡。

鄭當歸心知所為何事，安撫道：「有娘和為夫在，妳莫擔憂。」

「可妾身瞧這姑娘姿容非凡，非尋常人。」

「正因如此，她的話才有幾分可信。」尋常女子怎敢漠視禮法，從軍為官？再說那三品將袍、都督府的腰牌和水師的兵符都是貨真價實的，一個女子怎有本事竊得軍機要物，又怎能詳述那日開棺之事？

「夫君可有想過……」蘇氏瞥了眼屋裡，壓低聲音道：「女子為官乃是死罪，收留要犯，罪當連坐！」

鄭當歸看向蘇氏，蘇氏羞於迎視，但當她看見隆起的肚腹，不得不將愧意埋入心底。「公公過世得早，婆母含辛茹苦撫養二子成人，如今夫君有良醫之名在外，小叔寒窗苦讀多年，只等使些銀錢便可拜入名士門下謀個官職。婆母年事已高，妾身腹中尚有未出世的孩兒……夫君，都督有恩於我們，難道我們就該拿一家老小的性命去還？」

鄭當歸無言以對，蘇氏見他有所動搖，又道：「都督理應視胡人為敵，為何會帶個胡人孩子在身邊？夫君，公公可是死在胡人手裡的。」

蘇氏之言皆在理上，鄭當歸心中矛盾，一時難做決定，只道：「且讓姑娘將藥服了吧，待她醒來再問就是。」

「夫君！那姑娘遍體鱗傷，必是遭人追捕，逃來此處的。追捕她的若是官府之人可如何是好？此事當早做決定！」蘇氏苦言相勸，話音剛落，就聽房門吱呀一聲開了。

「我倒是盼著官府兵至，可惜今夜若有人來，多半會是遼兵。」暮青迎風立在門口，傷病纏身，卻不減鋒芒。

蘇氏難掩慌亂，鄭當歸滿臉愧色。「暮姑娘……」

「今日有亂黨趁觀兵大典之機在京中生事，午時城門就關了，我被遼帝劫出城去，幸得小王孫相救才得以逃脫，因有傷在身，故而來此。」暮青隻言片語便將事情說了，這番話聽在鄭家人耳中卻句句如雷。

「我已將遼兵引去官道，但的確不敢保證此計必成，此行是我思慮不周，就不再叨擾了，就此別過。」暮青說罷出屋，來得突然，走得乾脆。

「姑娘留步！」鄭當歸急忙出聲留人。「附近是深山老林，姑娘能去何處過夜？」

「你無需知道。」

「可姑娘有傷在身，燒熱未退，體內積有寒毒。春夜寒重，在外過夜，恐怕……」

「你既不敢留我，說這些又有何用？莫非關切幾句便可無愧？」

鄭當歸面紅耳赤，暮青折回屋中，將湯藥飲盡，復又出了屋。

「人命無貴賤，親恩大過天，何需有愧？驗屍平冤乃我一生之志，不為施恩於人，你無需覺得虧欠。如若有愧，這碗湯藥足矣。」暮青走向院外，夜風留不住遠去的身影，只留下隻言寡語：「多謝，別過。」

「都督！」院門開時，鄭當歸從屋中抱出一件大氅。

這聲都督，無比確信——雖然不熟，但世間能言命無貴賤之人，氣度胸懷非他人能仿。雖是女兒身，亦改了容顏，但世間不會有第二個英睿都督。

暮青轉身，見鄭當歸跪在院中，滿臉愧色，指向南邊。

「此去向南，半山腰上有間祠堂。這大氅是獵戶用老狼皮縫製的，這些年寒冬時節，在下行醫路上全靠此衣禦寒，都督若不嫌棄，還請披上，切莫受寒。」鄭當歸將大氅奉過頭頂，誠心相送。

暮青沉默片刻，折返收下。「大恩不言謝，若今夜無事，日後定當奉還，別過。」

說罷，一大一小便走出鄭家，沒入了夜色。

暮青攏著狼皮大氅，風侵不進，卻體力不支。她從山溝裡拾了根木棍借力，呼延查烈背著只包袱，裡頭裝的是那身破戰袍。

「阿爹說過，善良會將人變成羊羔，要麼被人宰殺，要麼被狼群啃食。」

「那你阿爹沒教過你，塞翁失馬焉知非福？」

「塞翁？」

暮青聽著呼延查烈疑惑的聲音，忍不住一笑，覺得這才是稚子該有的樣子。於是，她邊爬山邊話塞翁，一大一小兩道人影在崎嶇的山路上慢慢前行，待典故講完，一抬頭已看見了祠堂。

祠堂並未上鎖，坐向避風，比山道上暖和些。

「妳覺得他能找來這裡嗎？」呼延查烈眉頭深鎖，塞翁失馬焉知非福，來山中看似是找罪受，但興許能避禍端。

也就是說，她覺得呼延昊有可能會找來？

「以我對他的瞭解，他定會派人去官道，但世間之事沒有絕對，我當然希望他不要找來。」暮青道。

呼延查烈指著山下問：「如果他找來，妳覺得那家人可靠？」

暮青沒答，因為答案顯而易見，她只是順著呼延查烈指著的方向望向山下。

這一望，她不由愣了愣。

夜色更深，星河如畫，村中不見燈光，唯有村南一座院子裡亮起了一盞燈，燭光細若螢火，似乎游移了一段路，而後停了。

那是鄭當歸家的院子。

鄭家來人了？

暮青正猜著，只見燭光乍盛，而後乍滅。
呼延查烈警惕地問：「來人了？」
「何止？只怕來者不善。」暮青寒聲道，那燭光不對勁。
「是他！」呼延查烈憑直覺道，他退進祠堂裡，背上小包袱就奔了出來。
「我們不能留在這裡，去哪兒？」
鄭家人不可靠，一定會供出他們藏在此處，現在走還來得及。
但呼延查烈走了幾步，沒聽見腳步聲跟來，不由回身望去，見暮青仍在原地。
祠堂外的老樹發了新芽，暮青在樹下披著大氅迎風而立，一襲素裳上落著細碎的光影，彷彿天闕山河皆負於肩頭，又彷彿一縷清風，隨時可乘風化去，死生不復尋。
呼延查烈忽然生出害怕的情緒，小心翼翼地問：「妳走不動了嗎？」
令他安心的是，樹下之人走了出來，他鬆了口氣，卻聽那人道：「我還有下山的力氣，你就不必與我同路了。」
「下山？」
「是。」
「救人？」

「嗯。」

「妳是不是蠢！」呼延查烈怒問。

暮青笑了笑，在孩子面前蹲了下來，說道：「我下山後，你安心在祠堂裡過夜。呼延昊對我志在必得，我自有辦法讓他無暇他顧。若天亮後我沒能回來，你就原路折返，回到官道，見機行事。」

暮青把腰牌和兵符遞了出去。「我有件事託付給你，把這兩樣東西交給大興皇帝，還有……」

她撫上簪子，指尖的涼潤感將她帶回那年初夏，斷崖山頂，老樹之下。這支翠玉竹簪是他為她備的生辰之禮，她從沒想到會有送還之日。「此物你帶上，見到他，就說是我所託，他會保全你，你信他便可。」

暮青將三樣東西交給呼延查烈，而後起身北望，決然走遠。

鄭家的主屋裡亮起一盞油燈，八口人被綁成一團，面色驚恐。

呼延昊拿彎刀撥著燈芯，東西屋裡傳來翻箱倒櫃之聲。少頃，兩個王衛前來稟道：「大汗，沒發現人。」

鄭家人聽不懂胡語，卻見呼延昊森然一笑。

刀仍在火上烤著，呼延昊看刀不看人，只問：「人在何處？」

老仵作以為呼延昊問的是郎中何在，於是笑道：「回大汗，鄭郎中在……」

嗤！

話音未落，血線一揚，老仵作血濺三尺，潑了鄭當歸一臉。

呼延昊將刀遞進火裡，滋啦一聲。

王氏兩眼一翻，暈了過去。

「娘！」鄭當歸大驚，剛想撲向娘親，眼前便擋來一只寶靴。

呼延昊道：「藥爐尚溫，她沒走遠。本汗只問一遍，人去了何處？」

鄭當歸這才想起藥爐還在院子裡，於是慌忙答道：「大汗誤會了，小人之妻懷有身孕，院中煎的是安胎藥。」

「安胎？」呼延昊冷笑著看了蘇氏一眼，王衛將蘇氏提來，他將燒得通紅的刀從火上撤下，二話不說，猝然出刀！

鄭當歸喊慢時，刀已劃開蘇氏的衣裳，血色染紅了鄭當歸的雙眼，他急忙呼喝道：「慢！都督在——」

「在此！」這時，一道清音擲來。

呼延昊倏地抬頭，院中無燈，星子滿天，老樹新芽嫩黃，南牆上立著個人，素布為裙，折枝為簪，素衣纖骨弱比春枝，清卓風姿卻勝老松。

這是他第一次見她卸甲，那迎風翻飛的兩袖素白與髮邊簪著的兩葉嫩黃織成一景，此後一生，他常於夢中再見。

「放人，我跟你走。」暮青聲音清冷，澆醒了呼延昊，也澆醒了鄭家人。

鄭當歸哽咽，愧不能語。

呼延昊問：「沒想到本汗能找到妳吧？」

「沒想到。」暮青答，聽起來很誠實。「沒想到你會傷得這麼重。」

看見老仵作，她就什麼都明白了。她逃走時急，只能斷定呼延昊受了傷，卻沒想到他的傷會重到要找郎中的地步，畢竟他有神甲護身。

「妳在關心本汗？」

「當然，我一直關心大汗何時歸天。」

兩人遙遙相望，半夜不見如別經年，語氣頗似老友寒暄。

呼延昊大笑揮刀。「妳該關心的是他們何時歸天。」

暮青大怒。「住手！」

「娘子！」鄭當歸挺身撞向呼延昊，卻被王衛踹倒，一口血噴出，血裡躺著兩顆斷牙，沒掙扎幾下就暈了過去。

蘇氏的衣裙被血染透，一雙兒女止住啼哭，二房夫妻抱著尚在襁褓中的嬰孩，驚恐至極。

呼延昊道：「本汗許妳閼氏之位，妳卻一心逃走，而今回來，以為只要肯出關，本汗就會既往不咎？妳不回來，他們也許還能活命，可妳為了他們而回來，他們反倒非死不可了。」

鄭家人聞言一臉錯愕，蘇氏喉前綁著的麻繩磨破了皮肉，驚恐之下望著屋外罵道：「掃把星！原以為是救星到了，到頭來卻是催命閻王，明知追兵在後，還要來我們鄭家，連累我腹中孩兒，老少八口！」

此話誅心，暮青立在牆頭，身子僵硬。

「不，妳當初就不該開棺！公公已故十餘載，縱然得知真凶，我們百姓人家還能報仇雪恨不成？鄭家血仇難報，都督卻得了斷案如神之名，怎有臉覺得施恩於鄭家？深夜求醫，連累無辜，今夜鄭家如遭滅門，一家老少的冤魂就算化成厲鬼也不會放過妳！」蘇氏咒罵著，神色癲狂。

風聲悲號，老鴰驚飛，暮青彷彿隨時都會跌下牆來。

呼延昊眉峰暗壓，鷹靴微抬，似要奔出門去，卻只在血裡碾了碾，忍下未動。他執刀指著暮青問：「妳可知本汗最不喜歡妳什麼？自初見妳時起，妳就在救人，救西北新軍，救上俞百姓，將軍府裡救諸將，大漠地宮裡救元修。哪回妳不是落得狼狽不堪一身是傷？妳看似聰明，實則蠢不可及！」

話音落下，呼延昊手裡的彎刀忽然指向蘇氏。

蘇氏驚顫不已，鄭家人俱驚！

「這種人有何值得妳救的？」呼延昊手裡的彎刀壓在蘇氏頸旁，麻繩崩斷一縷，刀鋒便近一寸。

蘇氏看見一雙殘暴無情的眼眸，呼延昊扯住她的頭髮，強迫她仰望南牆。「她是仵作，只管洗冤，管妳血仇能不能報！難道替妳查出真凶，還得替妳報仇？無知婦人，貪得無厭！大興皇族為貴，士族次之，寒士三等，平民為末，她生在賤籍，平民不如，依舊能從軍為官替父報仇。鄭家乃寒士門庭，族人尚在，境遇比她不知好上多少倍，報不了仇，妳怪她？貪得無厭的嘴臉可真難看！」

麻繩咻的崩斷一根，僅剩一根纏在刀前，像最後一根救命稻草，隨時都有繩斷人亡之險。

「沒聽見她方才說沒想到本汗會傷得如此重？人命在她眼裡比天還重，她若知本汗傷重會來求醫，就是死在山裡也不會踏進鄭家半步！」呼延昊望進蘇氏驚恐的眼底，森涼地道：「要屠妳鄭家滿門之人是本汗，連仇人都能罵錯，妳這婦人還能蠢到何等地步？難道說，妳不敢辱罵本汗，就把氣撒到本汗的女人身上，欺軟怕硬，嗯？」

蘇氏懼不敢言，顫如風中落葉。

呼延昊的笑像極了惡鬼。「今夜本汗前來求醫，她若被本汗逮個正著，念在你們為她治傷的分兒上，本汗興許還會饒你們一命，只算她逃跑的帳。可你們明知她有傷在身，還攆她進山，本汗倒十分想宰了你們。」

蘇氏的淚珠滾出眼眶，神色錯愕。

呼延昊厭惡地放開蘇氏，問暮青：「這就是妳想救的人，可值？妳想為天下人平冤，天下人不見得感激妳，似這等不識好歹之人天下間不知有多少，他們的冤屈與妳何干？不如隨本汗回大遼，妳我自在逍遙，青史後名由他去，管這世間善惡疾苦！」

呼延昊收刀踏出房門，隔著院子向暮青伸手。今夜本想抓到她後定要嚴懲，但當見到她時，那堅毅不折的風姿讓他想起了阿媽，她像草原女子，卻比草原女子纖弱得多。江南女子溫婉，在他眼裡，她並不溫婉，卻叫他心軟。

所以，讓她看清世間人的貪婪醜惡，讓她棄了那些仁義德善，陪他出關，自在逍遙，不懼惡名。

「不。」暮青的聲音浮弱卻清似山風。「世人辱我欺我乃世人之事，與我何干？我左右不了世人之心，卻可明己之志。我立志平冤，不為青史留名，為的是不負所學，問心無愧。此志不移，死生不改。」

呼延昊手僵在半空，拂袖之聲厲如朔風。「頑固不化！」

暮青道：「大汗與我，終究是道不同，不相為謀。」

「好！好一個道不同不相為謀！」呼延昊縱聲大笑，笑聲裡含著的不知是傲是苦，直教人覺得，這樣的男子一生裡難能可貴的情意都在笑聲裡散盡了。「本汗倒要看看，妳我之道，誰輸誰贏。」

王衛們手舉彎刀，懸在鄭家人頭頂，只待一聲旨意，老少婦孺便可人頭落地。

暮青手裡也有刀，刀刃逼向了自己的脖子。「大汗喜歡比試，那不妨比比看，你我的刀，誰的快。」

呼延昊青筋畢露，怒道：「妳敢！」

暮青道：「我這一生，兩次違志，雖判過錯案，卻錯而不悔。不曾戕害百姓，不曾連累無辜，但今夜我無連累無辜之心，無辜卻因我受累，故而只能以命相搏。」

說罷，暮青昂首，刀刃壓下，殷紅染了雪襟，她問：「鄭家人頭落地，我定血濺南牆！我敢陪葬，敢問大汗可敢殺人？」

呼延昊目光灼人，脣抿如刀。她在威脅他，她深知他需要她以桑卓之名追隨左右，所以才敢拿命作賭。她賭的不是她的命，是他的帝位，是他苦心統一的大遼江山。

「本汗不信妳敢。」話從牙縫裡擠出，呼延昊盯著暮青的手，賭她不敢下刀。她太聰明，他從沒贏過，也不敢信她。他唯一確定的是，她念著大興皇帝，絕不會輕易自刎。

暮青諷刺地一笑，轉頭南望，風自南來，卻捎不來如畫江南的弦音水香。

有件事，她忘了交代呼延查烈——爹葬在汴河城外十里坡上，她曾在墳前立誓，大仇得報後一定起棺回鄉，將爹娘同葬。

也罷，此事想來也無需交代，那人知她懂她，應會代她了此心願，不會叫爹娘墳前老鴰作伴，無食無酒。

那便沒什麼遺憾了……

這一刻，伴在耳畔的是風聲和揚起的刀聲，暮青舉頭北望，望不見巍巍城闕，只想起午後一別，他入內城，她往城下，不曾停留，不曾話別，因為未曾想過那一別便是永別。

而今，再無機會話別，只盼此願乘風翻過山河城闕，入那堂皇金殿，訴與那人聽。

——餘生安好，珍重。

暮青閉上眼，握緊手中的刀，決然一抹！

第二章

上元血夜

盛京宮內，宮燈未掌，百官踏血而行。一個文官跌倒在宮階上，摸到滿手的黏膩，低頭一看，兩眼一翻。

殿前奔下一隊禁衛，扠著人拖去遠處，夜色吞了人影，鐵甲餘聲猶存。

百官屏息入殿，垂首觀地。

鎮國公久不上朝，今夜穿朝服而來，不由想起二十年前上元宮變之景。

元修拄劍而立，寶劍重金為鞘，鞘色斑駁，劍威卻重如山嶽，別有滄桑之感。

此乃持國寶劍，當年大興江山初建，高祖敕造兩劍，一為尚方，一為持國。尚方常伴高祖，持國賜予相府，允開國之相佩劍上朝，直言進諫。

武將進宮尚需卸甲，文臣上朝卻可佩劍，此事只開國賢相一例。

但元家先賢從未佩劍上過朝，而是將其鎖入了供閣，一生不曾取出，臨終前留下遺訓：「文臣之道，諫言不拘，武將之道，持劍戍國。後世子弟當崇文忌武，鞠躬盡瘁，苟利國家，不求富貴。」

那年，元修出入鎮國公府偷習騎射，有一回溜去馬廄牽馬，險些被馬踢傷。那時元貴妃自閉不出，皇子爭儲，嬪妃暗鬥，元修違反祖訓偷習武藝一事被三皇子一黨拿住大作文章，元廣入閣請劍，綁子進宮，要斬幼子。

那年元修五歲，寶劍懸於頭上，竟未驚哭，反向先帝陳請，赦鎮國公府之罪。

那時，百官猜測先帝要除元家，元家如履薄冰，連鎮國公府都受了牽連。金鑾殿上皆是國之重臣，卻盡是見風使舵之輩，唯一人敢作敢為，竟是一個五歲稚子。

赤子之心令人感動，他淚灑金殿，跪請先帝開恩。先帝年邁，卻不糊塗，皇子爭儲，黨爭難平，朝局不宜再亂，於是當殿赦了元修。

一場鬧劇終了，元廣跪地還劍，罪己教子無方，懇請呈還，另覓國士。大興建國至今，開國大姓皆已沒落，元家仍未覆滅，其中正有持國寶劍的原因。交出寶劍，無異於交出丹書鐵券。

先帝得劍，龍心大悅，此後兩年，元家俯首低頭，一副敗落之相。

那年上元夜，南圖遣使進奉歲貢，先帝命人取劍給使臣一觀，意在揚威。誰知使臣見鞘身古舊，竟疑寶劍已鈍。先帝不悅，三皇子劍術最佳，便指三皇子當殿舞劍，以懾屬臣。

三皇子大喜，百官暗猜聖意。

殿內鐘鼓聲揚，寶劍出鞘，其輝如金烏升於地平之初。十式秋明劍法，引得夜風入殿，殿內生了粼粼金波，騰龍九柱如佇天宮。

一式平沙落雁舞罷，三皇子收劍呈還，卻久不見內侍來取，於是誠惶誠恐地跪在大殿中央。

絲竹聲止，殿內靜得落針可聞，半晌後，三皇子仍未聞聖意，這才疑道：「父皇？」

先帝坐在御座上，五彩冕旒，九龍雲袍，眉目慈善，猶如天帝。而御座後，宮人肅立，靜若人偶。

三皇子面色一變，御前侍衛長往先帝鼻下一探，頓時大驚，撲通一跪！這一跪，撞響了先帝駕崩的第一聲喪鐘。

元廣高喊：「拿下刺客！」

禁軍入殿，三皇子提著持國寶劍，百口莫辯，於是斬開禁衛衝出大殿，在乾華廣場上被層層圍住，寡不敵眾，被亂劍刺死。

七皇子與三皇子是同黨，被禁軍架住，黨臣悉數被綁。

元廣手執寶劍，命人嚴閉宮門，看禁百官，以先帝口諭傳召內三軍將領進宮，以防兵亂。

元家先祖曾輔佐高祖謀立大業，元老國公賦閒時亦曾被先帝請回朝中平榮王之亂。回想舊事，每逢危亂，功臣良將裡都有元家人的身影。見遭受排擠的丞相臨危再擔重任，御前侍衛長心生敬佩之情，於是請出尚方寶劍出宮傳旨。

見劍如見君，三軍將領不敢不進宮，然而，當御前侍衛長將人帶回金殿，等待他的是撲面而來的毒香。

南圖屬臣裡，一人笑道：「真沒想到，今夜能如此順利。」

百官身中奇毒癱在殿內，眼睜睜地看著使臣來到御前侍衛長面前，將人一刀割喉，剝了臉皮。

半個時辰後，殿門打開，假御前侍衛長手執尚方寶劍和龍武衛兵符出宮，這次打開的是盛京城的大門，迎進的是時任驍騎將軍的華老將軍所率領的驍騎軍和南圖王軍。

那夜，東五門被血洗了三遍。元黨以三皇子謀逆為由，命驍騎軍掃平亂黨，而南圖王軍則以營救使臣為由馳援驍騎軍。

那夜，金殿的門敞了一夜，百官看著乾華廣場上的慘象，天曚曚亮時，未曾勸降，百官閉口，朝廷從此姓元。

那日之後，外三軍中相繼大動，沂東總兵蕭老將軍被刺殺於府中，蕭元帥死於海上，西北也出了事，數以萬計之人死於上元宮變的餘威。

元家是從何時開始準備的，或許是從九皇子夭折後起，或許是在那三代賦閒的時光裡。

元家，大興唯一存續的開國豪族，在幾經起落之後，在為保嫡子交還寶劍之後，終於讓人見識了其在功名沉浮裡磨出的刀鋒，和在與國同輝的歲月裡深埋的根基。

而今夜，如二十年前那夜，只是御座之上不見帝王，拄劍而立的已換成當年的稚子。

鎮國公仰頭望著宮梁，覺得二十年朝事好似一夢。

「我都聽說了，延兒被劫出城去了。」鎮國公深知百官的德行，知道沒人敢出聲，便先開了口。

「學生定將季延救回，請恩師放心。」元修聽見鎮國公的話音，眸中隱現微光，總算像個活人了。

鎮國公聽這一聲恩師，不由感嘆：「老夫聽說，遼帝也劫了英睿都督出城，如今聖駕何在？可有軍報？」

但元修尚未答話，忽聽撲通一聲！

百官散開，一個武官跪伏在地，瑟瑟發抖。「下官驍騎營參領姚仕江，孽女敗壞門風，聽聞已被侯爺所擒，厚顏斗膽懇請侯爺允下官將孽女帶回處置，以正門風！」

盛京城裡無人不知姚仕江之女嫁入了都督府，現如今姚家成了天底下最大的笑話。百官的目光讓姚仕江面紅耳赤，更令他惶恐的是頭頂那道目光，壓得人透不過氣來。

「剛接到軍報，大遼王軍進了越州，呼延昊和她皆不在其中。」元修沒搭理姚仕江。

「棄子。」鎮國公道，遼帝想帶少數人馬喬裝出關，連王軍都棄，真不愧是呼延昊的作風。

元修冷笑一聲，瞥向姚仕江，冷不防地道：「姚參領今夜就攜本侯的軍令出城，八百里加急向越州傳令，攔住大遼王軍，不可令其馳出越州。」

姚仕江猛地抬頭，難以置信。

元修道：「代傳本侯之言，本侯請大遼王軍在越州驛館小住些日子，從命者，日後可回關外與父母妻兒團聚，鬧事者格殺勿論。遼軍若出了越州，抑或鬧出任何亂子，唯你姚家滿門是問。」

姚仕江神色一凜，卻壓不住眼底的狂喜神色，連聲叩謝：「下官必不負侯爺所託！」

看著姚仕江領命而去，百官不由詫異，唯有鎮國公心如明鏡。盛京大亂，各方必定趁機而動，晉王一黨曾在青州設有的堂口，胡人也曾在青州活動，青州的形勢十分複雜，遼軍進了青州就很難掌控了；而越州離盛京近，遼軍在那裡要容易掌控得多。

姚仕江賣女求榮，使盡手段，卻受盡屈辱。他身在泥沼之中，忽得重用，必效全力，絕不會受各路人馬的賄賂，必定一心辦差，以求雪恥高升。

鎮國公心中不由五味雜陳，修兒以前不願理事，而今用起人來，倒是頗得馭人之道的精髓，只是不知他留下遼軍何用。

這時，元修的兩位舅舅披甲進了殿，兩人面有淒色，一進殿就說道：「修兒，靈柩備妥了，停放在相府的靈堂裡。」

元修似已麻木，動也不動。華廷武面色沉了沉，卻被其兄華廷文按下。

「修兒，先救你外祖父要緊。」華廷文之意是不必急著去靈堂。

華廷武臉色難看，這孽障害得父母嫡妹慘死，何必對他和顏悅色？

華廷文暗打眼色，修兒遭此變故，性情大變。今日他們是長，明日是臣，有些話已不能說了。

「方才接到軍報，聖駕往南去了，算算時辰，應離水師大營很近了。」元修彷彿沒看見兩個舅舅之間的眼底官司。

「那還不快派人傳書西北軍駐營，我這就率龍武衛出城，前有西北軍，後有龍武衛，中有驍騎營，不信攔不住聖駕。」華廷武大有元修出兵遲緩之意。

元修道：「攔住又能如何？驍騎營敢不顧季延的性命，還是舅舅敢不顧外公的性命？舅舅莫要忘了，西北軍的撫恤銀兩是何人貪去的，又是何人查出來的。元隆帝善於籠絡人心，水師軍中又有一智囊軍師，西北軍的將士皆是血性兒郎，必定放聖駕南去；至於舅舅……只怕領兵而去，裹屍而還。」

「那你有何良策？」

「外公對南下大有用處，性命無憂。元隆帝帶著百姓南下，大軍走不快，我自有長久之計。眼下大火焚城，百姓惶惶不安，兩位舅舅不妨率兵修固城門，重建官邸，維持秩序，早安大局。」

「好，論用兵之策，舅舅們皆不如你，那就聽你調遣了。」華廷文怕胞弟惹事，應下之後便拽著胞弟退出了大殿。

元修看了眼百官，微顯疲態。「都去吧，各自重建官邸，盛京府和巡捕司安撫好百姓，有事隨時報與宮中。」

百官應是，退出時神色已安穩了許多。

深夜傳召百官，未道一句安撫之言，只叫百官旁聽了一番井然有序的部署，便安撫了人心。這行事之風，御下之能，若肯早早用在政事上，或許江山今日已是另一番景象。

鎮國公已不知嘆了幾回氣，元修拾階而下，向恩師施了一禮。「學生命人送恩師回府歇息，季延之事交給學生。」

「老夫信你，你只管放手一搏。」

「謝恩師信重。」

鎮國公擺了擺手，見元修臉色霜白，不由問道：「你受了內傷？可有傳召御醫？」

「學生尚有一事沒安排妥當……」

「胡鬧！」鎮國公斥責一聲，對孟三道：「還不去傳御醫？」

孟三感激地抱了抱拳，立刻去了。

鎮國公心知元修脾氣倔，自己早些回府，他將事情安排妥當，才好早些讓御醫診治，於是走時沒讓人送，只是似真似假地道：「御醫診完脈，讓他去回稟老夫一聲，你要是不肯好好聽御醫的，老夫明日就修書給顧老頭兒，日後由他來管教你，老夫不管了！」

元修望著老者離去的背影，不由想起西北。他一生兩位恩師，兩人本無交集，他成了名將之後，兩人便常有書信往來，爭論他究竟是誰的學生。這磨嘴皮似的書信來往了數年，年年都是那些話……

元修道：「學生聽恩師的就是，還請恩師切勿修書給老將軍，近日實在挨不得軍棍了。」

鎮國公拾階而下，罵罵咧咧：「這顧老頭兒就知使軍棍！改日回朝……」

改日回朝，江山已改，這天下恐再無人敢罰他軍棍。

老者的聲音隨風散了，巍巍金殿，宮門九重，元修披著華氅立在廟堂高處，再難望見日暮關山。

夜風吹來一截衣袖，有人候在殿外。

那人正是被元修傳召進宮的禁衛軍校尉。

元修轉身回殿，聲音淡漠低沉，不復方才神采：「進殿來。」

校尉聞令而入。

「姓氏門庭。」元修問。

「末將沈明啟。」校尉跪答。

元修回首。「你與安平侯府有何姻親？」

校尉道：「回侯爺，外室所出無名無分，不敢高攀安平侯府。末將不過是在禁軍中領著微薄的俸祿，奉養著外祖母和娘親，過著平常日子罷了。」

往事不曾多言，身世已然明瞭。

元修道：「本侯有一事差你去辦，如能辦好，大可自立門戶。」

沈明啟眼底迸出狂喜神色，俯首道：「但憑侯爺差遣，末將萬死不辭！」

元修道：「附耳過來。」

宮燈煌煌，兩人抱影，沈明啟瞳仁微縮，目露驚光。

元修言罷，負手道：「准你便宜行事之權。」

「末將謹記在心，定不負侯爺所託！」沈明啟斂神領命，說罷便卻退而去。

元修背對著殿門，拄劍而立之姿如山石將傾。

一陣南風入殿，捎來血氣烽煙，燈影悠悠，走馬燈般來回掠著，似一場大夢，一夢邊關，一夢京城。

他扶住宮欄，穩住搖搖欲墜的身子，回頭望了眼殿南。烽煙漫漫，城外山河目所難及，故人絕音耳力難聞。他卻似有所感，忽覺心口痛如錐刺，一口腥甜濺在宮磚上，天地倒轉，雲天之遠，遠在伸手難及之處。

阿青……

「慢！」

三十里外，一聲急喝驚破長夜。

呼延昊掠向南牆，三丈之地，數步之隔，卻成了此生最難到達的遠方。

她太過剛烈決絕，不給自己留一分生機，也不給他留悔恨的餘地。

然而，他終是悔了，懊悔的滋味蝕心蝕骨，滿腔焚急皆化作一念——慢！慢！慢！

然而，世間一切皆慢，唯獨她的刀不慢。

血順著刀刃淌出，被春風吹落，落進老院牆下的春土裡，卻在人的心頭濺開，不知痛了誰。

呼延昊氣息一亂，登時墜下，這一墜，他以為要墜進永難挽回的深淵裡。然而，當他落地仰頭，卻睹見一葉飄落。

一葉之輕，輕如鴻毛，一葉之韌，卻韌過春風。

那新葉逆風落在暮青腕上，輕如點水，卻含雷霆之力！

暮青手臂一麻，刀自掌心滑出，寒光帶著血墜落，她倏地睜眼，轉頭北望。她望見一樹春黃，漫天星子，兩袖殘紅當空，捎來血氣烽煙。

夜深不見春山，山頭卻堆起火光，鐵蹄聲踏破村口，驚醒了老村。

呼延昊目露驚光，耳畔響起半夜前在義莊裡聽見的一言——你與他皆有帝王之志，他給不了我的，你也給不了我。而他給我的，無人能給我。

呼延昊急忙掠向牆頭，抓向暮青！

這時，犬吠雞鳴，燈燭點起，風聲捎來幾句鬥嘴閒話——

「嘖！每回都能把自己搞得如此狼狽，說來也算奇才。」

「少說一句，你不會死。」

「這話越隊長聽著刺耳是吧？也對，每回她遇刺，您都不在。」

「殺敵！抑或我先宰了你！」

兩道人影從暮青身邊掠過，直取呼延昊首級！

院中起了打鬥聲，胡語呼喝，婦孺啼哭。

暮青依舊北望，望見來人華袍蒼顏，春寒露重溼了肩頭，眸深似海，滔天波瀾驚破山河。

「步惜歡……」這一喚，聲音細微，卻用盡了餘力，暮青眼前一黑，跌下了牆頭。

第三章

執手相守

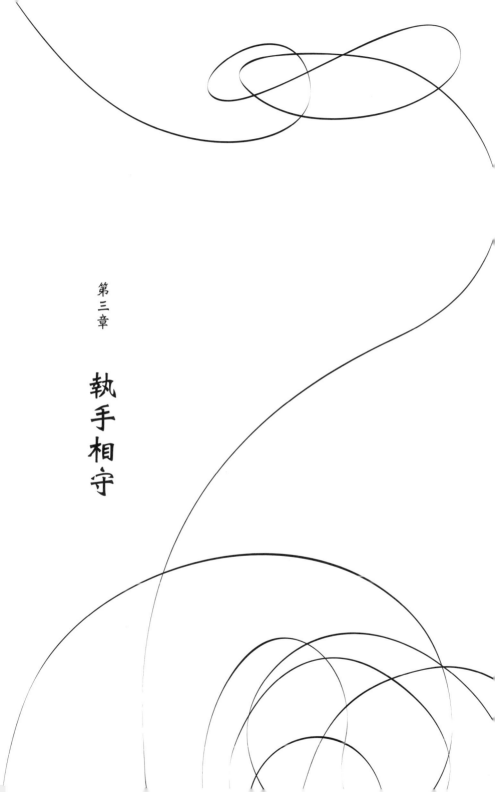

暮青作了一個很長的夢，夢裡無親，顛沛流離。黑暗裡光影如走馬燈般，一掠家中，一掠汴河，一掠草原，一掠大漠。

邊城之遠，廟堂之高，走過大半山河，竟無安歇之所。

唯有那夜，鏡前梳妝，一身戲袍，兩帖婚書，終算此生有依。然而，國事未定，親事祕不能宣，依舊不得閒，待她身分大白，卻被人一道繩索綁出了城。

此後又是顛簸之苦，車馬勞頓，義莊深山，老村舊祠，自刎賠命……

隨後遇見何事，身去何方，她已記不得。村路盡頭的人似乎只是幻景，是她生命終了時遺存在世間的一縷殘念。

暮青睡了醒，醒了睡，身似一縷清魂，不知幾度輪迴，顛倒折磨，無止無休。恍惚間，她在黑暗裡尋見一抹幽光，腳下的青石縫兒裡生著青苔，細雨洗過，翠綠喜人，叫人想起江南。

再抬頭時，她立在幽寂的長街上，面前是一座官衙，門口未掛燈燭，藉著一間壽材鋪的光亮才能看清墨色已舊的匾額。

汴河城義莊。

雙腿彷彿鑄了鐵石，暮青靜默地立在街上，半晌，她走過去，敲響了義莊的門。

叩叩叩。

三聲，聲似沉鐘，摧人心肝。

門吱呀一聲開了，一個駝背的瘦老頭兒提著白燈籠，睡眼惺忪。

——一切皆如三年前。

「老先生，我來尋人。」暮青之言也如從前，一字不差，卻道盡艱難：「請問，古水縣仵作暮懷山，暮老，可在莊內？」

「原來是來找暮老的，進來吧，人就在莊子裡。」守門人進了莊子，駝著腰提燈引路，聲音蒼老如鴰：「是暮家人僱你來的吧？你這小子是個膽兒大的，還從來沒有大晚上敢來義莊抬屍的。」

暮青一聲不吭，已然淚下，她身穿素裙肩披舊氅，一身女兒打扮，哪來的小子？

這果然是她留在世間的執念……

「喏，人在那兒，瞧去吧。」守門老人提燈往地上照去。

堂屋的地上擱張草席，草席裡捲著個人，露出的腳上穿著雙官靴，黑緞白底無繡紋。

暮青望進堂屋，再見草席官靴，仍然痛極。

「才誇你是個膽兒大的……」老人嗤了一聲，話未說完，暮青抬袖一掃！

嚴風馳蕩，威重如山，守門老人飄向夜空，削瘦佝駝之態頗似鬼差，扭曲的臉上顯出一抹怪笑，陰森詭氣。

暮青提燈進了堂屋，那年她藉守門人之手才敢掀開面前的草席，而今蹲在席旁，心中竟有些期盼。

真凶已死，不知爹爹是否瞑目？

暮青撚住草席的一角，輕輕揭開。

草席下，一隻手忽然伸出，將暮青抓個正著。暮青愣時，另一隻手也伸了出來，撫著她的鬢邊，理了理她凌亂的髮絲。

屍體的頭臉被草席蓋著，只有手伸出了來，那手明潤修長，有些蒼白——蒼白，而非黑紫。

這不是爹的手。

暮青目光一寒，抓起草席，猛地一掀！

屍體猛地坐起，草席垂下來，露出一張男子的臉，左眼下一道猙獰的疤痕破了英武的面相，嘴角的笑森然如惡鬼。

暮青大驚，被猛地扯倒，燈籠燒了起來，身旁不知何時多了只炭盆，耳畔傳來衣衫被撕碎的聲音。她怒極攻心，猛地睜眼，伸手一抓，掌心傳來椎心的痛楚，她咬牙忍著，狠狠地向身上之人刺去。

男子避讓而過，分明敏捷過人，偏叫人覺得漫不經心。

暮青怔住，見男子坐起，大火滅去，眼前換了一方天地——低矮平闊，四面華錦，兩面軒窗，窗上雕著木蘭，窗下置著一方香爐，香絲嫋嫋，散出的卻是藥香。

男子坐在窗邊爐旁，光線昏昏，香絲輕薄，似山間流霧。他一襲白袍，墨髮披散，近在面前，遠在方外，謫仙也似，冥差也似。

暮青懵然未醒，想起方才還在黃泉路上經歷惡夢般的輪迴，此刻便見到一白衣男子，莫非是冥差白無常？

暮青動了動嘴脣，喉嚨卻似火燒。

男子揚了揚眉，聲音飄渺，懶散入骨，緩而涼：「每回妳在病中，識人的本事都叫人驚嘆。」

這聲音早已刻入骨髓，九泉之下也不可能聽錯。

步惜歡？

暮青張口，喉嚨撕痛，痛得如此真實，不似身在夢境。

「知道喉嚨痛，就沒覺出手疼？」步惜歡坐在窗邊，語氣之淡叫人難測喜怒。

暮青這才發現自己的手舉著，一副行凶之態。凶器是一支玉簪，簪子正指著步惜歡的喉嚨，他若向前挪一分，必定血濺窗臺。

這支玉簪是刻骨銘心之物，望著它，記憶如洪流般湧入暮青的腦海。

斷崖山老樹下男子贈簪，半山腰祠堂外託簪立囑，老院牆頭上舉刀自刎，而後……

「嘶！」撕扯的疼痛打斷了暮青的思緒，她醒過神來，見步惜歡收回手，簪子依舊在她手裡——她走神時，他想將簪子取走，但她握得太緊，他扯動了她的傷。

「握得這麼緊，想來是心愛之物，那大抵不會再許人了。」步惜歡不冷不熱地說著，端起只藥碗來。湯藥已溫，他仍然嘗了一口。

就算初醒，暮青也聽得出步惜歡心情不佳了——因她自刎之舉？

那夜種種皆是情勢所逼，暮青不覺得有錯，但想起生死一線時，他那蒼白的面容，她終究心虛，覺得對他不住，因此悶不吭聲地把玉簪擱到了一旁。

她的掌心裡敷著厚厚一層藥膏，因暴起傷人，結痂開裂，手掌收握時椎心的疼。

步惜歡隔著香絲瞥了暮青一眼，見她面色不露，不由蹙眉，只是輕輕一蹙，復又鬆開，將諸般情緒鎖在眸底，撤去窗下的藥爐時，那眸子裡已不見波瀾。

藥香遠去，男子入得目中來，白袍如雲堆，墨髮似烏緞，昏暗之中如同坐在古卷裡的畫中人，歲月任悠遠，風華不可侵。

步惜歡穿衣從未如此素淡過，暮青從不懼他，此刻卻覺得他有些懾人，不禁更加心虛。見他舀起一杓湯藥遞來，她默默地喝了。湯藥入喉，猶如甘泉，這苦亦甜的人間滋味，初醒之後再嘗，才覺得可貴。

暮青舒展了下眉心，細微的神情叫步惜歡看得出神，她抬眼望去，正撞進男子的目光裡。那目光如海，雲天高闊，山川萬里，獨獨住著她一人。那海深瀚無際，欲掀大浪，怕吞了她，欲湧波濤，怕驚了她，只得自忍，連風也不起一絲，彷彿她是一縷清魂，隨風散了，再難尋見。

暮青被這小心翼翼的神情刺疼，忍不住避開目光，不經意間瞥見衣衫，頓時嗆住！她穿著身素衫，衣帶繫得鬆，春色隱在雲嶺中，盡叫對面人瞧了去。

暮青扯著錦被咳了起來，纖影映在軒窗上，似春風吹打了竹枝。

步惜歡放下藥碗，伸手撫來。

手未到，影先至，袖影幽幽，罩過暮青頭頂，她忽然僵住，眼前浮光掠影，猝不及防掠過那夜之景——炭火燃著，一屋子的遼兵目光灼灼，地上人影交疊，張牙舞爪……

暮青下意識地蜷住身子一避，步惜歡的手僵住，停在了半空。

暮青回過神來，也怔在當場。

馬車裡光線暗沉，不知是何時辰，車停著，人聲皆在遠處，反襯得車裡太靜。

暮青心生愧疚，正不知如何自處，步惜歡端起藥碗，不緊不慢地舀了杓湯藥遞了過來，方才的事彷彿沒有發生過，她卻注意到他的手抬得很低，雲堆般的袖影未再覆來。

暮青一口一口地喝著湯藥，清苦的滋味澀得難以下嚥，再品不出剛醒時的甘甜。

一碗藥，他餵得慢，她沉默著喝，杓碗輕碰的聲響似某些難以言說的心事。這碗藥彷彿喝了半生之久，步惜歡一放下碗，暮青就躺下了，將自己裹得嚴嚴實實的，被上繁花似錦，襯得病顏蒼白勝雪。她還虛弱，醒這一會兒已覺得疲累不堪，然而不敢睡去，只要一閉上眼，眼前便會被那夜的猙獰占滿。

「青青？」

步惜歡的輕喚反而讓暮青往被子裡鑽了鑽——不是不想回應，只是無顏面對。

她身上的傷，他都看見了吧？

那夜她一心逃脫，除了激怒呼延昊，找不到解開繩索的時機。鋌而走險時，她沒顧得上怕，直到在鄭家更衣時，她看見身上的傷痕才覺出後怕，只是那時沒時間多想，而今九死一生之後與他再見，她才不知如何面對。

實言相告？告訴他，呼延昊並未得逞，要他與她同樣慶幸？

她久病初醒，但那夜的事已經想了起來。那時鄭家莊周邊布了千軍萬馬，大軍極有可能是江北水師。水師如何能出兵？再者，就算奪宮事成，城中也該亂著，那等局勢之下，怎能容他出城？就算他將一切都安排妥了，冒險出城尋她，那麼為何她此時不在宮裡，而是在馬車裡？鄭家莊離盛京城只有三十里，為何不回城？

不是不回，而是回不去了。

他六歲登基，只盼親政，卻在緊要關頭棄了江山而求她，那夜之辱叫她如何啟齒？難道她經歷過一次還不夠，還要細細說來，叫他也品琢那屈辱不成？

「青青……」步惜歡又喚了一聲，這一聲用情至深，也隱忍至深。他的目光落在她的耳珠上，那齒痕是她遮不住的，而她身上的傷，他也早看見了。在她昏睡的這些日子裡，看她不得安穩，他亦不得安穩，總想起她在老村牆頭自刎之景，一如看見當年棺中的母妃。

青青，我終究……沒能護得好妳，是嗎？

此言在喉頭滾過，嚥下時灼人心腸。

那日城下一別，險些陰陽兩隔。此刻本該兩兩相擁互訴衷腸，卻因自責，兩人各自添了重重心事。

「妳睡了十餘日，只靠湯水吊著，我差人送碗清粥來可好？」步惜歡將藥爐移回窗下，沉痛之色隱在香絲後，卻將容顏添了幾分蒼白。

竟有十餘日了？

暮青搖了搖頭，她沒胃口，只覺得乏。

「那喚巫瑾來診診脈可好？他很擔心妳。」步惜歡知道暮青不願讓人擔憂，一提巫瑾，她必定答應。

「嗯。」暮青果然應允。

步惜歡再未出聲，暮青聽見衣袍的聲響，輕似微風拂去，不知誰的嘆息。

「阿歡。」馬車的門被推開時，暮青忽然出聲，聲音細微沉啞，聽在男子耳中卻如一聲春雷。

步惜歡回頭，車外山風徐徐，紅霞漫天。他望著車內，紅霞染了蒼顏，若玉芝初綻，煞是好看。

「給我些時間，我會沒事的。」她記得答應過他，他們之間不可藏事，要苦樂同擔。可唯獨那夜之苦，她不想讓他同擔，也不想讓他自責。

步惜歡定定地望著暮青，目光湛湛生輝，似草木逢春，含盡人間桃李色。半晌，他道：「我瞧妳倒像是沒事了，一睜眼就有力氣刺殺親夫。前事不提可不成，我可有好些帳等著跟妳算呢。」

車門關上了，暮青怔了許久。

誰說女人翻臉如翻書的？男人翻起臉來，分明比女人還快。

巫瑾來時，暮青在半夢半醒之間，迷迷糊糊往外一瞥，見天色已晚，一人提燈立在車外，山風馳蕩，雲袖舒捲，背襯著冉冉篝火，風華似仙，溫潤靜好。

巫瑾坐進馬車裡，老管家提進來一只食盒，將車門輕輕地關上了。

暮青想起身，巫瑾道：「切莫耗費氣力，快躺著。」

暮青瞥了眼食盒，心知是步惜歡的心思，於是淡淡地笑道：「難道沒人告知兄長，我剛醒就暴起傷人了？」

「只有人告知我，妳的手抓握甚緊，也知痛，囑咐我不必再試了，生怕妳再疼一回。」巫瑾盤膝坐下，說話和風細雨的，生怕稍大點聲兒便驚了病中人似的。

暮青伸出手道：「不至於傷著筋脈，多養些日子就好。」

「哦？妳何時會行醫了？」

「我是仵作，驗死驗傷是本行，傷勢輕重自然一觀便知。」

巫瑾皺眉，驗死的話聽著深覺刺耳。「閻王想收妳，得先問過我。」

他從袖中取出玉盒，藥膏塗在掌心裡涼涼的，暮青問：「兄長可知鄭家人如何了？蘇氏腹中的孩兒可無恙？」

「無恙。」巫瑾塗著藥，一貫溫和的聲音有些涼：「鄭老太受驚過度，鄭當歸傷了筋骨，蘇氏臨盆得女，她是郎中之妻，底子比妳健固得多，懷的又非頭胎，臨盆沒費多少時辰，只是失了血氣，元氣大傷，補不補得回來就看她夫君的醫術了。那女娃命大，呼延昊下刀淺，傷了母體，卻未傷到她，只是早早來到世間，日後身子定會弱些。」

暮青聞言，懸著的心總算放下了，卻仍有自責之色。

「聽說，妳給小王孫講過一個塞翁失馬的故事？」巫瑾將藥膏收起時問。

暮青一愣，隨即失笑。

呼延查烈性情孤僻，連這話都說了，想來是惱她惱得很，他一定在步惜歡和兄長面前咬牙切齒地罵她：「那女人真蠢！」

不過……那孩子連這話都說了，會不會連義莊裡的事也說了？那步惜歡豈不是已經知道了？

這時，米香飄來，巫瑾將食盒打開，清粥小菜皆使茶碗裝著，分量不多，香味誘人。

「妳剛醒，用些清淡的為好。行軍途中，膳食求不得精緻，只好湊合些日子了。」巫瑾端起碗來，顯然有侍粥之意。

暮青不習慣，但沒拒絕，她的心思全被行軍的話占了去。

「那夜之事對鄭家來說未必是禍，妳不必自責。蘇氏臨盆，我不便進屋，便將鄭當歸針醒，授了他縫傷之法，日後他就是江北唯一能行此術的郎中。我臨行前贈了藥和方子，憑此一技一方，還怕鄭家沒有出頭之日？蘇氏興許會覺得這刀挨得值。」巫瑾一邊侍粥，一邊接著說鄭家。

暮青聽得嘆氣，不便進屋？是不樂意吧？那時兄長必因忙於救她而分身乏術，又惱蘇氏，於是也不管鄭當歸昏迷著，竟把人給針醒了。

「不管怎麼說，多謝兄長免我愧疚之苦。」

「妳既然稱我一聲兄長，何需與我客氣？」巫瑾搖了搖頭，兩片睫影遮了眸底的幽光。

大軍南下，藥材珍貴，他捨給了鄭家，卻不是那麼好拿的。元修的心病已成痼疾，御醫必定會遍尋良方，而他留在鄭家的正是此方。

鄭當歸的么女有心氣不足之症，猛藥對嬰孩而言形同毒藥，方中用藥甚是溫和謹慎，乍一看藥效甚微，但常年服之有固本培元之效，實乃養身良方。一旦鄭當歸的名聲傳出去，這張方子早晚會被御醫院得知，而這一技一方的出處，元修想查也不難。

這藥方對元修而言是救命良方，也是殺他之刀。他看到鄭當歸就會想起過往，鄭當歸會是他眼裡的沙子，不得不用，卻不會喜歡。

鄭家興許能重回御醫院，光耀門楣。可上有不喜，下必甚焉，身在朝中，水深火熱的滋味慢慢去品吧。他給的東西，但望鄭家不要覺得燙手才好。

「好了，妳久病初醒，不宜勞神，南下路上好好養身才是。」一小碗粥片刻工夫就見了底，巫瑾將碗碟收了起來。

暮青聽見南下，面色未動，只應了一聲，一句未問。

步惜歡如何出的城，京中如今是何人主政，都督府裡的人可安好，南下的大軍有多少，行軍的糧草如何解決，沿路可有州兵阻攔，至今幾戰、死傷幾何，何日能至江邊，江南水師可願接駕？還有，呼延昊是生是死？

這些事，步惜歡和巫瑾不提，暮青便不問，她當真只管養傷了。

這幾年不得歇，一歇下來，舊疾新傷便一併發了起來，來勢洶洶，燒熱不斷，反反覆覆月餘才見好轉。而這時日裡，大軍白日行軍，夜裡宿營，走得不緊不慢，至於戰事……一次也沒有。

沿路無一州城攔駕，儘管如此，步惜歡依舊每日都到軍帳中議事，回到馬車裡時常常已是夤夜時分。

越往南走，天氣越熱，暮青有些日子夜裡無夢了，這夜卻又夢回義莊，夢見火盆翻倒，義莊陷在火海裡，夜風捲著火星飛出千里，山火點燃了軍營。大軍開拔過江，江岸遍地炭屍死馬，火人湧進江裡，燒了水師戰船。江上火海連綿，黑煙遮天蔽月，江水猶如血池。黑暗之中，有一隻看不見的手將她扯遠，她看著步惜歡在戰船上揮劍殺敵，大火就快要將他吞噬，她奮力往江裡衝，卻被越扯越遠，絕望之下，她衝江裡大喊：「步惜歡！步惜歡……」

半江之隔，猶隔萬里，他聽見呼喊，聲音似從萬里之外傳來：「青青，我在！醒醒！」

一聲醒醒猶如雷音，屍江火海不見，殺聲遠去，只聞蟲鳴唧唧，燭光朦朧，良人在側，十指相扣，人世安好，莫過於此。

「夢魘了？」步惜歡問時，松木香傳入暮青鼻間，令她眉心一舒。

「火。」暮青心神未定。

步惜歡的手頓時緊了緊，一道極緩的內力經暮青掌心而入，經脈臟腑之間遊走，歸於心脈，久護不去。

暮青闔眸寧神，有些貪戀這感覺，縱容自己多享受了一會兒才問：「你何時回來的？」

「剛剛。」

暮青瞥向窗子，窗開著半扇，明月懸空，夜風清徐，馬車裡甚是涼爽。她受惡夢驚擾，醒後竟未汗溼——他一定不是剛剛回來。

她又沒病傻，近來悶熱，夜裡門窗緊閉實難安眠，可大軍宿營在外，開著門窗又恐有刺客，步惜歡便親自守夜，每晚都坐在她身旁，驅著蚊蟲，守她一夜安眠。她有時燒熱，夜裡口渴，醒來後問他何時回來的，他總說剛來。清晨她睡足醒來，見他正閱軍情奏報，問他何時醒的，他總說剛醒。

她心如明鏡，他根本就一夜未眠。

她剛醒那日，因那身白袍錯認了他，他次日便換回了紅袍，還熏了松木香。他的功法已臻化境，無需再熏香，此舉必是為了她。不僅如此，近來她夜裡無夢，大抵與他趁她熟睡時以內力為她調息有關。

月餘以來，她反覆燒熱，兄長卻說是好事。她身上病邪淤積，如今一股腦兒地發作出來，比久積不發終成惡疾要好。兄長煎了幾副藥，要她慢養，每隔五日為她施針一回，藉著病邪發作之機，引出寒毒，調理五臟。熬過這段日子，她日後非但不必再受寒毒之苦，連底子都會康固很多。

步惜歡許是覺得機會難得，便趁她熟睡時為她調息，她病了多少日子，他便有多少日子不曾睡過整覺。

窗外有內侍奉了茶來，步惜歡嘗了口才將茶碗遞給暮青，水溫剛好。暮青知道馬車周圍守衛之森嚴可謂飛鳥難入，可步惜歡依舊會親自嘗過她的膳食湯藥，哪怕這些在送來前都由巫瑾驗過，他也不曾疏忽半分。

暮青捧著茶碗，一碗白水竟喝出了苦甜的滋味。

「再過半個月就該到江邊了，今夜議事的時辰長了些，明夜一定早些回來。」步惜歡接過空碗遞出窗外，哄道：「再睡會兒吧，我在，莫怕驚擾。」

暮青聞言眼眶微熱，見步惜歡拿起軍報要看，伸手就拽住了他的衣袖。「不累？睡吧。」

步惜歡怔住，見暮青把枕頭往中間挪了挪，一時竟難以回神。

那失神之態叫暮青心中酸楚，她將軍報拿開，挪到步惜歡身後幫他寬了外袍。

夜風清徐，男子面窗而坐，風華好似瓊池上仙，卻沾惹了紅塵情深。暮青將紅袍鋪在膝頭，垂首疊衣，仔仔細細，彷彿撫著人間至寶，愛重至極。

「睡吧。」暮青將衣袍收到枕旁，見步惜歡還愣著，乾脆將人一拽。

步惜歡正失神，冷不防被拽，竟悶頭栽了過來。

一聲悶響，馬車震了震。

車外，神甲軍目不斜視，隱衛在樹梢仰頭望月，范通垂眼觀地，往窗前挪了一步，正好擋了半扇窗。

車內，步惜歡將暮青撲在身下，兩人同時僵住。

老棺和炭火一瞬間湧至眼前，暮青下意識地想將人推開，松香傳來，讓她忽然醒過神來。

步惜歡翻身欲避，衣襟卻被扯住。

暮青的拳頭握得緊緊的，步惜歡的衣襟被生生握出了褶子，她咬牙切齒地道：「你的功法當真已臻化境？」

被她一扯就倒，算哪門子的大成？

步惜歡知道暮青惱的是自己險些又將他推開，不由笑了聲，笑聲在悶熱的夜裡彷彿催人入眠的曲子，撫著她的心神。「若非已臻化境，怎會叫娘子一碰就化了？」

他說著情話，卻偏了偏身子，讓燭光照進來，還了她眼前的光亮。

而暮青看見的卻是他眼底熬出來的血絲，她握著衣襟，彷彿握緊的是自己的心，半晌後，她狠狠一拽，猛地將人往被褥中一摔！

步惜歡這回已有所覺，但沒設防，由著暮青將他推倒。

又一聲悶響，馬車再次震了震。

車外，神甲軍依舊面不改色，隱衛依舊仰頭望月，范通往窗前又挪了一步，擋得更嚴實了。

車裡，步惜歡衣襟大敞，胸膛肌膚玉暖明潤，上頭枕著少女清瘦的臉龐，那顏色好似新春裡初開的桃花。

男子不動亦不言語，心跳聲沉而快，鼓聲一般。

暮青皺了皺眉頭，似乎嫌吵，命令道：「睡覺！」

步惜歡笑了聲，啞沉慵懶：「青青，妳這般……我睡不著啊。」

暮青裝作聽不懂，不肯挪開，閉著眼道：「我要睡。」

此話滿不講理，惹得步惜歡無奈笑嘆。

她要睡，所以他即便睡不著，也得睡——這他一直以來給她的寵。她不善言辭，但知他待她之心，所以便說她要睡，寧可任性也要把自個兒當鎮山石一般壓住他，不許他起身，逼他歇息，睡不著也得睡。

她從來不知，世間女子的溫柔有千萬種，而她的溫柔恰是他心中所珍。

步惜歡低下頭，聞著暮青髮間淡淡的木槿香，卻不敢去撫，這折磨猶如萬蟲蝕骨，他竟也覺得甜。這一生，曾覺得求一人相守比坐擁江山帝業還難，而今最難求得之人就在身旁，共枕同眠，人世安好。

她在，便已足夠。

被褥柔軟，她亦柔軟，夜雖漫長悶熱，他卻如身在懶雲窩裡，任紅塵網羅，不羨雲巔上仙。

步惜歡闔上眸，本欲養神，卻沒想到當真睡了過去。

蛙聲傳來，夜深人靜，暮青聽著平穩有力的心跳聲，不由心生貪戀，貪戀臉龐下的溫度，貪戀頭頂上輕長的呼吸，貪戀鼻間熟悉的清苦香，貪戀讓她安心的他。她想就這樣依偎著他睡去，一夜，一年，一生，但她終究沒睡，而是坐了起來。

步惜歡睡得極沉，顯然累極了。暮青輕輕地將他的衣襟攏了攏，而後挪到窗邊，伸手戳向范通。

老太監的後腦杓上長了眼似的，沒等暮青的手伸出窗子，便挪了兩步。

風吹進窗來，車裡涼爽了些。

暮青挪回步惜歡身邊，從花瓶裡取了幾枝青木枝。近來她纏綿病榻，行軍路上瞧見開得好的花枝，步惜歡總會折些回來。這一路，她不問行軍到了何處，他也不說，窗下的花枝卻從北換到南，從陽春換到初夏，她哪需問到了何處？看花就知道了。

暮青把花枝握在手裡，執扇般的在步惜歡胸膛前掃了掃，讓山風捎上花香，助他睡得舒心，亦為讓蚊蟲不近他身，守他一夜安眠。

今夜就讓她為他守窗驅蚊，盼他一夜安枕，無驚無擾。

步惜歡醒來時望見一個背影。

少女坐在窗邊，夏雲似火，她披著他的袍子沐在晨暉裡，似置身於紅蓮烈火之中。山風拂來，大袖忽揚，霎時將人遮去，好似清魂歸去，將入山林。

「青青！」步惜歡坐起一撈，撈住一手涼滑，衣風撲面而來，透過了心窩。

「嗯？」暮青拈著一把青木枝，人比玉枝清瘦，容顏卻勝瓊花。「早。」

她沐在晨暉裡，面頰生粉，氣色甚好。

步惜歡怔了一陣兒，忽然將暮青擁入懷裡，忘了克制，亦忘了她被夢魘所困。世間苦難，他曾忍得麻木，自從那年遇見她，他的心緒便留在了那煙雨時節裡，憂也為她，愁也為她，到如今苦也為她。

「青青，命人再送床被褥來可好？我醒時，妳在身旁就好。」他在她耳畔低語，所盼之事簡單得叫人心疼。

「不用。」暮青枕在步惜歡的胸膛上，彷彿一葉小舟，入了避風港便不想遠離。她不想苦了他，哪怕她被夢魘困著，她也可以爭，可以鬥，可以忍。她不理會從幽暗處湧來的猙獰夢影，關切地問：「沒睡好嗎？」

「嗯。」步惜歡嗅著髮香，說道：「我夢見母妃了。」

暮青默然以對，許久後才道：「我在。」

步惜歡道：「妳險些就不在了。」

暮青愧疚難當，抱歉之言卻住在嘴邊。他餘生的寂寞孤苦，非她一句抱歉可以彌補，說了又有何用？

「妳自刎時可想過我？」步惜歡放開暮青，他一向不忍苛責她，她是他的髮妻，他願許她一世歡喜無憂，為她擋去百年風霜，白首不離。此乃為夫之道，他原以為此心夠寬，卻沒想到他終究還是有些小氣的。

那夜之事，他怪自己沒護好她，也怪她太過決絕。她看重人命，他知道，可他依舊想問，天下人在她心中無貴賤之分，但可有親疏之分？她自刎時，可有想過他？

「我只想知道，妳那時心裡在想什麼？」

「我……」暮青望向窗外，頸上嫩白的疤痕被晨暉染紅，淌血一般。過了許久，她才道：「胸鎖乳突肌內側，皮下三寸深，刀行五寸止，即可切斷腦部主要供血系統，不會因傷及咽喉而造成過多的痛楚——我驗屍無數，真到了對自己動刀子，還是怕疼的。」

暮青自嘲地扯了扯嘴角。「其實，我是心存僥倖的。呼延昊不會看著我死，但我不能猶豫，稍一猶豫，叫他看出我的心思，我就會失去牽制他的籌碼，鄭家八口就會命喪胡刀之下。我只能一賭，賭他比我的刀快。」

她不信天命，唯有那夜將命交給蒼天，所以當她仰望夜空看見阿歡時，她忽然就信了命定之說。

暮青轉過頭來，笑容淡然，似青木花開，眸光比晨暉還動人。

步惜歡看了許久，卻未能消解心結，有句話他藏在心裡，今日終於問出了口：「妳可怪我？」

怪我不念江山百姓，怪我來得太晚。

「我若怪你，將置你於何地？」暮青反問。她知道，為了兒女情長而棄江山百姓非帝王應為之事，但就算天下人都怪他，她也不會怪他。

「可我怪自己。這些日子，我常夢見王府，母妃的棺槨停在靈堂裡，可當我走近，棺中之人就成了妳……早些年我夢見母妃，問她受刑時可覺得悲怨孤苦，可怪父王與我沒能護得好她？可我總是聽不清母妃的話，她的臉上蒙著黃紙，聲音如嗡，含糊不清。母妃去了，妳若也去了，我真不知還能熬幾年。」

步惜歡的眉宇間不見苦痛之色，唯有嘗盡世間百味後的沉靜。那晚他到過義莊，那翻倒的炭盆成了她夢中的驚擾，亦成了他的驚擾。他想問她，那時可覺得孤立無助，可曾盼他相救？可他不敢問，怕她回想舊事再傷一回。終究是他痴長二十年，沒能給母妃和她一天的安穩日子過，反讓她們受盡欺凌苦楚。

軒窗半掩，山風吹破晨光，男子坐在窗後，眉宇沉靜而隱忍。

此情此景痛人心扉，暮青擁住步惜歡，不想說的抱歉終究還是說出了口：

「對不起，我該思慮周全些。」

她的額頭觸在他的胸膛上，吐氣溫熱，青絲撓著人，微癢。這癢入了心，他回擁她，似海深重。

當日城下一別，那夜牆頭一見，行軍月餘，日日相對，終求得這一刻，拋開諸般心思，只是相擁，傾心無忌。

大軍準備開拔，侍衛們站遠了些，將這一刻的晨光山風留給窗內相擁的璧人。

許久後，步惜歡嘆息一聲，輕且悠長：「不怪那孩子說妳傻，為夫不過是跟妳說幾句掏心窩子的話罷了，妳倒真怪起自己來了。我倒是想聽妳說說，命在刀刃上，手起刀落間就是八條性命，妳有多少時辰思慮周全？」

「沒有。」暮青抬頭，反將一軍。「我也想聽你說說，你還能來得多快？」

步惜歡一怔。

「假如舊事重演，我想我還是辦不到看著八條性命死在胡人刀下，所以我依舊會以命犯險，你呢？你為了我可以棄半壁江山，你可棄得了追隨你的三千將士？你可能放任自己策馬出城，把那些將士和家眷棄於城中，任他們滿門遭屠？」暮青雖沒問過南下之事，但巫瑾日日來診脈，她從隻言片語裡能聽出軍中有百姓。

「母妃故去二十年，你便念了二十年，這般念舊，棄江山一事，你豈會不覺得有愧於將士們？你棄不下他們，百姓收拾行囊要多少時辰，與禁軍周旋又要多少時辰？你還想來得多快？你我若都如呼延昊那般，不管這世間善惡疾苦，自可不必受今日之苦。可皇城之外三十里，遼兵殺的是大興百姓，是你的子民，我能看著他們死，還是你會讓我看著他們死？那三千將士對你忠心耿耿，你能絕情棄了他們，還是我會讓你如此為之？」暮青反問，話音入得山林，如奏金石之音。

侍衛們肅然而立，捧著衣衫的宮人候在遠處，大軍開拔的動靜都彷彿遠了。

半晌後，窗內傳來男子的聲音，平靜堅沉：「不會，亦不能。若絕情，倒不覺得世間苦了。可我還是歡喜的，我終究沒在那深宮歲月裡磨盡七情。」

他本是看重江山的，除了大業，此生不知該求什麼。直到遇見她，她的一句明君，她篤信的眼神，亂了他沉寂了二十年的心湖，從此想得一人相伴，不想再孤枕而眠。從進宮那年起，他在世上就已無親，若非遇見她，他不會知道自己有多盼有親眷相伴，不離不棄。

她不知他有多歡喜，歡喜在那難熬的歲月裡，不曾棄志絕情，否則即便相遇，她大抵也不會對他傾心。

「青青，人生八苦，生老病死，五陰熾盛，怨憎會，求不得，愛別離，妳我求而得之、相守不離已是幸事，所以我們都不要再苦著自己了，可好？」他問。

「好。」她答，在他的懷裡依偎了一會兒後，喚道：「阿歡。」

「嗯？」

「我們圓房吧，我想要你。」暮青抬起頭來，目光認真。

步惜歡卻失了反應，許久後，匆忙瞥了窗外一眼。

幾個捧著梳洗之物的宮人失手打翻了銅盆，青鹽、澡豆撒了一地，范通彷彿沒看見，只管裝他的木頭人。宮女們慌忙退下，一個侍衛讓路時，腿肚子抖了抖，差點跪下。

窗外飛來一隻山雀，翠羽金喙，叫聲清脆，分外好聽。步惜歡的側顏在晨光裡也分外好看，唇角的笑意卻怎麼也壓不下。「娘子話鋒莫要轉得太快，為夫跟不上……」

「少廢話，圓不圓房，給句話。」暮青問得臉不紅氣不喘。

步惜歡又瞥了眼窗外，目光甚淡。

窗外人如松石，唯餘雀音在山間。

他抬手引來清風掩了半扇窗子，笑道：「娘子也太直接了。」

暮青沒搭話，她並非急色，而是她一日走不出夢魘，他就會自責一日，她不想讓他自責，她希望他餘生歡喜。

眼下天下形勢嚴峻，他棄了半壁基業，一有過江之險，二有江南水師和嶺南之困，三要面臨天下的口誅筆伐，三件事皆在眼前，她不能坐視不理。可是，與他並肩共戰，她須先養好身子，也須先擺脫夢魘。唯有她振作如初，步惜歡才能將全副心神用在國事上。

這些日子，她諸事不問，正是為了養身子，如今日漸見好，只是夢魘難除。他不在時，她試過許多辦法，都收效甚微，所謂醫不治己，心理創傷非一日可癒，好在她清楚癥結所在，知道還有一法，那就是記憶替代——她需要一段美好而深刻的記憶來淡化心理創傷，她想讓他幫忙。

只是此時圓房，她總覺得對他不住。

暮青凝眉垂首，愁緒皆在眉心裡。許久後，她才發現步惜歡一直沉默著，這才抬眼望去，不料一抬眼便撞進了一雙溫柔的眸裡。她在他眸中望見自己的影子，紅窗翠陌之景不及那眸底的一片人間煙火色，溫柔繾綣，勝過萬里晨光。

他笑問：「在這兒啊？」

第四章

洞房花燭

行軍路上多有不便，軍帳不宜用作婚帳，輦車裡也非洞房之地。那日之後，暮青沒再提圓房的事，過江之憂未除，夢魘之擾仍在，她卻豁然開朗。責己倒不如放過自己，百年修得同船渡，千年修得共枕眠，苦著彼此才是辜負緣分。

心境開朗後，精神也好了許多，暮青的傷已無大礙，再施一回針，便可不必再受寒毒苦了。

這日，輦車一停，她就下了馬車。

大軍再有三兩日便可到下陵，過了下陵便是江邊。眼下已是五月中旬，大軍須趕在雨季前渡江，否則水位大漲，江浪駭人，即便是江南水師的大船也未必敢冒險渡江。

暮青下車後望了眼天色，正疑今日紮營過早，就忽聞馬蹄聲傳來。

紅日如盤，黃塵漫天，一人策馬而來，神駒疾似潑風，紅袖勢破天驕。

暮青覷了覷眼，潑風從身前馳過，步惜歡當空掠下，華袍大袖遮了天日黃塵。她看見一雙含笑的眸，餘光瞥見男子的衣袂上繡著一對團龍錦鸞。清風在畔，山河霞景匆匆掠過，暮青坐到馬鞍上，與步惜歡共乘一騎，背襯晚霞，向著遠山而去。

日暮風晚，草木葳蕤，馬兒慢悠悠地走在山間小徑上，步惜歡擁著暮青，散步似地往林深處去。

此山不高，林子卻深，步惜歡似乎識路，駕馬擇著岔徑前往後山。

後山綠樹成林，一條獨徑通向幽處，晚霞刺目，薄霧障目，迢迢不見盡處。步惜歡策馬向幽徑盡處馳去，神駒快如風電，綠樹成排疾退，濃燦的晚霞逼面而來，暮青閉上眼，山風從她耳畔拂過，幾個顛簸之間，馬兒停下，風也靜了。

眼前綠竹成林，石苔青幽，漫天晚霞落入一眼溫泉裡，氤氳似雲，空濛靈秀，不似人間景象。

步惜歡道：「妳隨軍養傷，一路辛苦，我想起陵北兩地多山湯溫泉，前日命侍衛進山找尋。可喜歡？」

他問罷便縱身掠出，如一道長虹般驚破了煙雲流霧。

一道水聲傳來，餘音尚存，男子已在岸上。

「水溫熱了些，不過對妳而言倒正合適。」步惜歡看了眼指尖的水漬，隨即垂袖笑問：「溫谷幽僻，長夜漫漫，娘子可願陪為夫共浴，做一對野鴛鴦？」

暮青眉頭一揚。「你是說，想野合？」

步惜歡被嗆住，笑斥道：「娘子還是這般沒情趣。」

溫谷美景，洞房之邀，被她說得這般直白，真大殺風景。
大殺風景的人坐在馬背上不吭聲，步惜歡回來牽馬，暮青仍抿唇不語。
牽好馬韁，步惜歡笑問：「惱了？」
暮青不說惱，只道：「既然嫌我，不妨回去。」
她難得矯情，倒叫他一時想不起那粗眉細眼的少年模樣，只記得這一刻，白駒少女，清顏幾許，許盡女兒嬌態。
他怎麼也看不夠，許久後才笑道：「娘子雖不識情趣，不過……」
不過？
「不過，為夫喜歡。」
一句喜歡，讓暮青的嘴角微微上揚。晚霞當空，他眉宇間繾綣的深情與她微微泛紅的耳珠，成了傍晚最惹人留戀的人間風景。
夕陽半山，鳥歸蝶還，男子牽馬而行，竹葉妝點了羅裙，青苔小徑上，一對璧人漫步閒遊，一路向著暖煙濃處。行至山湯岸上，只見泉上輕煙飄蕩，有三兩枝散竹伴生在對岸，夕陽之下，竹梢楓紅，山色如秋。
步惜歡剛撂開韁繩，暮青便翻身下馬，輕盈俐落，落地聲輕，不僅不似久病初癒之人，身手反比以往多了幾分輕盈。
步惜歡的目光亮了亮，暮青逕直下岸入了水，水溫對她而言果真不算熱，正好解乏。

她尋了一處山石倚著坐下，石面光滑，水面及胸，水深剛剛好。

氤氳障目，模糊了對岸的人影，依稀瞧見有人在寬衣。

他存心撩撥她，一身衣袍解得情意纏綿，手指挑著中衣往竹枝上掛，竹枝忽的被壓彎，中衣墜落，衣風拂散了暖煙，生生將一幕春色送入了她的眼簾。漫山綠枝紅葉，男子似一株仙庭玉樹，風華可奪天地精輝。

暮青的心神被奪去，水面上飄來一件衣衫，步惜歡的中衣滑入水中，似一匹紅雲，瑰麗祥瑞，美不勝收。

這時，水波一亂，步惜歡下岸入水。夕陽沉入竹林後，山霞蒙在暮青頭上，似薄薄的紅蓋頭。男子慢步走來，撥開重重氤氳，雙腿挺拔如松，似倒映在紅河裡的月影。

「湯泉有滋養之效，行軍路上難得尋到，合衣沐浴如何解乏？」他在她面前蹲下，邊為她解衣，邊問：「可曾聽過前朝的湯泉宮？」

「沒。」暮青沒躲，只是低著頭答。

「真沒有？」

「很奇怪？」

「嗯，湯泉宮與前朝亡國有關，青史可查，民間多有傳聞。」

「哦，那是託你的福。陛下的荒唐事之多，百姓家中哪日無菜都夠拿來拌飯了。本朝的荒唐事都聽不完，哪還有人說前朝？」

步惜歡嘴角一抽。「愛卿損人的功力見長。」

久未君臣相稱，此時同泉共浴，竟好似當年她初進宮那夜。只是今日他不必再故作昏庸，她也不必再扮少年，他們已換過婚帖拜過高堂，只差洞房之喜。

暮靄西收，她在雲水間，似披霞裳。晚風吹皺了一池溫泉水，裙裾浮沉如水中花，她垂首淺笑，人比花嬌。

這一刻，天作裳，地作轎，勝過鳳冠霞帔，十里紅妝。

步惜歡有些失神，暮青低頭一瞧，見裙裾沉浮，外裳被搭在了山石上，裙帶與衣袖相依，好不纏綿。

她將目光轉開，咕噥了一句：「也不知是誰功力見長……」

步惜歡低笑一聲，似真似假地嘆道：「久未親近娘子，為夫著實相思，故而手腳俐落了些，娘子莫怪。」

暮青眼刀雖銳，卻比秋波撩人。

步惜歡在山石旁摸到了暮青的手，這些年，她在軍中操練，掌心裡多了些繭子，像一塊塊石子磨著他的心。明知她因碰觸而僵住，他仍然將她的手握得緊，慢慢地揉搓著她微涼的指尖。

「娘子莫要小看為夫，為夫的荒唐事何止可抵百姓飯桌上的一道菜？還可成床笫之間的笑談事，夜裡吹燭垂帳，入鴛被，解羅裳，助雲雨之興。」步惜歡的聲音啞了幾分。

暮青笑了一聲：「難說，畢竟不是誰家都有個喜雌伏的夫君。」

步惜歡似笑非笑。「雌伏之事，為夫喜與不喜，百姓知與不知，皆無妨，只要娘子知道為夫龍精虎猛便可。」

說著話，他掌心忽然一翻，在她穴道上一叩！

暮青忽覺無力，猛地往水裡沉去，裙裾在水面上翻出一朵白花，她瞪他的眼神風刀凜凜，活似在控訴他欺負她。

「為夫哪捨得欺負娘子？只是愛看娘子嬌嗔的模樣罷了。」步惜歡將暮青的溼髮撥到耳後，目光忽然一頓。她的耳珠粉圓玉潤，傷痂已落，只留一塊淺疤，是塊齒痕。

步惜歡心頭沉痛，小心翼翼地撫了上去。

暮青下意識避開，眼看著要磕到山石上，男子的手穩穩地隔在了她與山石之間。她撞進他的掌心裡，從他髮間聞見一股子清苦的藥香。

他輕聲喚她娘子，聲音好似山間的夏風，慵懶得催人入眠。可猙獰的景象煞了此刻的風景，夕陽將沉，一線餘暉映在竹林後，大火燒了林子一般，好似那夜，炭盆裡的火刺得她睜不開眼……

「青青，是我。」他喚醒了她的神智，憐惜地撫著她掌心裡的那片燙疤。

暮青睜開眼，見男子在煙波裡，一綹溼髮垂在她臉旁，撓得人有些癢。她狼狽地笑了笑，理了理那綹溼髮，他眸底的歡喜頓時似星夜之火，燦烈照人。

只是碰了碰他的髮而已，他竟欣喜成這樣……

暮青淡淡地笑著，卻笑出了淚花兒，不知哪裡來的勇氣，忽然環住了他的脖頸。

日沉西山，滿月東升，溫谷裡池煙障目，夜風徐來，勾畫出一泉一石一岸，人影相疊，交頸相依。

他們在溫泉水裡耳鬢廝磨，一直沐浴至皓月當空，竹梢覆雪。

眼見著天黑了，步惜歡還磨磨蹭蹭的，暮青不由心急，卻聽他笑道：「洞房花燭之夜，為夫怎捨得叫娘子露宿山野之地？」

「……何意？」暮青一愣。

「今日乃月圓之夜，洞房花燭，長長久久，方可不負良宵。」步惜歡神祕地笑了笑，隨即將暮青抱至岸上，為她披上了他的衣袍，而後自己去了對岸。

中衫已溼，他卻不嫌，牽馬回來時，一身溼衣竟已化乾。

他抱她上馬，原路折回，在她耳邊低語道：「走，我們回去。」

兩人來時天剛傍晚，回去時已是圓月當空。月光灑來，霜白漫山，馬兒走得很慢，暮青倚著步惜歡，夏風太柔，她光著腳丫坐在馬上，山風撩著衣袂，腳心被風吹得有些癢。他的龍袍太寬敞，山風灌入袖口，似攏了兩袖綿雲，舒服得讓人想睡。

步惜歡低下頭，見少女裹著他的袍子，衣裾乘風舒捲，隱約可見春指皓腕、玉足纖踝，白生生似玉，縱是清瘦也自含風骨。

他任她睡去，只將她擁得緊了些，輕提韁繩示意卿卿再慢些。

今夜還長著，且讓她多睡會兒。

馬兒識路，慢行於山間小徑之上，白駒神駿，璧人成雙，一套紅裳裹著兩人，倒真像是月夜新婚，攜妻歸家。

暮青這一覺睡得沉，感覺到耳後輕柔的撓癢時還不想醒，皺著眉頭往後融了融，聽見身後傳來笑聲，甚是擾人。她不情不願地睜開眼，見月懸江上，一艘麗舫停在江心，畫梁軒窗，喜字成雙。她睡眼惺忪地盯著那喜字，一時分不清身在何處，是否夢醒。

半晌過後，暮青望著遠方，見軍帳如棋，十丈一座哨塔，火把星羅棋布，隱約可聞鐵甲靴兵之聲，這才清醒過來。「那船……」

「噓！」步惜歡往江心一指。

麗舫停在江心，粱下燈籠輕揚，江中燈影成梭——美則美矣，卻不對勁。此船若為圓房而備，理應候在江邊，為何他們還沒到，船就駛去了江心？暮青見她養傷的馬車停在江邊，傍晚她下車時，馬車並非停在此處，此時卻朝著江面，看上去就像她已下車乘船去了江心一般。

暮青心裡咯登一聲，忽聽軍號聲自上游傳來！

七艘小舟長箭般刺向江心，先呈弓型化成兩翼，後呈梭型將畫舫護在了江心。舟上列有盾兵、弓兵和輕裝待命的水兵，攻防兼備。

「今夜興許有亂，不得不防，到頭來還是要讓娘子屈就馬車了。」步惜歡嘆道。

「你又說這話。」暮青收回目光，淡淡地道：「兩情相悅，縱是陋舍草屋又有何妨？」

她心裡已經有數，因此不再多問，撐著馬鞍便一躍而下。只是未能如願落到地上，而是落在了步惜歡的懷裡。

步惜歡神鬼不覺地下了馬，穩穩地將暮青抱在懷中。江風吹起衣袂，暮青覺出腳心微癢，這才想起自己沒穿靴襪。

江邊遍布亂石雜草，塞外神駒體態高駿，她一躍而下若不防備，興許會傷著腳。步惜歡心有餘悸，欲斥又不捨得，只好忍下，淡淡地道：「娘子的傷好俐落了，為夫理應開懷才是，可今夜妳我圓房，為夫還是希望能將娘子抱入洞房。」

暮青悶不作聲，她不覺得自己下個馬都能摔著，但更不願為此小事惹步惜歡不快，於是不辯，只盼他早早消氣。

她的順從之態像極了剛過門的小媳婦，步惜歡想笑又不解氣，百味繞在心頭，化作一聲長嘆——她睡意惺忪之時都能發現畫舫有疑，自己赤足之事倒忘得一乾二淨，看來她的餘生離不開查案，他的餘生也少不得要為她操心瑣事。

暮青想示好又不知該如何做，只好鬆開步惜歡的衣襟笨拙地撫了撫，也不知想撫平的是他心頭的惱意還是那被她揪出來的衣褶子。

「行了，沒真惱妳。」步惜歡一彈指，車門無聲無息地開了。

暮青進車時望了眼江心，見畫舫裡點亮了一盞紅燭，一對壁影映在窗上，不知是誰在演一場江上成親的戲。

暮青望著窗上的風景出神，無意識地挪向裡面，忽然感覺坐在了什麼東西上。她摸到了絲滑綿軟的錦被，摸到了被面上細密的針腳，卻摸不出被下鋪著何物，只覺得硌人，聽見被下傳來一聲碎音。

步惜歡坐了進來，一片月光被拒之門外，卻有一片月光灑在窗前。

車內未燃紅燭，幸得月華普照，得見窗下疊有喜被，窗旁掛有喜聯羅幔。

步惜歡和暮青盤膝對坐，她坐在新被上，被面團團金繡，雙喜四福，龍鳳呈祥，身後擺著龍鳳喜枕，枕旁擱著一柄玉如意，結了喜綢，墜了香囊。四周角落裡擺有精緻的瓷瓶寶器，器物上畫著百寶如意、牡丹花卉，內盛香果糕點、美酒玉杯。

馬車裡遠不及宮闕富麗，卻儼然洞房福地，大婚該有之物不能說一樣不缺，要緊之物卻都齊備了。

「娘子不瞧瞧被下之物？」步惜歡笑吟吟地欣賞著暮青愣怔的模樣，她眸底那宛如人間煙火般的絢爛神采，牽動著他心底最深處的溫柔。

暮青已猜出被下之物，但還是掀開了被角。

新被下鋪著明黃的錦褥，紅棗、花生、桂圓、蓮子鋪滿了褥子，都是用心挑的，個個圓圓胖胖。有一只花生的殼兒裂了，正是被坐碎的那只。

暮青要拿，卻被步惜歡搶了先。

那只花生在男子清俊修長的手裡顯得白白胖胖，他饒富興味地把玩著，眸裡的笑意彷彿要溢出來。「天上長生果，地上落花生，見了新人開口笑，兒孫滿堂，福多壽長。」

這吉祥話也不知他打哪兒學來的，只見他將手指一錯，殼開果落，掌心裡躺著兩顆小果，粉白可愛，對她笑道：「一雙。」

一雙是何意，暮青明白，她垂首淺笑，眸光似水波。

「這些天你都在準備此事？」那日她以為他不同意圓房，沒想到他在準備這些。他提前派侍衛尋到了山湯，備了洞房之物，特意挑在今日傍晚到達。因她被那夜的火、那夜的人所困，他便想要她記住今日的晚霞、今日的他。

今日沒有綁走她的人，只有穿著龍鳳喜袍的他；沒有讓她嘗盡顛簸之苦的戰馬，只有慢步山間讓她安心入睡的神駒；沒有義莊之火逃生之辱，只有紅霞燒林溫谷之歡。甚至連那日囚困她的馬車也不再昏暗狹小，馬車裡溫馨喜慶，將成為他與她一生難忘的洞房福地。

他竟然知道她為何想在行軍路上圓房，這般用心良苦，只為開解她——今日的一切都那麼美，那夜的惡夢早就過了。

他一向如此，嘴上慣愛說些不正經的，貼心的事反倒背地裡做。

「挑了個日子罷了，哪是整日在做？倒是喜袍、被褥用的宮錦是命江北織造府加急送來的，因日子急，楊氏從隨軍的百姓裡挑了百來個全福之人日夜趕出來的，針腳比不得兩江織造府裡的繡女，唯獨心意可貴。」

江北織造府在上陵，上陵郡王是司馬老縣主之兄，她因春娘案與司馬家結仇，上陵怎會送宮錦來？這其中必有一番博弈。

暮青心知肚明，但並未多問，今夜她不想提那些事。

「為夫自然是做了一些事的，這些喜果就是為夫一顆一顆選出來的。」步惜歡將掌心裡的兩顆花生果托得穩穩的，似待掌上明珠。

暮青只笑不語，她一點兒都不懷疑他會做這麼無聊的事。

「日子急了些，趕不出兩身喜袍來，只好裁了一身龍鳳袍子。夫妻本是同體，同袍同衿，共枕一衾，如此想來也是極好。為夫特意擇了月圓之夜，人世間的事難求圓滿，可今夜至少有一樣是圓滿的，沒有四海之賀，亦有天地為鑑。」

暮青聽得眼熱，他的用心她猜出了那麼多，卻依舊沒猜全。

「不求四海之賀，但求天地為鑑。」她道。

步惜歡聞言，眸波似一泓甘泉，內裡卻暗藏風濤。他知道她不在意，但他想給她。男兒在世，可忍辱負重，卻不可叫妻兒受人輕慢。她是他的髮妻，縱然今日只餘半壁江山，他也會許她天下，許她名分，許她四海來賀。

暮青轉身捧來一只牡丹如意盤，將新褥上的喜果收拾了起來，而後俯身整理被褥。月華照著青絲，青絲剪著窗影，歲月靜好當如此刻。

步惜歡往窗邊疊著的新被上倚了倚，藉著月光目不轉睛地欣賞春光。

暮青整理好被褥，一抬頭就看見步惜歡賴在錦被裡，登徒子似的，好不欠打。她把衣襟一攏，不管男子的目光如何幽怨，只把手一伸。「拿來。」

「嗯？」他的聲音倦倦的，似剛睡醒。

「你打算握著手中之物洞房？」她瞥了眼他的掌心。

步惜歡笑道：「此物可不能隨意收放，得需講究些。」

怎麼這麼多講究？暮青撫了撫眉心，慶幸未在宮中成親。

步惜歡從被下摸出塊錦帕來，將那兩顆花生果包住，疊好帕子擱到喜枕下，笑吟吟地道：「洞房花燭夜，新人共枕眠，今夜榻上行春雨，來年屋裡聽娃兒笑。」

暮青忍不住笑了聲：「哪兒學來的？」

「跟娘子府中之人學的。」步惜歡牽來暮青的手。

暮青一聽就知是楊氏。「你老實說，我們圓房之事，可是全軍都知道了？」

他命人縫製喜袍，又命人布置洞房，江上還有一齣戲在演，想來全軍都知道他們要圓房，唯有她被蒙在鼓裡。

「此乃大喜之事，自是要遍告全軍，今夜同慶。」步惜歡笑意頗深，顯然有未盡之言——豈止全軍知曉，此事已傳遍江北，不待大軍過江便會天下皆知。

他與她早已成親，圓房乃天經地義之事，遮遮掩掩與苟合何異？他怎能讓她擔此名聲，被人輕看？早在數日前，他就命人將一封詔書送到了上陵刺史府，命官府張貼詔文，籌備大婚用物，上陵因顧忌人質而不敢不從。而這封詔書只是明面兒上的，他暗地裡命人將詔書發往江北各州縣，下陵、青州、越州、葛州，乃至盛京，此刻此事必已朝野皆知了。

元修不會坐視他們成婚，但他想理會也不容易。百官剛剛經歷過府邸之劫，詔書貼去了盛京府衙外，必令百官恐慌，奏請徹查京中。眼下政事繁多，元修倚仗群臣之處還多，很難違背眾意。

但世上之事就怕萬一，若有萬一，今夜也有一場好戲等著「貴客」前來。

步惜歡未提這些事，只道：「娘子莫要多思，需知春宵一刻值千金，妳我該安歇了。」

他取了一對龍鳳酒盅，酒已斟滿，醇香誘人。「雖已喝過合巹酒，但今夜為夫還想和娘子再喝一回。」

暮青將鳳盅接了過來，這酒聞之醇香，品來卻不濃烈辣喉，味甘清冽，有果子清香。許是他知道她不擅飲酒，特命人備的果酒。

一杯酒飲盡，暮青將酒盅收起，回身望見步惜歡定定的目光，月色引人迷醉，拜堂那夜的種種猶在眼前，今夜他們是真要有夫妻之實了。

他抬手為她梳理著髮絲，指腹觸著她的臉頰，惹得她低了低頭。

「我來。」她道。

「嗯？」他只顧看著她，竟沒反應過來，只瞧見龍鳳袖下探出一截春指，勾住他腰間的衣帶輕輕一拽。

裳下之景不似玉雪，卻如明珠，男子披著一層紅裳一層月光倚坐在窗邊，一枝玉蘭窗花映在容顏上，這一刻的風華彷彿驚豔了歲月，亦令她悸動失神。

窗外無風，月光寂柔。

這一夜的記憶對兩人來說有那麼一刻的空白，誰也記不起何時共枕入了新被，只記得月光如川瀉入窗來，窗外無風窗自動，枕旁的玉如意上纏著兩綹烏髮，香囊的氣味有些清苦。

夜，還長著。

圓月如盤，中軍大帳的簾子掀開，一人走了出來。

他披著身輕甲，逆風望向江邊，卻只能望見獵獵的軍旗。

韓其初跟了出來，說道：「章兄，時辰不早了，明日一早我等要賀見帝后，此後要加緊行軍，今夜非你值夜，不如早些歇息。」

章同喃喃地道：「帝后……江山失了半壁，大軍狼狽南下，前途未卜榮華難料。你說……這皇后，她當得可痛快？」

韓其初笑道：「章兄，她可是都督啊……豈是貪圖痛快之人？」

「是啊，她連個像樣的成親之禮也不圖。」章同淒笑一聲，眼眶微紅。

韓其初拍了拍章同的肩膀，他們有同鄉之誼，若還看不出他的心思，不如辭了軍師之職，回鄉賣字為生。可正因有同鄉之誼，有些話他才要說：「你我都看過陛下的親筆詔書，路上成親實屬情非得已，詔書已遍布江北，都督非但不會受人恥笑，其功績反而會被天下傳頌，此乃過江後的保身之符。都督得遇良人乃是幸事，她之幸也是你我之幸，五萬水師兒郎之幸，天下百姓之幸。」

此言發自肺腑，韓其初心悅誠服，他至今仍記得那封詔書之言。

「……朕六歲登基，皇族勢微，無人可依，但為母仇，不懼苟且偷生天下罵名。天下皆道朕乃昏君，唯皇后明瞭朕心。朕一身汙名，為天下所棄，幸得知己，十八年孤苦終有所依。朕感蒼天未棄之恩，誓與髮妻死生不離。」

「皇后出身賤籍，識得民間疾苦，自與朕相識，未享一日安穩，反添奔波勞苦，而今痼疾難癒日漸憔悴，朕夙夜孤坐，遙思經年事，常使淚沾襟。元隆十八年初夏，皇后為查殺父真凶假扮兒郎從軍西北，剛智挫狄部之陰謀，又查出葛州匪寨暗養戰馬，為護上俞百姓，苦戰一日夜，身負三刀，割肉療傷；同年深秋，皇后隨將帥潛入狄部，殺敵一夜，清晨潰敵，卻遭流沙吞入地宮，智破機關尋得神甲，九死一生身中寒毒；仍是那年隆冬，勒丹使節險死於宮宴之上，皇后計誘真凶，揭奸黨勾結五胡之驚天密案。次年春，巧察西北軍烈撫恤銀貪汙大案，追繳贓銀五百餘萬兩，上至朝堂下至州縣，問斬贓官百餘人！此後，皇后練兵查案無休，因助朕度廢帝之危、連破京畿要案而得罪奸黨，險遭刺客暗殺於官道。而今，正當朕親政之際，皇后卻遭遼帝劫出皇城，為保鄭家莊中一家老少八口，自刎傷重，久病至今。」

「朕遙思當年，皇后從軍前曾留書一封，曰：『古之欲明明德於天下者，先治其國，欲治其國者，先齊其家，欲齊其家者，先修其身，欲修其身者，先正其心。心正而後身修，身修而後家齊，家齊而後國治，國治而後天下平。』朕韜光養晦，二十年謀一日，而今帝業將成，卻失髮妻，家若不齊，何談治國平天下？天下棄朕已久，唯一女子待朕一心不離，若棄此女而擇天下，與負心何異？皇后與天下，非美人與江山之擇，乃恩義與權欲私心之擇。心若不正，何以修身？君若不正，何以教民？一帝千古，明君大志，豈非冠冕堂皇之談？朕寧棄祖宗江山，不負患難之妻！天下罵名可背，男兒風骨不可失，列祖列宗若泉下有知，當明朕心，欣慰之至。」

「詔書頒於南下路上，此之一去，不知何日再渡江來。朕登基二十載，帝詔多非朕意，今日終可親書一詔，過江前告之四海——皇后久病，朕心甚憂，願效仿民間沖喜之俗，擇端月月滿之日與皇后行成親之禮，盼愛妻此後邪祟無擾百毒不侵，盼蒼天憐見萬民同祈。此後一江之隔，山水不見，世間再無大興。關河不改，王朝更替，昏君明主且看吏治民心，功過是非留與後人評說。」

一詔千字，用情之深，令人動容。

此詔非駢體，書中無麗辭，似訴家常事，娓娓道盡二十年來的背負隱忍，道盡皇后之仁孝智勇，更道盡夫妻情深，為人之本，為君之道。

這正是此詔的高明之處。

百姓忙於生計，甚少關心國事，只要國無苛政風調雨順，比之古今大賢的經天緯地之論，百姓更愛聽那些縣官納妾、寡婦出牆的風流事。而帝后情深，半壁江山不換，可歌可泣之姻緣莫過於此，豈有不四海傳頌之理？且皇后出於民間，與百姓同心連根，又如此愛民，豈有不受百姓憐惜擁戴之理？

——此乃民心之謀，但這僅為其一。

此番過江，大興恐要一分為二，劃江而治，將來若征戰天下，兵力與智囊缺一不可。軍權易取，賢士難求，日後必有一場招賢納士之爭。

元修有十年英雄之名，謀朝篡位雖會遭到一些賢才的忌諱，但畢竟有抗敵衛國之功績。反觀陛下，十年昏君之名，自毀祖宗基業，若無此詔，天下必責他不孝無道，各地揭竿也不無可能，處境不容樂觀。

但此詔一出，足可撼動天下形勢。

古來坦言江山帝位乃權欲私心之君有幾人？能言「心若不正，何以修身？君若不正，何以教民？」之君有幾人？明己欲而正己心，陛下乃真君子。海納百川，禍福可共，若親政治國，必能開明納諫，改革吏治，現盛世之治。

他拜讀此詔時有此感受，天下賢才之中必不乏見地相同之士，見此詔書，陛下無需招賢納士，志同道合之士自會來投！

——此乃賢士之謀。

其三，元修想重建朝廷是要費些心力的，而今被陛下打個措手不及，江北民心動搖，士族間怕是少不了各護私利，朝廷重建會難上加難。

其四，若無此詔，陛下南下所帶的嫡系就只有御林軍和江北水師，皇權勢弱，江南士族間的后位之爭在所難免。皇后出身卑賤，陛下又為她棄了半壁江山，百官只需以此問罪逼宮，她便有性命之憂。

但此詔一發，皇后便是功高愛民的賢后，於百姓有恩，於社稷有功，她身後是四海民心，誰敢輕動？陛下也無需再背負昏君之名，待至江南，添了賢才名士的輔佐，連同魏家之勢及這些年來的布局，江南士族想要輕易拿捏陛下是不可能的。

一道詔書，為己招賢納士，為皇后謀四海民心，攪渾江北，威懾江南，一計兼顧八方，所謂扭轉乾坤之能也不過如此。

「都督非凡女子，陛下亦是真龍也！此番棄盛京而出，看似是棄半壁江山，又如何知曉此去不是龍出深潭？真龍騰於九天，君臨四海之日，天下必有盛世。」韓其初道，不知是今夜有喜還是月色江風的緣故，他竟有些心潮激越。

章同面色頗淡。「是啊，既是幸事，理該慶賀。聽說百姓營中今夜有酒，我去喝杯喜酒。」

韓其初的笑容頓時僵住。「章兄！」

「今夜非我值夜，即便喝醉也不會誤事。再說了，以聖上之能，一切必在掌握之中，今夜能出何事？軍師放心，末將記得軍規，明日自來領罰。」

「章兄！」韓其初急喚，卻不見章同應聲，眼睜睜地看著他往百姓營區去了。

軍中每日紮營都會闢出一塊營區安置百姓，營區毗鄰中軍大帳，四周挖有壕溝設有拒馬，內有家丁，外有御林衛。紮營之後百姓便入帳歇息，無事不得外出走動，外出不可喧譁，出恭需結伴，規矩甚嚴。

營中今夜備了酒，帳內歡聲笑語，男人們在空地上生了篝火，划拳暢飲，好不熱鬧，營區外卻防衛嚴密。

西大營靠近山林，正是換防的時辰，一隊巡邏兵走來，小將道：「弟兄們，回去歇著吧，下半夜換我們。」

「肚子裡的酒蟲直鬧騰，回去也睡不著。」接話的是個陌長。

小將笑道：「想喝酒？扒了這身衣甲，儘管去百姓營中喝酒。」

「那可不成，渡江後，咱還指著穿這身軍袍回鄉見爹娘呢！只不過……聽說軍侯們去討酒喝了。」

「什麼？」

「剛剛運泔水的弟兄們從北邊過來，說瞧見章軍侯往百姓營房去了。章軍侯前腳去了，侯軍侯和烏雅親衛後腳也跟去蹭酒了。軍師治軍甚嚴，你說明日會不會……」

小將一臉憂色。「這事咱們還是少議論為好，換防吧！」

陌長嘆了口氣，兩隊交換防務後便率人走了。

沒多久，車軲轆聲從山裡傳來。眼下已進雨季，為防疫病，軍中有令，泔水不可在營區中過夜。西大營靠近山林，紮營時便設了卡口供泔水車進出。

趕車的伙頭兵掩著面巾，到了近前，把腰牌遞給小將，捂緊口鼻道：「悶死個人，鬼老天啥個時辰落水？」

小將差人去查驗泔水車，問道：「都運完了？」

「沒得，還要一趟。」

「俐落些吧，今夜百姓營房裡鬧得慌，這邊早點禁行，免得出啥事。」

「軍侯們都去蹭酒喝了，能出啥事？」

「章軍侯不當值，咱們可有差事。」小將把腰牌遞了回去。

「也是……」領頭的嘟囔著，後面的人把桶蓋好後就趕車進了軍營。

泔水車到了東大營外，值夜的小將令停，又是一番驗查。

領頭的道：「兄弟們俐落些，西大營怕出啥事，要咱們早點把差事幹完。你說能出啥子事？咱南下走了大半程，啥子戰事都沒得，糧草都不敢缺咱的，還敢來襲營？」

小將樂了。「那兩人在我們東大營裡押著，他們西大營的人倒一天到晚緊張兮兮的。」

小將把腰牌拋回，領頭的謝過，趕著馬車進了營。

伙頭營設在營區一角，營外已有一隊伙頭兵把泔水提出來等著了。眾人分工，手腳俐落，沒一會兒就把泔水車裝好了。

值夜的什長道：「百姓的營房裡還熱鬧著，兄弟們不用去收泔水了，他們怕是要鬧到天大亮。」

領頭的道：「本就沒打算去。」

這話怪異，什長愣了愣，見對方蒙著面巾，一雙眼睛在月光下顯出幾分寒光。漢子一驚，面前忽然撲來一團白霧，他頓時挺身而倒。

領頭的使了個眼色，被藥倒的伙頭兵們被拖進營帳，帳簾一放，議事之聲壓得極低。

「看來章同真不在營中。」

「可我等還未查出華老將軍和季小公爺在何處。」

「章同敢離，人應該不在他帳中，能看押要犯的左不過那幾個副將，抑或是皇后原先的親衛，把腰牌換上，依計行事。」

話音落下，一行人挑簾而出。

簾子剛挑開，領頭人的腳步忽然頓住。

營外空地上，一名將領披甲肅立，銀槍向月，鋒寒之氣似堆冰雪，說道：「有何計畫，不妨說來一聽。」

領頭之人未見過章同，只聽說水師東大營的軍侯出身寒門武官之家，擅長家傳槍法。

不好！

他悟出中計時已晚，聽見鐵甲靴兵聲正往此處湧來，不由縱身急起，一揚袖子，白霧撲向章同。

章同橫槍一撥，槍風潑得藥粉將散未散之際，領頭人當空運掌，毒霧忽然聚成掌形，大如人臉，當空拍下！

章同卻忽然收槍，銀槍落地時借力而起馳突而去。但見雪纓紛飛，銀槍搗馬，星子萬點破掌而出，月光灑在地上，如落一地白梨花。

領頭人一驚，嘴角卻勾了勾，驚的是章同的槍法如此精妙，竟能破他的虛空掌。笑的是這一槍雖擊散了他的虛空掌，章同也必定中毒。

他等著章同倒下，好以他為質交換想要之人。

不料章同住槍，毒霧散去，人卻穩立如松。

「你……」

「你也不打聽打聽，軍中如今有誰在，我很好奇閣下用毒的自信是從哪兒來的。」章同的語氣諷刺至極。

此時，弓兵已將伙頭營層層圍住，開弓之聲叫人頭皮發麻。

「章軍侯的語氣聽著有點耳熟啊。」烏雅阿吉挖著耳眼兒來到空地上。

今日帝后大喜，軍師料到會有人趁機混入軍中，於是和他們定下了這一齣戲。

侯天道：「讓老子看看，是哪個不長眼的敢從西大營外溜進來，也不打聽打聽，這招兒以前誰使過。他娘的，想起這事兒老子就臊得慌，老子的屁股，老子的媳婦兒還沒瞧見過，就先讓都督給瞧去了。」

「她又不是只看了你一個人的屁股。」烏雅阿吉道。

「你們兩個是來幹什麼的？」章同忍不住回頭斥道。

就這回頭的工夫，刺客首領忽然抬手，嗖的一聲，哨音響起，章同猛地回頭，見首領目光平靜，如將死之人。

不好！

章同橫槍掃向營帳，身邊忽然竄出一道鬼魅般的人影。人影，槍風，血花，那一刻非高手難以看清發生了何事，只見簾子翻起，刺客們退入營帳裡，一把匕首豁開了首領的臉頰，嵌入了牙關之間。

侯天率兵衝進營帳，提出五人來，沉聲道：「這些人牙縫裡藏了毒，其他人都死了，這幾個沒來得及。」

刺客的面巾已被摘下塞入口中，難再咬毒自盡。

侯天看了眼擒住首領的烏雅阿吉，詫異地道：「你這小子身手不錯啊！當初是怎麼被劉黑子給劈暈的？」

烏雅阿吉笑而不答，當時為防步態洩漏工夫底子，他自封經脈，所以才讓劉黑子得了手。他問刺客首領：「讓小爺猜猜是誰派你們來的，不是元修，他知道火燒軍侯大帳的事，不會命你們利用泄水車混進來。那蠢材是誰？說來聽聽，讓我們樂一樂。」

侯天聞言垂首，黯然之色避不示人。刺客要救的是華老將軍和季延，他今夜算是與大將軍真正為敵了。

這時，一個小將奔了進來，稱軍師命他們將人帶去軍帳。

侯天悶頭讓路，章同望向江邊，看見的卻只有皓月軍旗。

其實，今夜他真想去喝酒，只是求一醉容易，酒醒後又該如何面對她，面對章家重振門庭之望，面對自己許過的誓言？

從軍之初他曾敗於她手下，這些年來他苦練武藝，而今卻難再與她一較勝負。

從今往後，她有良人相守，而他興許……一生不能求一醉，只能戲裡吐真言。

皓月沉江，一艘畫舫如在月中，人影映在春羅帳上，交頸相依，情意正濃。

軍營上空響起哨音時，舟上的水兵仰頭之際，江面上殺機忽現！

江面亮如明鏡，雨點兒般的箭從下游射來，寒光萬點，彷彿星子落入江波。

「敵襲！」

「盾兵！」

七艘小舟如梭，箭矢聲中，少年將領伏在舟首打出一個手勢，舟尾的傳令兵打了個旗語，七舟旗語相連首尾相傳，傳到之處江上接連翻開浪花，浪花尚未壓下，入水的兵便不見了人影。

那少年將領手握匕首一個猛子扎入江中，赤膊赤足，滑如泥鰍，腳踝處有塊傷疤。

水箭是江兵所用的短箭，設有箭筒，潛水時背在背上，出水時拉動箭筒下的消息閥將箭射出。此箭的優點在於突襲，缺點在於箭矢數量有限，無法再次填裝。

水師每艘船之間都保持著三丈距離，月圓之夜不利於偷襲，刺客們難以潛近，突襲時離舟陣頗遠，好些箭都射入了江中。只見江面上彷彿下了場雨，劈里啪啦的聲音似雨打窗臺，箭雨歇時，江面上翻起浪花，人頭浮動，血染江心。

從舟上難辨死傷情況，這時江心竄起一道人影，水下竟還藏有刺客！

刺客趁亂潛近，出水時已在畫舫旁，正面對著軒窗。一支袖箭破窗而入，窗裡的壁影雙雙仰下，一個侍衛折箭掠上船頂，江面上卻又竄出十數人，侍衛們紛紛迎戰，江上頓時刀光血影，暗箭亂飛。

一個刺客格住迎面而來的長刀，刀刃在袖甲上擦出一溜火花，他趁機一抬另一隻手臂，袖箭嗖地射出！

對面的侍衛額髮一揚，不得已下腰急避，屈指一彈！這一彈含盡內力，袖箭乘著內力而起，打在射來船頂的一支流箭上，那箭頓時一改方向，射向江岸——向著馬車而去。

馬車裡，步惜歡輕輕地撥開暮青額前的溼髮，問：「娘子可還好？」

暮青違心地道：「尚好。」

春宵一刻值千金，真乃千古胡言。

步惜歡低笑，她眉心裡都是話，以為他眼睛不好？

「春宵一刻值千金，千古之言竟如此不實。」男子眉間脣角俱是風流情意，嘆道：「此刻分明是萬金不換，娘子若肯垂賜雲雨，此生娘子住巫山，為夫絕不思瑤池。」

色胚！

暮青失笑。「說話的工夫你可浪費幾萬金了，再磨蹭一刻，我肯賜你雲雨，別人也不肯了。」

說話間，她瞥了眼窗子。

步惜歡於江心上的箭雨刀風裡聽出一道來音，漫不經心地道：「去。」

馬車下掠出一道黑影，劍光挑破江面，短箭當空裂開刺入江中，水花潑在岸上，如浪淘沙。

暮青盯著窗子，人影已不見了，她卻篤定方才沒看錯。可江邊平闊，並無藏人之處，除了馬車底下……

她頓時耳紅面熱，這時候，江上的風聲已顯出幾分猛戾來。刺客不少，但尚未發覺船上之人有假，殺機聚在江心，偶有流箭射來，月影守在江邊，一人之力足以護駕。

這時，卿卿踏了踏蹄子，離湧上岸來的江水遠了幾步。牠生長在塞外，常年在大漠狼群和胡人的圍獵裡生存，對血腥氣甚是敏感。

風裡的血腥氣愈發濃郁，牠打了個響鼻，耳朵忽然動了動。

嘯聲穿破江風，一片柳葉刀從畫舫的窗中射出，割破一個刺客的喉嚨，帶著血光飛旋而來！

月影仰頭，長劍脫手而去，錚的一聲，濺開兩點星火，柳刀入江，長劍震回。他縱身接劍，落地時就勢一潑！

劍氣推沙，一滴血珠潑在了車輪下。

卿卿又打了個響鼻，尋著血腥氣聞至車輪下，忽然長嘶一聲，揚蹄一跺！

這一跺正跺在御馬的蹄後，御馬受驚，雙蹄一揚，亦長嘶一聲！

月影猛地回身，見車廂被御馬扯得一傾！

車內，步惜歡壓制不及，忽然傾向暮青！

這一傾，男子的眸底乍起驚瀾，剎那間深沉，又剎那間明豔，暮青如驚鴻欲飛，弓出不堪摧折之美，青絲飄搖瀉在枕旁，溼痕如淚妝。

御馬拉著車便狂奔起來——沿著江邊，向著軍營。

江邊草石遍布，登船的搭板棄在石灘上，馬車飛速輾過，車廂猛地一顛，窗子震開，春羅帷幔翻飛若舞，月光江風溜入軒窗，隱約撩見春色絕豔，清玉不堪摧揉，春冰暗掐郎背，風流甚，但把纖腰，不放春閒。

皓月沉江，大似圓盤，神駒驅著車向軍營而去。

第五章

千里博弈

御馬一路衝撞，月影縱身駕馬竟安撫不住，御馬跟隨卿卿一路奔至中軍大帳才停。

帳中正審刺客，韓其初率眾將疾步而出，見月影掠下馬來，衣袂急掃，關住了車窗。

春色鎖入軒窗，一截衣袖壓在窗縫裡，旖旎紅豔。

月影疾步擋在窗前，宛若門神。

韓其初朝馬車施了一禮，恭謹地問道：「敢問侍衛大人，這是……」

「江心有刺客，神駒護主，擅自將御馬驅來了軍中。」月影道。

擅自？

此話引人遐思，將領們臉色怪異，唯獨章同將憂色藏在眼底。

韓其初一向八面玲瓏，可似這等眾人未去鬧洞房，洞房卻自己跑來眼前之事，他還是頭一回遇見，一時竟不知所言，附和道：「原來是神駒護主，真是好馬！」

噗！

不知誰沒忍住，韓其初登時面紅耳赤，忙出言挽救：「那……不知聖躬鳳體安否？」

月影哪敢答好，只把脣抿著，若脣刀可殺人，韓其初必已血濺當場。

氣氛尷尬至極，韓其初懊悔不已。

半晌，馬車裡傳出一道人聲：「皇后喜靜，卿等今夜且往別處議事，勿擾鳳寢。」

人聲嘶啞，慵懶入骨，似是情意綿綿正在濃時。

韓其初如蒙大赦，將士們做領旨狀，嘴卻一個個的快要咧到耳後了。

「刺客是在末將營中擒住的，不妨帶去末將的軍帳中審問。」章同請命，而後先行告退。

尚未走遠，只聽帝音懶慢如風：「將營火撤遠些，帳前莫留。」

夏夜溼熱，馬車離中軍大帳的營火太近，人難入眠。但暮青從軍三載，已習慣了帳前有光，若熄了營火，她反而睡不著，因此只能撤遠些。

一句吩咐，聽著簡單，實則體貼入微。

章同頓了頓腳步，隨即走遠。

馬車裡，新人共枕，玉骨生香。窗前垂著紅羅帳，帳子提前用藥草熏過，江風一吹，滿車夜息香。

暮青的眼簾似開微闔，羞憤之態讓步惜歡笑了聲，她聽在耳中，莫說嗔怪，連皺眉都沒力氣。

步惜歡收住笑意，愛憐地撫上暮青的髮，撫著撫著，指尖在她頸後一掠，暮青頓時睡了過去。

「打盆水來。」待枕邊人呼吸沉穩了，步惜歡才道。

月影應是，待打水回來，步惜歡已披好衣袍，他將銅盆擱在喜盤上，浸溼帕子為暮青拭汗，一寸一寸，溫柔至極。怕她著涼，他擦過後總是及時掖好被子。

今夜千算萬算，沒算到卿卿護主，苦了她了……

他該把持些，真不該貪圖那一時之歡。

步惜歡低頭洗著帕子，水光瀲灩，隱見幽紅。不知是滿室喜紅映入了水中，還是一盆水波攪動了他的心湖，男子的眉宇鎖如玉川，自責深藏，懊悔成結。

許久後，銅盆遞出窗來，步惜歡的聲音沉了些：「再打一盆來。」

月影接住銅盆，去時特意繞了遠路，沒經過卿卿身旁。

步惜歡為暮青擦了兩遍身子，見她眉心舒展了些，呼吸不再沉長，這才和衣躺下。

窗外月已西沉，天色將明。

從軍三載，暮青一向睡得淺，醒時見軒窗半掩，金輝落滿窗臺，紅羅暖帳迎風舒捲，帳角墜著的玉鈴在如雲的喜被裡滾著，圓潤可愛，玉音悅耳。

「娘子醒了？」耳畔傳來的聲線慵懶綿柔，比玉音悅耳。

暮青抬眼，見步惜歡半撐著胳膊伴在她身旁，墨髮鬆繫，喜袍半解，胸膛明潤似玉，鎖骨上烙著片花紅，訴著昨夜風流。

「嗯。」她的聲音細不可聞，耳根粉紅可愛。

昨夜御馬馳狂，馬蹄聲與玉鈴聲相奏，軒窗開合，春帳與墨髮共舞……那樣狂放的步惜歡她頭一回見，昨夜的他與昨夜的月色在她夢裡糾纏了一夜，南下這一路，她還是頭一回未被夢魘所擾。

此生她或許不能將那夢魘淡忘，但此後也不會再被它所擾。

「可口渴？」步惜歡問，因不知她何時醒，茶水每隔半炷香的時辰就有人來換，已不知換了幾回。

茶水裡添了蜂蜜，甘甜潤喉，暮青起身喝罷，步惜歡扶她躺下時小心翼翼的，生怕牽疼了她。

暮青埋首被中，問：「你可還疼？」

步惜歡神色古怪地道：「娘子賜的抓痕，為夫心悅領受，怎會覺得疼？」

「誰問你背上了？」暮青往被裡一瞥。

步惜歡意會，嘴角抽了抽。「娘子，此話是否該為夫問？」

「為何？從生理學的角度來說，初沾雲雨，你我皆應有所不適。我聽聞古時儲君在成婚前多會選幾名年齡稍長、品貌端正的宮女教導房事，想來是怕大婚時窘迫慌亂或初沾雲雨身子不適吧？所以——」

「暮青！」步惜歡氣得心肝肺都疼。「妳是怪為夫沒臨御別的女子？」

暮青埋臉被中，嘴角揚了起來。她知道，他此刻必定恨不能將她杖責三十以示懲戒——如此才好，至少他不是小心翼翼的，滿眼的愧疚自責。

「我可沒這麼說，我只是想讓你知道，我一醒來就可以滔滔不絕，說明我精神很好，身子無恙。」堂堂帝王，可海納百川，怎解讀起她的話來心眼兒小成針尖似的？

只能說，男人有時真是……傻瓜。

步惜歡怔了怔，她一向遲鈍，殺風景的話素日裡沒少說，他以為她老毛病犯了，沒想到她藏了這份心思。

關心則亂，這回是他遲鈍了，而他的青青會疼他了。

江風吹來，吹得心湖百花盛開，步惜歡道：「我看妳的確精神甚好，既如此，命人來服侍梳妝可好？人可都在外頭等著磕頭道喜呢。」

說罷，不待暮青接話，步惜歡便掠出了馬車。車門被袖風拂開又關上，車外金輝刺眼，暮青什麼也沒看見，只記得他沒穿靴襪。

這人赤著腳就出去了，如此不顧體統，莫非是不好意思了？

暮青心覺驚奇，不由笑了一聲。

馬車外，烏泱泱的人候在遠處。

喝斥聲傳出時，眾將士望向馬車。

新婚燕爾理該蜜裡調油才是，怎就吵嘴了？南下這一路，陛下待都督如何，明眼人都看得見，怎就忽然惱了？

正憂心著，只見車門忽開，一人長掠而出，髮未簪冠，足未穿靴，大紅衣袂迎風而舞，疏狂風華似龍驚雲，一掠間便拂開簾子，入了中軍大帳。

車裡傳來一道笑聲，令人想起山間弦音，清卓之韻，天音如是。眾將不由恍神兒，朝夕相處三載，竟不知都督是女郎，亦未聽她如此笑過。

將領們納悶了，誰也猜不透帝后究竟吵嘴了沒。

「傳陛下口諭，都督府僕婦楊氏服侍皇后娘娘梳妝，其餘人等跪候！」范通從中軍大帳裡走出，眾人聞旨而跪。

楊氏領旨出來，由香兒和崔靈、崔秀捧著衣裙簪釵等物走向馬車。

「奴婢楊氏前來服侍皇后娘娘梳妝。」楊氏稟道，聲是故人聲，舊稱卻已改，直叫聞者心頭悵然。

月餘未見，已如隔經年。

楊氏獨自進了馬車，只見金輝灑進窗來，春帳未捲，新人懶起，墨淡眉尖，星眸如畫，昨夜風流初沾惹，日暮西沉方睡起，清絕容顏初添嬌韻，怎一個驚豔了得。

「都督？」楊氏喚了舊稱，驚覺後慌忙請罪：「奴婢無狀，請皇后娘娘恕罪！」

「稱呼罷了，無需自拘。」暮青瞥了眼窗外，淡淡地問：「是何時辰了？」

「回娘娘，酉時初刻了。」

「酉時？」暮青怔住，她以為是清晨，怎是傍晚了？

「回娘娘，昨夜大喜，百姓醉酒，陛下下旨歇整一日，明日再拔營。」

暮青知道步惜歡只是尋藉口讓她歇歇罷了，於是嘆道：「扶我起身吧。」

楊氏應是，伏跪近前。

主僕三載，暮青從未讓人近身服侍過，楊氏扶著她坐起時吸了口氣。她婚後也曾有過幾年恩愛的日子，見到暮青臉紅之態，難免思憶從前，無意間瞥見她身上的疤痕，這才回神。

那疤痕在肩頭和腰後，像受過凌遲大刑似的，恐怕便是當年割肉療傷留下的了……

楊氏又睃了眼暮青頸上的新傷，陌生感漸漸消失，唯餘疼惜。身分已換，容顏已改，但人還是那人。

「都督先用些茶點吧，一會兒覲見賀拜還要好些時辰呢。」楊氏換回舊稱，轉身時拭了拭眼角，捧來一盤點心。「茶點是陛下吩咐備下的，都督先用些，奴婢疊好被褥就服侍都督梳妝。」

暮青穿好衣裙，見到點心還真覺得餓了，但剛咬了一口便急聲道：「慢！」說話時已晚，楊氏掀了被子，只見新褥明黃，斑斑落梅殷紅刺目，彷彿昨夜風狂雨橫，摧落了滿園夏花。

暮青險些噎住，楊氏急忙奉茶，笑意掩都掩不住。

「都督別嫌奴婢多嘴，奴婢是過來人，這洞房的苦和懷胎的罪雖都叫女人遭了，卻也就是頭一回難熬些，往後就跟穿針納線一般自如。若是肯花些心思苦練勤修，假以時日必能練得一手好活兒。」

「咳！」好一個穿針納線，一手好活兒！

「昨夜之事，該怪那馬兒亂操人的心，陛下意亂情迷才沒把持得住分寸，這不……今兒心疼了，一早叫宮人烹了茶，半炷香的時辰一換，為的是都督醒時茶水不涼。陛下之心真金不換，都督莫要因小事與陛下生了嫌隙。」楊氏至此才表露心意，原來她是擔心帝后方才吵嘴的事，拐彎抹角地在勸和。

暮青不由心生愧意，她不但對府裡人隱瞞了身分，這段時間也沒過問府中人事，倒是他們，事事為她操心。

木已成舟，那些事問了也無用，她一直在等，等傷癒的今天。「府裡的人都還好嗎？」

楊氏面色一僵，暮青捏著點心的手也僵住，希冀淡滅，心頭隱痛。

「人都在馬車外候著，都督見了便知。」楊氏有意迴避，整理好被褥後，捧來簪釵胭脂等物，見暮青面前的茶點再未少過。

「束冠。」暮青望著銅鏡道。

楊氏見托盤裡還真放著一頂玉冠，不由心服。「還是陛下最懂都督。」

暮青不語，銅鏡裡的事物如在一幅泛黃的古卷裡，晚風拂著紅羅帳，夜息香已淡。她不喜熏香，但為驅屍氣，藥囊常年伴身，其中有一味藥是薄荷，而夜息香的主料亦是薄荷。

他的體貼總藏在細微處，暖著她的心，一年復一年，就像窗前的紅羅帳，亦像眼前的白玉冠。他知道諸將在外，她不會讓人久跪，亦知府裡出事，她無心梳妝，所以在這本該綰髮描妝的日子裡為她備了一頂男子的玉冠。

她何其有幸，而盛京戰亂那夜，又有誰何其不幸？

銅鏡裡，暮青的髮被束起，玉冠溫潤，髮似流墨，襯著紅裳月裙，冷豔英武之姿驚豔了晚風。

楊氏束帳開窗，跪在了門旁。

太監尖著嗓子長報：「鳳駕至——叩迎——」

眾人叩首，鳳駕落地的腳步聲輕不可聞。

晚霞明燦，火燒雲覆了天邊。香兒等人跪在車旁，好奇卻不敢抬頭，只瞧見人從眼前行過，裙裾舒捲如雲聚散，牡丹遍開於路，落霞為引，向著中軍大帳。

帳簾大敞，宮人跪迎，晚霞灑進軍帳，地上如鋪金毯。

步惜歡踏著霞毯而來，大袖舒捲若萬里彤雲，龍氣浩浩似吞萬象，風華雍容矜貴，眸光凝望之處春波醉人。

他迎到暮青面前，嘆道：「除卻娘子，天下當無清卓風姿。」

暮青撇開臉。「除卻你，天下也無情話。」

「這話為夫愛聽。」明知此話絕非誇讚，步惜歡依舊情意綿綿地牽著暮青的手走向上首。

兩人並肩而行，金沙為地，烈霞為毯，一時間彷彿時空錯行，燕尾白紗換作紅袍，巍巍教堂換作軍帳，夫妻攜手走過紅毯，十指緊扣。

待去上首坐定，步惜歡道：「傳！」

范通唱報一聲，眾將聞旨山呼，三跪九叩而進。

觀見之人不少，韓其初在最前方，將領中有章同、劉黑子、烏雅阿吉、侯天、老熊、盧景山等人。

看到盧景山，暮青頗為意外，又見將領們身後跪著些不相識的人，看衣著似是江湖草莽，之後是些老漢，應是隨軍百姓之中較有威望之人。

除此之外，水師將領旁單獨跪了一列人，都是熟面孔。為首的是步惜晟之妻高氏，其後是魏卓之、蕭芳、綠蘿、駱成、楊氏母女三人和香兒。

——缺了姚蕙青和月殺。

這時，暮青忽覺掌心被人捏了捏，她一轉頭便撞進步惜歡的目光裡，那目光暖得叫人心安。

暮青定了定神，揚聲道：「盛京一別，原以為此生再難相見，不想竟得諸位擁護一路南下，此情此義無以為報，我必永記在心。」

眾人不敢抬首，但聽見暮青的聲音，將領們仍有如釋重負之感。

兒郎也好，女子也罷，她在，水師之魂就在。

步惜歡道：「江山可換，人心難求，卿等皆乃忠義之士，朕不願以富貴相許，那未免看輕了諸卿。當年西北徵兵，五萬兒郎離鄉背井遠赴邊關，有人只圖報國，有人為掙軍功，有人只為有口飯吃。皇后愛民，有天下無冤之志，朕常自問，如何為君，而今已明——朕當改革朝制，叫寒門兒郎報國有路，天下百姓皆可飽腹，終朕一生，願這世間再無江北水師。」

暮青聞言不由心熱，從軍戍邊，戰死沙場者不計其數，能馬革裹屍而還的少之又少，大多數人一走便杳無音訊。水師的五萬兒郎當年險些折在青州山裡，世間少一個江北水師，能少多少背井離鄉的悲苦事？

天下無戰事與天下無冤，是自古最難之事。

中軍大帳外靜悄悄的，不知過了多久，韓其初揚聲叩首：「微臣等願效忠聖上與皇后娘娘，肝腦塗地，萬死不辭！」

眾人附言，山呼之聲激越昂揚。

「卿等平身，朕與皇后待會兒就在帳中設宴，慰勞卿等昨夜的辛勞。」

「那你們先用膳。」暮青道，她給了步惜歡一個安心的眼神，隨即起身。「都督府裡的人隨我去偏帳中一敘。」

步惜歡沒攔，只問：「命宮人送些茶點過去可好？」

「好。」暮青應了聲便獨自出了中軍大帳。

章同隨眾將領躬身讓行，她走過身邊，他卻不能抬頭，只能謹守君臣之禮，看著那一襲牡丹紅裙迤邐南去，倩影融進了晚霞深處。

晚霞深處停著三輛馬車，暮青望見車旁之人，不自覺地柔了目光。

呼延查烈立在馬旁抓著馬轠，手指都發了白。

「長高了。」暮青走到呼延查烈面前蹲下，笑容和暖如春陽。

呼延查烈癟了癟嘴，想哭卻忍住了。

暮青心生愧意，知道她月餘沒下馬車，這孩子必定擔心她。

「許多事情，沒有消息就是好消息。」暮青並不想對一個孩子說太多的道理，但她知道，呼延查烈是草原的孩子，遲早會回到草原。

這些年，她深深體會了何謂世事難料，她無法預料到分離會在哪一天突然到來，只能趁著相處時多教他一些別人不會教他的道理。不盼他懂，只盼他若有一日處境艱難，能想起她的話，堅強地面對困局。

她摸了摸呼延查烈的頭，隨後起身望向旁邊的馬車。

馬車旁立著一人，南衣廣袖，公子如玉。

「兄長。」

「妹妹雙頰紅潤，想來沖喜之俗有幾分可信。」巫瑾笑著，眸底卻藏有愧色。身為醫者，難醫心疾，為人兄長，看著義妹草草成親，實在愧言恭賀。

「沖喜？」暮青一愣。

巫瑾聽出步惜歡沒提此事，於是道：「妹夫效仿民間沖喜之俗，擇端月月滿之日行成親之禮，希望妹妹此後邪祟無擾百毒不侵。」

暮青聞言，心彷彿被重擊了一下，又似打翻了蜜罐子，疼痛卻也歡甜。

這時，太監來稟奏說都督府的人已在偏帳中候駕，暮青這才道：「步惜歡在帳中設宴，兄長可去坐坐。小妹今日有事，明日再請兄長診脈。」

「妹妹相請，自是要去。」巫瑾應下。

暮青朝巫瑾施了一禮，對呼延查烈說明日再去看他，而後轉身就走，看也沒看停在稍遠處的那輛馬車。

馬車挑著簾子，車內之人身著素衣，髮上無冠，與庶民無二，坐相卻露著王公的貴氣。那人年近五旬，相貌頗美，與步惜歡有幾分相像，只是雙目微陷眼下青黑，眼神陰沉，面色憔悴，與在盛京時判若兩人。

這人正是出京那夜被綁出來的恆王，恆王的身分不適合賀拜帝后，故而停車在此。他端著身分沒下車駕，沒想到暮青竟沒來見禮，不由望了一眼中軍大帳，面色陰沉地落了簾子。

……

偏帳中，都督府的人齊聚，只是多了魏卓之。

一干人等重新見禮，暮青道：「說吧，沒來之人出了何事。」

中軍大帳裡，御宴並無喜慶氣氛，步惜歡邊用膳邊與將領們商議軍情。

暮青回來時圓月方升，軍帳內外生了火盆。簾子掀開時，江風灌入，揚塵嗆人。只見月孤星稀，一天薄雲破碎，兩叢灌影扶疏。女子踏月而來，束髮簪冠，步下生風，裙裾暗開重花，紅袖乘風而舞，英武威凌之姿似月裡英將。

暮青行至上首，拂袖入坐，一開口，話音似劍出鞘：「談到哪兒了？」

將領們屏息沉默，韓其初應道：「回皇后殿下，昨夜的刺客出自水師，江上的刺客是上陵郡王所派。」

「當年西北軍在江南徵兵，元黨曾派人混入軍中，奸細一直潛伏著，直至昨夜才有所動。他們趁運泔水的機會出了營，在山裡殺了幾個伙頭兵，讓刺客混入隊伍中，隨後一同返回，企圖救走華老將軍和季延。幸而末將等早有準備，刺客才沒能得手。」

「半個月前，郡王府住進一個神祕人，上陵郡王對其奉若上賓，但昨夜之事是上陵郡王自作主張。聖上頒布詔書後，元修曾命上陵用兵，但遭到百官阻攔，百官請奏徹查聖上留在盛京的黨羽，用兵令前日早上送進上陵，午時就有廢止令送至。上陵郡王從中猜出了元修的心思，故而冒險行事。」

「據刺客首領交代，上陵郡王趁神祕人酒醉時問出了與奸細的聯絡令，昨夜盜取禁衛令符，命刺客潛入江中刺駕，並意圖救出華老將軍和季小公爺。」

「南下路上無戰事，末將等人曾猜過朝中阻撓聖駕渡江之策。元修不敢用兵，又不可能坐視聖駕渡江，那麼唯有一途可行——命軍中的奸細暗中行事，軍中一亂，萬事可圖。但上陵郡王擅自行事，不但失了手，還折了奸細，可謂壞了大計。再有三、五日，我軍便可抵達江邊，朝中看似已無計可施。」

韓其初撿著緊要的稟罷，抬眼望向上首。

「看似罷了，他可是曾經的西北軍主帥。」暮青的聲音寒得聽不出情緒，但一句曾經卻道盡滄海桑田之情。

還沒過江，她就已經望不見西北了，就像此時對著炭盆裡的火光，想像不出那夜盛京大火燒城的光景，更想像不出她帶他走過的密道是如何埋葬了那麼多義士性命的。

元修！

這名字自她醒來後在心頭深埋多日，而今終於翻開，真相卻如此鮮血淋漓。

「你可有想過，軍中既有奸細，何不早早動手？五萬大軍所到之處糧草耗費頗巨，地方上有多少錢糧可養我們這一支過路的大軍？一旦大軍渡江，錢糧豈不等於養了敵軍？元修圖什麼？」暮青問。

「圖江南水師。」步惜歡漫不經心地接話，把熱湯遞給暮青，這湯一直煨在爐子上，他在她進來時端下來的，說了這麼久的話已經放溫了。「五胡十年未能叩開西北邊關，元修怎會是無謀之輩？他戍邊十載，比誰都清楚戰機，渡江之時才是行事之機。渡江那日，江南水師派戰船前來接應，大軍和百姓上船要些時辰，這時才是舉事之機。雨季前夕風大，戰船怕火，若以火攻之，必定死傷慘重。汴河對不擅水戰的江北諸軍而言形同天塹，戰船雖可造，水師雖可建，但想渡江，得先問過江南二十萬水師。朝廷亂了，地方上手握重兵之人難保不動圖謀之心，徵兵再建水師談何容易？穩定朝局要多少年？操練一支能渡江水戰的精銳又要多少年？元修清楚得很，即便他勵精圖治，江北十年內也沒有謀江南之力。十年……妳我的孩兒都能議親了。」

噗！

正談著軍情，忽然說到孩兒，暮青不防之下一口噴了熱湯。步惜歡笑著拍了拍她的背，親暱之舉甚是自然，彷彿帳中無人一般。

西北軍舊部面色沉重，章同轉開目光，其餘人等擠眉弄眼，氣氛難得有這一時的輕鬆。

步惜歡將湯碗拿走，把布好的菜推了過去。她太入神，若不想法子讓她回神，菜都要涼了。

「大軍渡江時是重創江南水師的絕好時機，一旦江南水師傷亡慘重，江南便在眼底，天下便在眼前。」步惜歡挑著夜裡不易積食的點心布到盤中，江南事，天下事，在他眼裡彷彿還不如盤中飯菜。

韓其初道：「正如陛下所言，元修謀的是江南，是天下。不過，昨夜上陵郡王擅自行事壞了大計，不知朝中接下來會如何行事。再有五日就到江邊了，到時自見分曉。」

暮青一聽就知道他們早就商議過了，那夜她夢見火海連天，此後就一直擔心渡江之事，既然他們都議透了，那她就不必再多言了。

但她依舊有些擔心。

步惜歡的心跟通了七竅似的，命范通出去垂了簾子。

這夜，中軍大帳的簾子垂了約莫兩個時辰，待宮人聞旨撤去御宴時，夜已深了。

暮青寒著臉色出了軍帳，江風吹皺了牡丹裙，卻吹不散眉心裡的似水沉寒。

元修，此風已不與京同，唯有皓月共此天，你我日後，可能共天？

這時辰，京城也起了風，月光照著城牆上新修的工事，箭孔尚未修復，青石縫裡的血卻已被鞋泥覆蓋。

都督府裡掌著燈，書房開著半扇窗，窗內窗外，月圓人孤。

孟三在院外稟道：「侯爺，軍報！」

「稟來。」書房裡傳出元修的聲音，沉斂無波。

「詔書已出現在越州、青州和兩陵，葛州的軍報還在路上。上陵接到了籌備大婚之物的聖旨，老將軍和小公爺在水師，織造府已奉旨行事。」

盛京距上陵有千里之遙，八百里加急遞送軍報，耗費的時日也頗長。帝后大婚是昨日，今天的軍報稟的卻是數日前的事，等大婚的軍報送來，只怕聖駕都要渡江了。

孟三聽著書房裡的聲音，生怕元修再犯心疾。

這幾天百官吵得很，訓孝義，呼社稷，無非想牽著侯爺，不讓都督回京。百官的算盤打得響，他們擔心帝寵之爭，擔心都督斷案之能，擔心府裡再混入探子，擔心妻妾錢財。他們貪的事那麼多，卻不許侯爺只念一個都督。

書房裡靜悄悄的，孟三卻知道，元修一定坐在桌後，桌上放著一本手劄。

盛京大亂那夜，禁軍圍堵都督府的馬車，馬車裡裝著滿滿的箱子，裡頭是枯骨和一些醫書古籍。手劄在古籍下方，乃都督親筆所書，寫的是驗屍之理、斷案之要。

侯爺命人將箱子抬了回來，此後每到都督府都會來書房，掌起一盞孤燈，對著手笥坐到天明。

御醫再三囑咐侯爺不能操勞，憂思少眠熬的皆是心血，可誰勸得住？

孟三悄悄地退到樹下，知道自己嘆氣的次數越來越多了。

夜風微涼，瓊枝搖碎了月影，今夜註定無眠。

這時，一陣馬蹄聲傳來，在都督府門前停了。

一名小將奔了進來，軍袍灰撲撲的，嘴脣乾裂，嗓音粗嘎：「孟隊長，葛州的急報！」

孟三剛要接過，樹梢颯颯一響，他轉頭時，軍報已在元修手中。

元修撕了火漆，匆匆一閱，薄脣抿了抿。

不是她的消息……

「侯爺，都督……」

「是呼延昊。」元修打斷得急，似乎不想聽到有人提起都督二字。

「找到人了？」都督被聖上救下那夜，聖上帶著五萬水師和三千御林軍，其中還有一千神甲軍，竟讓呼延昊給逃了，要說不是故意放走的，誰都不會信。

呼延昊定會想辦法出關，當初晉王一黨與胡人勾結，曾在青州山裡留下了堂口和養馬場，青州山裡深著，必有暗道。侯爺斷定呼延昊會進青州山，一個多月過去了，總算發現了他的行蹤。

元修把軍報隨手一拋，孟三接住一看，詫異了。「這上頭沒說是呼延昊啊……」

軍報裡說七、八日前，葛州已經空了的匪寨裡發現了狼屍，狼肉有被割食的跡象，懷疑是呼延昊到過，畢竟西北的冬天冷死個人，獵戶殺了狼，沒有不剝皮子的道理。但只是懷疑而已，探子沒親眼見到人。

孟三道：「探子沒見到人，就算是呼延昊，不見兔子咋撒鷹？」

元修冷笑一聲：「傳令西北，如常戍邊，無需封關。」

小將不解其意，但不敢多問，領命後便匆匆離去。

人走之後，元修道：「傳令安平侯府，命安平侯的姪女明早啟程，和親大遼。」

「啊？」孟三差點咬到舌頭，連他都看得出來，呼延昊一死，大遼必亂，胡人沒工夫襲擾邊關，大興才能有時間安定內亂。不然，聖上一拍屁股去了江南，江南有汴河隔著，江北離胡人的鐵蹄卻只差一道嘉蘭關。胡人只要隔三差五地襲擾邊關，西北軍就得嚴防，那誰助侯爺平定江北？

「呼延昊不是悔婚了？他的賊心盯著都督，能願——」

嗖！

孟三話沒說完，厲風迫喉而至，煞得庭樹枝折葉落，一滴血珠濺在樹下，被落葉掩蓋，無聲無息。

孟三僵住，臉上的血痕細如髮絲，滾出的血珠轉眼間便被夜風吹涼。

皓月當空，銀輝似霜，元修滿目寒煞，豪邁不再，唯餘矜貴傲然。「何需管他願不願？只需問他想不想出關。呼延昊多疑，邊關不戒嚴，他定疑有詐，不敢出關，此時若遇見和親隊伍，你說他會如何行事？大遼初建，他失蹤已久，朝中變數頗大，一旦見到和親的隊伍，他定會混入其中一試。傳令魯大，盯著和親儀仗，一旦發現呼延昊，殺！」

孟三心神一凜，急忙接令：「末將嘴上沒把門的，錯怪侯爺了，這就去傳令，回頭領軍棍去！」

元修淡淡地道：「免了吧，回頭下不了地，耽誤辦差。」

「哎！」孟三咧嘴一笑，拿袖子擦了擦臉頰上的血，傻笑的模樣愣頭愣腦的。

侯爺的話雖不中聽，語氣卻像極了在西北的時候，就差給他來一腳了。

孟三一歡喜就把犯忌的事拋到了腦後，問道：「那啥，侯爺……」

「還囉嗦！」元修抬腳要踹，腳剛抬起便硬生生地收了回來。

有些過往，有些習慣，早已融入了骨血裡，並不是想改就能改。

男子一拂衣袖，袖下雙拳緊握，不知握住的是心肝肺腸還是一腔空志，只覺得夜風拂著袖口，不知吹得何處空落落的，只剩下疼。

「末將想問，和親的人選真要用沈家女？」孟三問。

安平侯的姪女和都督之間的恩怨，他也是最近才知道。前些日子，侯爺執意用兵，朝中吵擾不休，他將自己關在乾華殿中一日，傍晚時分開了殿門，撤了軍令。

那天夜裡，侯爺來了都督府，抱著酒罈子去了姚姑娘屋裡。說起來，姚姑娘可真是一等一的好姑娘，可惜生在姚府，又中箭被擒，之後就被圈禁在了都督府裡。她住在原先的院子裡，屋裡有宮女、太監服侍，院外有禁衛日夜看守，只是時運不濟，她中箭那夜正趕上侯爺吐血昏厥，撥到都督府裡的御醫被急召回宮，等想起她來，已是三日後了。那些宮人慣會欺人，明知姚姑娘病重，非但沒稟報宮中，還缺藥少食，御醫來時人都燒糊塗了。

侯爺下令將一屋子的宮人全杖殺了，新來的人這才不敢再欺主。姚姑娘雖命不該絕，卻落下了病根，御醫說，寒冬陰雨天裡恐怕要遭些罪。

聽說那夜都督府裡的人能逃出去，正是姚姑娘使的計。她壞了侯爺的事，侯爺反倒肯正眼待她，又因她對都督有救命之恩，侯爺對她有愧，故而待她還算敬重。

那夜，侯爺讓姚姑娘說了許多都督的事，小到日常起居，大到刑獄冤案，許多是都督隨父出入義莊驗屍時所遇的，其中一樁便是沈府的案子。侯爺這才知道都督和沈府之間竟早有恩怨，可奇怪的是，他事後竟未把安平侯府怎樣，還打算讓那女子去關外當大遼閼氏。

「用她引出呼延昊罷了，呼延昊死後再處置安平侯府也不遲。」元修語氣涼薄。

孟三道：「可呼延昊詭得跟狼似的，萬一被他逃了……」

「萬一被他逃了，假和親變成真和親也就是了。」元修道罷便往園中去了，細碎的月光掠過臉龐，眉青影白。

許久之後，孟三才回過神來。

以沈問玉為餌，誘呼延昊現身以殺之，此為假和親。若此計有失，那便將錯就錯，放和親的儀仗出關，把沈問玉真送去大遼。以呼延昊的性情，若知沈問玉與都督的恩怨，她恐怕不會死得太好受。

孟三後背起了層毛汗，被風一吹，有些發涼。

「傳令給上陵，讓沈明啟依計行事。」元修的聲音從書房外傳來，淡涼如水，似乎弈政比兵策容易，信手拈來，太過無趣。

孟三不知原計，也沒再問，當下辦差去了。

書房裡，桌上掌著盞孤燈，燭淚已濃，火苗高躍，晃得手箚上的字如飛鳳起舞，像極了她，纖細卻剛烈不折。

阿青，吏治清明，天下無冤，我也能給妳。

回來可好？

和親乃國之大事，這夜，一道和親之令卻草草傳罷，沒選吉辰，沒有賞賜，甚至沒在青天白日的時候傳令。

安平侯久懸的心落下了，卻歡喜不起來。待孟三走了，他見沈問玉由丫鬟扶在花廳前，身似弱柳，人纖影長，杏眸暗噙離恨淚，傷心之態勝似江南的細雨煙波。

安平侯道：「妳回屋吧，府裡此前為和親之事準備甚足，下半夜自會張羅出來，叫妳明日一早風光出閣。」

「謝伯父。」沈問玉福身垂首，態度恭順。

安平侯的臉色和緩了些，意味深長地道：「年輕氣盛也非壞事，只是心思要用在該用之人身上。以妳的姿色，若能得遼帝之心，必能光耀沈氏一族，妳爹泉下有知才會欣慰。」

來。

「姪女謝伯父教誨，必當謹記。」

「嗯。」安平侯並未真放心，他命丫鬟將沈問玉扶回後院，留了教導婆子下

沈問玉回到後院，聽見落鎖的聲音，望了眼侯府的高牆，目光幽似忘川水，風捎不走離怨，心湖已湧波濤。

她從不信天意，若世間真有天意，也是天不亡她。

終有一日，要你來見我！

你且等著……

元修！

第六章

渡江之戰

元隆二十年五月十七日，晨。

安平侯姪女沈氏和親大遼，時逢朝局大變，龍武衛戍衛京畿，送親的儀仗只有寥寥三、五百人，比前朝韶華郡主和親大圖時紅妝萬里出故國的壯景，本朝和親之景著實叫人唏噓。

五月二十四日傍晚，南下的軍民抵達汴河江岸，歷時近兩個月，當年從軍西北的五萬兒郎終於望見了汴河水。

這夜，江上起了霧，霧海接天綿延似嶂，箕星在東，異常明亮。

偏帳裡，暮青坐起，屏息細聽，警戒如獸。

步惜歡笑了聲：「怎麼草木皆兵的？」

「你不覺得太靜了嗎？」

「今夜無風，自然靜。」步惜歡對帳外道：「把火盆搬近些吧。」

這時節悶熱潮溼，帳外無光她睡不著，火盆離得太近，他又擔心她熱，於是命人搬遠了些。沒想到炭火聲小了，帳外太靜，她反倒不安了。

「才二更天，這樣坐等豈不難熬？」步惜歡擁著暮青躺了回來，安撫道：「我在，將士們也在，妳還有何不安心的？」

正因為重要之人都在，暮青才不安心。可步惜歡總能安撫她，這毫無說服力的話竟真叫她定了心神。

暮青應了聲，闔眸養神。

三更時分，江霧推上岸來，軍營如在仙山深處，精兵舉火來去，霧靄隨人流動，遠遠望去，虛實難辨。

軍營深處剛剛換防，兩隊巡邏兵從一座軍帳外交錯而過，帳中有道刀光閃了閃。

「都這時辰了，還沒亂起來。」

「閉嘴。」

帳中光線昏黃，月殺盤膝坐在暗處。

「行行，小爺不跟失寵之人計較，也不跟腰不好的人計較。」烏雅阿吉舔著刀道。月殺被罰南下期間看守人犯，隱衛之責在於護主，被罰當牢頭，與貶黜無異，月殺心情不好，他不計較。

月殺緊盯著軍帳中央，草席上躺著一老一少，睡得正沉，正是華老將軍和季延。

此處並非東大營，軍中壓根沒有看押兩人的固定帳所，只不過所有人都以為兩人在東大營罷了。實際上自南下起，押解人犯的馬車就混在百姓的隊伍裡，入夜後再轉移到營中，至於轉移到哪個營區哪座營帳，要看當日紮營的地勢和斥候的軍報。

月殺抿著脣，眼眸在黑暗中利如鷹隼。主子之謀向來深遠，今夜是決戰之機，孰勝孰負就看主子和那人之謀哪個更勝一籌了。

四更時分，霧濃如雪，兩個傳令兵舉著火把往西南兩座大營的軍侯大帳而來。

南大營外，親兵問道：「前面何人？」

霧裡顯出人影，來人手執令符道：「緊急軍情！」

親衛看出來人是軍師的親衛，忙要通報，剛轉身，帳簾便被人撩開了。

老熊問道：「出亂子了？」

「稟軍侯……」傳令兵上前一步，在老熊耳邊低語了幾句，遞上一封手契。

「什麼！」

「軍侯不可張揚，需以軍心為重！」

老熊面色凝重，這一夜都沒聽見有啥聲響，亂子出在那邊，確實也聽不見。再有兩個時辰就要渡江了，是差不多該有敵情了。

老熊心頭五味雜陳，忍不住嘆了口氣。

「軍令甚急，軍侯速去為上。」傳令兵催促道。

老熊命親兵牽來戰馬。「走吧。」

兩人動身時，侯天也出了西大營，不一會兒便被霧色吞沒了身影。

五更一到，韓其初喚來親衛長吩咐：「依約定，再有一個時辰江南水師就該到江邊了。傳令下去，半個時辰後全軍拔營，各大營依令行事，切勿自亂。」

暮青聞聲起了身，換上軍袍，束冠披甲，坐等拔營。

然而，半個時辰後，中軍帳外卻傳來韓其初急迫的聲音：「執我的令符，快馬去查！」

暮青撩開簾子時，韓其初已到了偏帳外。

「啟稟殿下，軍中有人失蹤了。」

「何人？」步惜歡問。

「回陛下，是南大營軍侯熊泰、西大營軍侯侯天及親兵兩人，還有……傳令兵兩人！」

暮青面色一寒。「詳盡道來！」

「半個時辰前，微臣命人去各營傳令，未料兩位軍侯不在營中。四更時分有人前去傳令，稱有緊急軍情，兩位軍侯走時各帶了一名親兵，之後就再沒回去。」

「人往何處去了？」

「不知去處，微臣已命人去查了，兩位軍侯不可能平空失蹤，當值的將士中定有瞧見的。只是戰船還有半個時辰就會抵達，西南大營離此有些距離，一來一去外加盤問要不少時辰，時間緊迫。」韓其初面露愧色，今夜有霧，軍旗無用，軍中便議定無敵情不以鼓號為令，尋常軍令以傳令兵傳報。他派出了親兵隊，授以令符，確保軍令層層下達。不料千防萬防，沒防住親信，這些人是他擔任軍師後親自挑選的，皆是堅忍心細的江南少年，沒想到其中竟有奸細。

「查轅門便可。」暮青出了偏帳，尋見卿卿，牽來轠繩便上了馬。

「殿下！」韓其初急忙阻攔。

這時，一道人影掠起，飄忽似雲，眨眼間便落在了馬背上，步惜歡一手攬住暮青，一手掣住了馬轠。

「來不及解釋了，他們十有八九出了軍營，我必須去一趟！」暮青回頭道，火光映紅了她的容顏，那雙眸子似靜謐的紅河水，無風無浪，平靜得可怕。

「為夫可沒說不許娘子去，不過是想為娘子效勞，當個馬夫罷了。」步惜歡說罷，將轠繩一提，一夾馬腹，便策馬馳入了霧中。「傳朕旨意，大軍依計渡江，勿理旁事！半個時辰後，朕與皇后在江邊等著。」

韓其初急得跺腳，卻又無可奈何，只能道：「擊鼓傳令！大軍拔營靠江！」

暮青和步惜歡馳到轅門，一干將士急忙行禮。

暮青問：「熊泰和侯天可曾出營？」

小將稟道：「回殿下，正是！兩位軍侯四更天後奉軍師之命出營，出營時有令符和軍師的手契。」

「可曾騎馬？」

「騎了！」

「往哪邊去了？」

「那邊！」小將往江邊一指。

「開門！」

轅門一開，暮青便策馬馳了出去，經過轅門時，步惜歡撈住一支火把照路，兩人直奔江邊而去。

天色未明，大霧接天連江，暮青目力不及步惜歡，便把韁繩給他，換他騎馬，她來照路。

「只管往前去，他們是騎馬出來的，倘若出事，必是出在轅門聽不見聲響的地方。」

「好。」

「昨夜霧大，視野受限，堤上多半設有陷阱，小心絆馬索。」

「好。」

暮青盯著前方，步惜歡沿著江堤馳出很遠，停下時勒馬頗急，火苗噗的一聲，聲響像寒風吹破了窗紙。

前面無人，風裡卻有股子淡淡的血腥氣，卿卿退了幾步。暮青剛想下馬，便聽見後方傳來了馬蹄聲。

月影帶著百來名神甲侍衛趕來，火光驅散了大霧，堤上的視野明朗了許多，前方依舊不見人影。

步惜歡攬住暮青掠下馬背，順手將她手裡的火把取了回來，牽住她的手，不鬆不緊，溫暖堅定。

侍衛們跟隨在後，腳步放得極輕。

血腥氣是從七、八丈外傳來的，堤上垂柳成林，黎明前夕，星月無光，霧色朦朧若鬼門關開，柳絲低垂似冤鬼飄行。

一棵老樹的枝下吊著個人，江霧如煙，柳絲織簾，隱約可見霧裡有一團白花花的東西。

步惜歡抬手一拂，袖風逐得霧散柳開，見了樹下之景。

一人裸身吊在枝頭，被割喉開膛，血流下江堤，乍一見，如老樹淌血。

「……這現場我見過。」暮青面色一沉，話比眼前的景象更詭異。

「嗯？」步惜歡望來。

「青州山裡。」暮青盯著老樹與屍身，想起當年從軍之時。那時，她和章同比試高下，回營時章同的隊伍裡少了一人，那新兵死在了一處林子裡，現場與今夜像了個七、八成。

步惜歡聞言，眉宇間顯出幾分沉凝之色來。

「火把！」暮青將手伸來，吐字如冰。

步惜歡把火把遞了出去，放任暮青向老樹走去。

暮青往樹下走去，霧氣被火驅散，又在她背後生聚，飄飄忽忽地遮了身影。待她撥開柳絲鑽入老樹下，侍衛們在三丈之外只能憑著火光的移動來辨別她的舉動，很難將裡面的情形看清楚。

老樹不高，死者的腳尖觸在地上，頭垂下，暮青舉著火把彎下身來，見屍體的情形果然與青州山裡一樣，死者的頸後只有一層皮肉連著。

死者的臉埋得甚低，暮青藉著火光望去，對上一雙凶煞的眼。那雙眼睛睜著，瘀紫青黑泛著幽光，彷彿厲鬼還魂，說不出的森煞陰邪。

暮青毫無懼色，一手舉著火把，一手扶住死者的下頷，將頭抬了抬。

這一抬，血肉分離的聲音清晰可聞，斷頸之中隱約有幽光一閃！那幽光細如針尖，被火光所奪，不起眼，卻快如紫電！

這一刻發生了許多事。

暮青急避，火把脫手向後扔去，冰絲彈射而出，繩斷屍落，老樹砸倒，她藉著風勢疾退，一道道人影從頭頂上掠入林中，她的後背撞上一人，步惜歡攬著她退至堤邊，問道：「傷到哪兒了？」

「沒事。」暮青盯著林子裡的人影，冷冷地道。

只見侍衛們正往外撤，退到堤邊時，百來個精騎押著老熊、侯天及其親兵現身，後頭升起密密麻麻的火把，竟有一支兵馬藏在林中。

三天前上陵調兵，因顧及華、季兩人的安危，駐紮在了離此百里的城中。昨日傍晚紮營後，斥候曾探過江堤，未曾發現敵情，這些兵馬難不成是平空生出來的？

侍衛們不解，只見三人被五花大綁著跪在林子邊上，口中塞著布團，見到暮青後奮力開口，卻說不出話。

這時，一個青年將領打馬出來，提槍指住了侯天的後心，揚聲道：「想擒皇后殿下還真不容易。」

「你是何人？」暮青問。

將領道：「微臣禁衛軍校尉沈明啟。」

暮青聽這名字耳熟，問道：「你和安平侯府有何姻親？」

沈明啟皺了皺眉。「看來微臣還真難擺脫安平侯府，此話侯爺也曾問過，與殿下所問一字不差，看來殿下和侯爺真是心意相通。既如此，微臣護送您回京如何？」

話是對暮青說的，沈明啟卻興味地看著步惜歡。

步惜歡但笑不語，不理會挑撥之言。

暮青寒聲問：「今日之事可是元修授意？」

「侯爺授給微臣便宜行事之權，微臣今日不過是行權宜之計罷了。」

「好，那今日就先留下你的命！」暮青抬手，指間已多了把薄刀。

沈明啟拿長槍抵著侯天的後心，笑問：「殿下不妨讓微臣死個明白，微臣不解，殿下是如何知道屍身裡藏有機關的？」

她無內力，又離屍體那麼近，若非事先有所警覺，絕躲不開暗針。

暮青道：「這很難嗎？你不管使何計策，動機都很明確——營救人質、阻止渡江、帶我回京。」

沈明啟揚了揚眉，眼底的陰鬱一生即滅。「願洗耳恭聽。」

暮青道：「今日最要緊的事是渡江，所以很多人包括我，都把防備之心放在了渡江上，從而忽略了元修還想讓我回京的事。你把人騙出軍營，看似聰明，實則愚蠢，因為恰恰是此舉提醒了我。」

「得知軍報時我很奇怪，為何盧景山沒事？他也是西北軍的舊部，為何假軍令沒傳到他那兒去？顯而易見，你的目的不是策反西北軍的舊部，那你的目的何在？」

「盧景山護駕渡江是因為我曾幫西北軍追回了撫恤銀，即是說，他自認為欠我的，而我並不欠他的。但熊泰和侯天，一個曾是我的陌長，對我照顧有加，一個在我遇刺時曾跳崖報信，他們皆對我有恩，人失蹤了，我一定會去找他們。」

「軍中有五萬人馬、三千御林軍和一千神甲軍，任有再多的奸細策應，在軍中對峙，你都毫無勝算，所以他們肯定被你騙出了軍營。今日渡江，軍心何等要緊？此等關頭，我絕不願看到軍中生亂，但我也絕不能棄他們於不顧，所以我只能瞞著此事，帶少數人馬出營來尋。如此一來，你覺得我還會猜不出你的目的嗎？你的目標是我，而他們只是引我出營的誘餌。」

沈明啟嘖嘖撫掌。「人道殿下機敏如神，果非虛言。不過，此計並不愚蠢，正因為殿下機敏，微臣才出此計策，若殿下猜不出人在營外，微臣豈不白費心機？此計是專為殿下所設。」

暮青嗤道：「自作聰明，正因為看出你的目標是我，我才有所警覺。越複雜的計策越需要事先周密計畫，你此行不容有失，而侯天和熊泰皆是勇猛的老將，一旦打殺起來，難保不發生意外，所以你事先不可能沒有不戰而擒敵之法，那麼，既然你一定會竭力避免打鬥，我為何會在路上聞見血腥味？」

「人只能聞出三、五丈內的氣味，當時侍衛們舉著火把，火光照出三、五丈卻看不到血腥味源於何處，只能說明遠處有大量血跡。這若是因打鬥而起，那必是一場惡戰，但他們兩人若有惡戰的時間，為何不發響箭通知軍中？所以，惡戰的可能性不大，考慮到失蹤的時間和失血量，只可能是有人慘死。而你需要留著熊泰和侯天的命要脅我，那麼死的只可能是他們兩人的親兵。」

「事實證明我沒猜錯，但我沒想到你會模仿呼延昊的手法殺人。這件事做得很蠢，你只需威脅我回京便可，何需殺人，又何需用此手法？」

「我是仵作，朝中文武皆知我的規矩，我驗屍時是不許人靠近現場的，你殺人並布置現場，顯然是想將我與侍衛分開，我由此推斷出樹下抑或屍身上藏有某種機關並不難，有所戒備理所應當。」

侍衛們聞言紛紛側目，從得知消息到出營尋人，皇后殿下只在聞見血腥氣時停了少頃，腦子裡竟然轉了這麼多彎兒，主子到底娶了個什麼女子？

「我再告訴你一件事吧。」暮青橫刀指向沈明啟。「你知道我為何料到樹下沒有機關嗎？」

「願洗耳恭聽。」沈明啟目光陰鬱，已不復悠閒之態。

「因為……他！」此聲如雷，暮青忽然出手，刀從指間射出，瞬間被霧色所吞！

沈明啟退入禁軍中的工夫，只聽咚的一聲，一人眉心中刀，戰馬揚蹄長嘶，馬蹄踏在那人的胸口上。那人噴出口血來，登時斷了氣。

禁軍低頭一看，死的是韓其初的親兵。

沈明啟面色陰沉，別人興許會以為這一刀是射偏了，但根本不是，她的目標原本就是此人──他是首領，她猝然發難，禁軍自然以為她要殺的是他，忙於護將之際，她真正要殺的人自然毫無防備，取其性命輕而易舉。

這女子……她也許從一開始就計劃好了，跟他廢這麼多口舌就是為了尋時機殺了奸細。

「你不曾戍邊，呼延昊的殺人手法你如何知道得這麼清楚？自然是此人告訴你的。」暮青目光森寒。

這人原是章同的兵，青州山裡第一個遇害的新兵就是他找到的。當年章同曾在草坡上教過新兵們依據草勢辨別過路者，他示範時那片草還好好的，後來尋人時，草倒伏著，這人順著草坡下去便找見了遇害的新兵。韓其初因此記住了此人，任軍師後便跟章同將此人要到了身邊，沒想到竟養了狼。

「在樹下布置機關難免要翻動草皮，與之相比，在屍中藏入機關更不易被察覺。死者幾乎斷頸，我需要把頭顱扶正才能確認其身分，那麼最可能藏暗器之處不就是斷頸之中？」暮青說話間，解剖刀入了手。

「殿下名不虛傳，微臣佩服。」沈明啟的稱讚比先前由衷了些，但並不想服輸。他使了個眼色，禁衛的刀狠狠一壓，血珠順著刀刃滾出來，染了侯天三人的戰袍。「微臣喜歡跟聰明人打交道，殿下既已知曉微臣的目的，那就過來吧。天快亮了，望殿下莫要磨蹭。」

侯天三人聞言，事先約好了似的，竟一起往刀上撞去！

禁衛們慌忙收刀，對著三人一頓拳打腳踢。

「住手！」暮青怒喝一聲，牙一咬，往前走去！

三人抬頭望向暮青，眼神近乎懇求。

步惜歡一把握住暮青的手腕，望著沈明啟不緊不慢地問：「你只要皇后？你手上可有三人。」

說話間，他瞥了月影一眼，月影上馬便要往軍營去。

「慢！」沈明啟一挑長槍，指著暮青道：「陛下英明，微臣的確還要兩人，但微臣想讓皇后殿下先過來。」

當今天下，誰人不知大興皇帝愛妻如命？他絕不可能將愛妻拱手讓人，所以他才使計屍裡藏針，想先擒住皇后，再以侯天三人要脅聖上放了華老將軍和季小公爺，如此才能確保把侯爺要的人全都帶回去。

「兩位軍侯追隨陛下，陛下若不相救豈不寡恩？日後何方將士會效忠陛下？」沈明啟將長槍往侯天後心處一送，揚聲道：「微臣數到三，盼陛下快些抉擇。」

「朕何需抉擇？」步惜歡淡淡地瞥了眼三人頸旁的刀。「你真以為他們是你能殺的人？他們是西北軍的舊部，元修放他們離開是念及舊情。你若殺了他們，朕敢說你此生或可得榮華富貴，但必不得善終。」

沈明啟嗤笑。「他們乃背棄舊主之徒，陛下怎知侯爺放他們離開不是為了今日？」

侯天和熊泰聞言，青腫的眼皮使勁睜了睜，眉峰上的血淌進眼裡，刺痛難忍。

「陛下不會以為前些日子的事是上陵郡王犯蠢吧？那些奸細只是棄子，因為只有如此，陛下才會覺得剷除了奸細，從而生出軍中已無奸細的錯覺，昨夜我們的人才會得手。此乃侯爺的計中計，對他瞭解得不夠深的人是陛下，而非微臣。」

這是個一箭雙雕之計，上陵郡王偷兵符是事實，壞了侯爺的事也是事實，於是侯爺以此為把柄揑住了上陵的兵馬，待局勢一穩，盡可卸磨殺驢，問罪郡王府，派親信之人接管上陵之權。

「哦？」步惜歡垂眸，眸波微微漾起便歸寂不見。「所以，你是在與朕賭誰更懂君心？」

愛恨無界，總有些人叫人殺之不忍，留之又成心頭刺，只能折磨著自己，不知該拿此人如何是好。

人心複雜，君心更是如此。

沈明啟語塞，陰鬱地道：「陛下乃謀心的高手，微臣領教了。多謝陛下提醒，陛下保住了他們的性命，不過微臣想說……雖不能殺此兩人，微臣卻可以折磨他們，而且，微臣可以殺這兵。」

說話間，沈明啟提槍便刺向侯天的親兵，槍風掃得柳枝狂然飄起，似夜裡伸出的幽冥鬼爪，颯颯一響！

暮青急喝：「慢！」

長槍刺上甲胄，擦出一溜兒星火，黎明前的長堤霎時間絢麗無比。

暮青看向步惜歡，這一眼似訣別，山之高，海之遠，皆不及這目光深。

「我可以過去，但有個條件。」暮青指向馬隊裡。「把此人綁了，我要清理門戶。」

那人不是別人，正是韓其初的另一個親兵。

那親兵驚惶地看向沈明啟，見他目光幽涼，不由大駭，一夾馬腹，策馬便逃！

一隊禁衛立即急追而去，沈明啟喊都來不及，眼看著禁衛不見了人影，他望向暮青，目光如電。

暮青逕直走了過去，邊走邊道：「你怕我在拖延時間？放心，我更怕你殺我將士，所以不用你們把人綁回來，我這就過去。」

她不想過去，只是假意答應，那奸細不想死，他要麼戰，要麼逃，若逃必有人去追，若戰必定生亂，如此便能爭取時間和時機。

韓其初不會放心步惜歡和她只帶少數護衛出營，必定會派人來接應，算算時辰，援軍也該來了。

沈明啟是個聰明人，已經看穿了她的意圖，她若不過去，他必定會傷害人質。唯有她主動過去，才能繼續拖延時間。

這不是一場賭博，只是一場攻心戰。

沈明啟把性命和前途都賭在此次差事上，必定謹慎，她越主動，他越多疑。

他不會讓她過去——必定！

戰靴踏在潮溼的泥裡，暮青的腳印深得像鐵石在地上碾過，一步一步，緩而沉。

「慢！」沈明啟揚聲喝止，目光變幻莫測。「殿下既然命微臣綁人，那就等把人綁回來，微臣再恭迎殿下。」

百聞不如一見，這女子睿智果敢，方才計殺一人，又只用一句話就引走了一隊禁衛，此刻說要過來，誰知她在盤算什麼？

暮青揚了揚眉，如願地停了腳步。

這一等，沒等到人回來，只等到了三聲軍號。

軍號聲從江上傳來，一聲低沉若山海濤聲，一聲悠平似長風蕭蕭，一聲高闊若鴻冥在天。步惜歡回身，見天若黑水，江霧成團，遠眺而去，若見萬頃雲濤在下，漫漫江波在天，江天倒置，戰船駕雲飛渡，如期而至。

長堤遠處，三聲擂鼓相應，鼓聲尚在北面，不見旌旗，只聞馬蹄聲奔來。

沈明啟打了個手勢，禁軍挾持著三人退入了林中。

少頃，忽聞孤騎聲來，一個禁衛剛馳回來，胸口便穿出一支血箭，登時墜馬而亡。

大軍緊追而來，章同手提長槍，槍頭上挑著顆人頭，見暮青無事便斂起關切之情，下馬稟道：「末將奉軍師之命率東大營將士前來護駕，路遇奸細，已將其斬殺！」

「大軍到江邊了？」步惜歡問。

「回陛下，先頭軍已下江堤，軍民正往江邊行軍，預計戰船抵達江邊之前，全軍便可下堤待命，戰船一至便可登船。」

「好！」一聲高喝傳來，沈明啟帶隊將人押出，侯天的親兵被綁在前頭，他執槍斷然一送！

噗！

血花綻開，槍頭從那親兵的左肩穿出，紅纓滴血，溼了袍子。

「來得正好！那就把華老將軍和季小公爺一併帶來吧。」沈明啟猛地把槍一收，血潑了一地，他森涼地勾了勾嘴角。「希望這一回陛下和皇后不要再耍花樣，否則，微臣很樂意讓這些前來護駕的將士們瞧瞧，帝后是否真那麼愛兵如子。」

步惜歡瞥了月影一眼，月影去得急，回來時帶著輛馬車。

月殺下車稟道：「主子，人帶到了！」

「嗯，見過皇后了？」步惜歡淡淡地問。

「叩見皇后殿下。」月殺低著頭，聲音如常。

「辛苦了。」暮青醒來後第一回見月殺，奈何眼下不是說話的時候，只能先顧眼前事。「把人帶出來吧。」

月殺領旨進了馬車，出來時和烏雅阿吉各扛著一人。

見兩人昏睡著，沈明啟道：「聽聞公子魏易容之能鬼神難辨，我怎知兩人是真是假？」

烏雅阿吉樂了，把季延扔去地上，拔出匕首就劃。「把臉皮剝給你驗驗就知！」

他的刀法太快太絕，沈明啟喊都來不及，眼睜睜看見季延的下巴被開了道口子！

烏雅阿吉吹了口血珠。「還不信的話，小爺把老頭兒的臉也一併剝了。」

沈明啟驚魂未定，寒聲道：「把人喚醒！」

月殺把解藥放在華老將軍和季延的鼻子底下晃了晃便收了起來，兩人醒後有些迷糊，只聽林子裡有個青年將領說道：「有勞皇后殿下親自將人送過來，其餘人退後，若有擅動者，大不了今日一起死。」

沈明啟打了個手勢，藏在林中的兵馬見令而出，拉弓以待！

黎明前最黑暗的一刻，天上不見微雲淡月，唯見堤下火把綿延，似銀河落入凡間，照亮了江面。

江上起了風，大霧往堤邊而來，船在霧後，輪廓已顯。

長堤上，數千弓兵對峙，中間僅隔三丈。

暮青解了袖甲擲在地上，兩袖一展，袖風似波濤一蕩！

沈明啟冷冷地揚了揚嘴角，只見暮青扶住華、季兩人，卻沒看見她的手隱在寬大的袖子裡，朝身後比了個手勢——掌心張開，一翻一覆！

暮青緩步而行，心中默數。十步之距彷彿耗盡半生時光，她離江堤越遠，江波聲越清晰，這表明船隊已近。她佯裝難以扶穩兩人，腳下打了個趔趄，不著痕跡地把兩人往一起一攏。

三！二！一！

十步之數走完時，暮青正好到了馬隊前方，一隊禁衛圍上前來，她剛準備把人推出，忽見沈明啟抬了抬手。

弓臂緊繃的粗沉聲傳來，暮青心頭一顫——她知道一旦元修要的人都在手中，沈明啟必定翻臉，但這弓弦的聲音不對！

長弓的聲音細長，並沒有這般粗沉，這聲音更像是床子弩發出的！

哪來的床子弩？

暮青目光一睃，千鈞一髮之際，她來不及細想，只憑本能將華、季兩人往前一推，大喊：「趴下！」

兩人撞驚了戰馬，戰馬揚蹄踏來時，林中有狂風猛灌而來！

暮青往前一撲，華、季兩人被她撞倒，粗壯的箭桿和鐵製的箭羽從頭頂飛過，鑿子似的扁鏃上纏著厚重的油布，黑煙嗆人喉腸，天上火箭如蛾。

暮青翻身一滾伏入泥裡，一手拔掉髮簪擲出，一手接住一個墜馬禁衛的長槍往前一送，兩道血花綻開，一排頭顱飛起！

神甲侍衛們踏箭掠來，挑斷侯天三人身上的繩索時，步惜歡帶著暮青長掠而去，退下了江堤。

江上已是一片火海，綿延無盡，戰船上慘呼聲不絕，桅杆雲帆砸進江裡，一個個火人在波濤裡翻沉，慘烈之景叫人看得心如死灰。

沈明啟在堤上大笑：「侯爺早就料到陛下能猜到他會用火攻，所以有意放出棄子，讓陛下以為上陵郡王壞了大計，他已難行火攻之計。實際上，侯爺從聖駕南下起就在附近的村莊裡換上了下陵的兵馬，等的就是這一天！如今江南水師已遭重創，江南不日便會是侯爺的，殿下與其跟著一個亡國之君，不如隨微臣回京，保一生榮華富貴。」

「他既然瞭解我，就該知道我想要的從來不是榮華富貴。」暮青退了一步，與步惜歡並肩而立。「今日他在我在，生死相陪！」

「可真感人。」沈明啟嗤笑一聲，揚槍指向江邊的數萬軍民。「殿下難道忘了這些將士和百姓？現在陛下手上已無可以要脅侯爺的人質，兩陵十萬兵馬今日便可到江邊，殿下忍心叫這數萬生靈血染汴河？」

「難道殿下回京，元修就會放過我們？看看水師今夜慘死的將士！元修心狠手辣，怎會真放過我們這些追隨聖上之人？」章同冷笑一聲，立槍而跪，高聲道：「末將願戰死江邊！寧死不降！」

東大營的將士們聞言面江而跪，齊聲高喝：「願戰死江邊！寧死不降！」聲出江面，狼煙滾滾，江上的慘號聲卻彷彿靜了。

遠處岸上，火把舉著，不知過了多久，火光落入泥裡，一名將領高聲道：「戰死江邊！寧死不降！」

「戰死江邊！寧死不降！」

「戰死江邊！寧死不降！」

火把一支支的丟到地上，似在江邊放了一溜河燈，燈裡點著數萬軍民的英魂，行將滅去，血染江河。

暮青看著跪在江邊的將士們，忽然抽出一個親兵的佩刀，回頭時眸中含淚，笑道：「我還是不忍心讓你們陪著……」

章同猛地抬起頭來！

「你說錯了，這裡不是沒有能要脅元修的人。」暮青不敢看身後，她答應過步惜歡的事要食言了。「命兩陵立即退兵！我要聖上和軍民渡江，否則，你即便能帶回我的屍首，也必不能是全屍！」

暮青橫刀逼頸，卻只聽叮的一聲，步惜歡在她身後嘆了一聲。

「答應過為夫的事，忘了？」步惜歡擁住暮青，摸來斷刀扔入江中，只聽轟的一聲，大船坼斷，火海分流，江濤怒生，霧雨爭瀉。

步惜歡將雨點兒遮得嚴嚴實實，在暮青耳邊嘆道：「為夫只是想多感動一會兒，娘子就又要自刎，這要是養成習慣了，可怎生是好。」

「……我沒事。」暮青有些心虛。

「有為夫在，妳想有事也不容易。」步惜歡道罷，將暮青擋去身後，抬眼望向堤上。「江南造船工事精良，這些年來換下的舊船都快把船廠堆滿了，愛卿幫朕把舊船燒了，省了拆卸的錢財人力，朕真該謝謝愛卿。」

舊船！

沈明啟一驚，望入江中，只見船上火勢熊熊，哪裡看得出是舊船？倒是霧散了許多，火海深處隱約可見重重船影。

暮青猛地回身，見步惜歡背襯著江火，眉宇舒展，那慵懶的意態好似臨江賞景，四海升平，天下無事。

他道：「近日箕星在位，箕宿好風，乃起風之兆，這時節江上多霧，豈不正是用兵之機？大風一起，戰船緊隨霧鋒之後，任愛卿是神仙，也分不清新舟舊船，船上之人是血肉之軀，還是披甲戴盔的草人。」

草人！

章同急忙走到江邊，細看之下果見一條折斷的桅杆上垂著具屍體，那人穿著甲冑，軍袍已成破布，胳膊竟是用木棍紮起來的！

那慘叫聲是從何處傳來的？

這時江上已無慘叫聲，章同循著火光望去，目光落在火海後的重重船影上，猛地回頭看向步惜歡。

莫非？

「元修遠在千里之外，難知江邊的天象，朕卻知道他意在江南。若上陵郡王不犯蠢，奸細應在今日舉事，可奸細被擒，朕就在想，若是朕，朕會如何做——若是朕，朕命密使去郡王府裡住著，豈能不知上陵郡王可不可靠？在這緊要關頭，朕會派一個粗心大意的密使，醉酒誤事，任郡王盜取兵符？若元修真能大意成這樣，這江山他也就別爭了。」

「朕思來想去，上陵郡王犯蠢這事兒著實耐人尋味。朕能猜出元修意在江南，元修難道就不知朕能猜出他的圖謀？那奸細被擒會不會只是一齣戲，一齣讓朕放鬆戒心的戲？不管怎麼猜，朕都覺得，若朕是元修，絕不會放棄火攻，用計於江上乃保險之策，不可不行。」

步惜歡瞥了眼散落在岸邊的弩箭，笑道：「江上霧大，朕猜你等為了一舉射中江船必定不留餘力，現如今弩上應該無箭了吧？」

沈明啟勒馬後退，眼底驚濤翻湧。若非親眼所見親耳所聞，他絕不信世間有兩人能相互猜心、千里博弈到這種地步。

「愛卿既已無餘力，那該輪到朕了吧？」步惜歡問時衣袖一揮，散落在岸上的弩箭忽然齊灌而去！

弩箭長槍般粗長，力崩山河，未至堤上，長風已狂。

堤上人未退馬先驚，沈明啟調頭便逃，高聲下令：「放箭！」

弩上已無餘箭，弓卻未開，弓兵們手忙腳亂，弦未拉開，厲風便已撲面而來。

離江堤最近的禁衛們看見了人生中的最後景象，只見火光燒天，殘船遍江。步惜歡踏箭而行若拾階漫步，任狼煙千里流螢相逐，他來得不疾不徐，似上仙渡海萬物作舟，雍容風華，舉世無雙。

男子上了江堤，亂弩開道，一路潑血，弓兵退敗，人仰馬翻。

侍衛隨駕而來，流箭難入神甲，冰絲利如神兵，一時間只見人頭齊飛，血流遍地，堤上之景慘如人間煉獄。

悠悠青史如長河，歷朝歷代的史書裡都不見隱衛的身影，大齊開國皇后的神甲侍衛軍卻出現了三次。襄助帝王奪宮之事關在宮門之後，鮮為人知，渡江之戰的慘烈卻在民間廣為流傳。

這日，一千精騎、一千弩手及一千禁衛死於江堤之上，三千兵馬折於百人之手，堤上無一人全屍，只留了一個活口——沈明啟。

沈明啟跌倒在屍堆裡，目光驚滯。步惜歡在他面前住步，眸底不見波瀾，只含著無盡的涼薄。

「朕不殺你，那太便宜你，也太便宜元修。你這樣的近臣與禍害無異，其中苦果，叫他自品吧。」步惜歡轉身離去，兩袖舒捲，似天邊紅雲。

沈明啟癱坐著，見侍衛把華老將軍和季延帶往堤下，不由面如死灰。

他活著回去也是個死，若他死了，外祖母和娘豈不是要被侯府欺凌至死？

沈明啟想著，眼底忽然生出掙扎之色，一把從血水裡摸出支箭來，從一個重傷的禁衛手裡奪過長弓，瞄準堤邊，滿弓而射！

嗖！

箭音傳來時，步惜歡已下江堤。只聽噗的一聲，已被押到堤邊的華老將軍胸口透出一支血箭，江堤遮了視線。

此行一事未成，橫豎是死，不如賭一把，活的帶不回去，那就帶個死的。反正全軍覆沒，誰也不會知道老將軍是怎麼死的。

這不能怪他，人不為己天誅地滅！

步惜歡往堤上看了一眼，眸波微動，奇異而嘲諷：「他既然想留下華愛卿，那就把人留下吧。」

江邊，暮青剪斷了縫屍的線，闔上了老熊親衛的眼。那雙眼裡並非真有邪氣，只是因頭顱長時間低著，眼結膜內墜積了瘀血，臉上生了屍斑，所以有些嚇人罷了。

「多謝都督！」老熊將頭磕進泥裡，背朝西北面朝南。他想，他一生大概不會再回西北了。

暮青起身道：「記住，我不想再為你們任何人縫屍。」

「妳身子剛好，渡江之事說得深，怕妳覺得凶險，沒想到反叫妳受了驚，是為夫不好。」步惜歡為暮青披上披風。

暮青搖了搖頭，望著江南道：「能回去就好。」

步惜歡見她眉眼間思鄉情濃，不由牽住她的手道：「江船在汴河城靠岸，咱們上岸時應是傍晚，行宮裡早就灑掃一新。且在宮中歇息幾日，待擇個良辰吉日，為夫陪娘子回鄉。」

「嗯。」

「妳一直惦記著爹娘合葬之事，待回去也擇個吉日，讓爹的棺槨也一同回鄉。」

「嗯。」

兩人面江而立，說著夫妻間的話，章同默默地退遠，指揮將士準備渡江。

軍號聲從江上傳來，岸上擂鼓相應，停在遠處的江船聞鼓起航，一線魚肚白自大江盡頭泛起，天亮了。

……

元隆二十年，五月二十五日清晨，江南水師渡江迎駕，禁衛軍火燒舊船，龍武衛大將軍華老將軍身中流箭而亡，驍騎將軍季延被俘。

帝后攜軍民登船渡江，於傍晚抵達了汴河城，刺史陳有良率文武州官迎駕，帝后同乘，入汴河行宮。

五月三十日，冰棺運回京城，滿城掛白。恆王府及宋氏滿門被押上城樓，鎮軍侯元修手執持國劍登上城樓，親手斬殺恆王繼妃宋氏、恆王世子步惜塵及恆王庶子女八人，血祭華老將軍。三百七十九人的血潑紅了新修的城樓，一時間，盛京城樓上的血能止小兒夜啼。

六月初一，和親儀仗抵達越州城，越州刺史奉命釋放大遼王軍，由越州軍護送和親儀仗及大遼王軍趕往葛州，姚仕江回京覆命。

六月初六，和親儀仗抵達葛州，夤夜時分，驛館失火，和親貴女沈氏及其丫鬟被燒死在房中，一個救火的奴婢神祕失蹤。仵作前來看驗，見屍搖頭嘆氣，稱屍體已被燒成焦炭，無憑驗看，天下間能斷失火案者唯有一人，可惜那人已渡江而去，此案即成懸案。

六月初八，步惜歡頒布詔書，親政立后，論功封賞，安置南下軍民，定都汴河城，未改國號，只廢除元隆年號，另立年號嘉康，史稱南興。

六月十日，元修於盛京宮乾華殿中登基，以江北五州建國，國號為燕，年號建元，史稱北燕。

自此，江山一分為二，兩帝劃江而治，開啟了南興、北燕爭雄割據時期。

五日後，失蹤已久的大遼可汗呼延昊忽然現身國都外，率親侍殺入牙帳，斬殺密謀奪國的部族權貴，重奪皇權，此後政務纏身，邊關暫寧。

自此，大遼、北燕、南興、南圖休養生息，暫無戰事，但敏銳之人已能嗅出時代給予的機遇。

一時間，賢士擇主，百家爭鳴，新思潮若雨後春筍般湧現。

——新的時代悄然來臨。

第七章

鳳駕回鄉

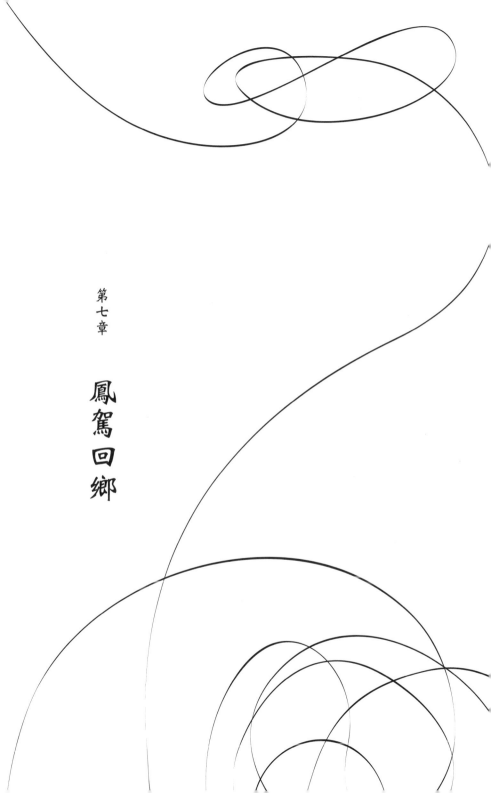

嘉康初年，六月二十。

古水縣，雲秋山。

石上雲生，山間樹老，樹間隱約可見一座舊石橋。橋後晨霞方收，一抬步輿慢悠悠地行過，沿著崎嶇的小徑下了山來。

帝后的儀仗候在山前的官道上，儀仗前跪著幾個文官，正是古水縣的知縣、縣丞及主簿一行。

這幾日陰雨連綿，官道泥濘，知縣一行天不亮就來了山下，已在泥水裡跪了個把時辰，正打著寒噤，忽聽一聲唱報傳來。

「帝后駕臨——」

知縣慌忙把腦門子往泥水裡一磕，哆哆嗦嗦地喊：「微臣古水縣知縣范科，恭迎聖駕！吾皇萬歲萬萬歲，娘娘千歲千千歲！」

其餘人等一同跪拜，無不抖似落葉。

皇輿覆幔，氣象肅穆。帝后共乘在萬千儀仗之中，帷幔後傳來一道慵懶的帝音：「范科，作姦犯科，真乃人如其名。」

帝音涼似秋風，一道明黃之物從帷幔後擲出，范通接個正著，將聖旨一展，腔調死板地念道：「奉天承運皇帝，詔曰：古水縣知縣范科以權謀私，欺壓良善，枉為一縣之父母！即刻奪其烏紗，革職關押，待清查冤案之後再依律嚴辦！欽此——」

知縣猛地抬頭，一臉的泥水點子。

侍衛們上前褪其官袍之時，見溼透的官袍貼在知縣身上，竟顯得有些寬大。

帝后來雲秋山已有七日，七日前是欽天監擇定的安葬吉日，帝后送國丈的棺槨回鄉，皇后發願不建大墓華陵，只於雲秋山上修了一座合葬墓，將爹娘同葬後，齋戒守陵七日。

知縣等人在大駕剛到那天就來過，被侍衛一句帝后齋戒不得擾駕給攔了。自打得知了皇后乃何人後，知縣就憂思惶惶，生生把衣帶給熬寬了。

「起駕——」

唱報傳來，侍衛綁起知縣便拖去一旁，縣丞、主簿等人慌忙跪著退至官道邊兒上，見儀仗浩浩蕩蕩地動了起來。

「擺駕古水縣衙——」

晌午將至，煙雨東來，大駕行至古水縣外時，萬絲明滅，城樓虛如遠山。

鳳駕還鄉是為葬父，儀仗中未設鼓樂宮隨，只有御林衛為導，幡幢旗陣為引，左右衛大將軍護駕，屬車十二乘，帝后步輦在中，神甲軍在後，殿以黃龍大纛。

皇后不喜鋪奢，鑾駕簡素，行經城門竟還用了半炷香的時間。長街兩旁跪滿了百姓，百姓難以窺見帝后，倒是在儀仗後頭瞧見了知縣。知縣被侍衛押著，百姓議論紛紛，一路跟著鑾駕往縣衙去了。

到了縣衙門口，一聲落駕傳出老遠，帷幕一打，天子先行下了御輦。青瓦如洗，天光雲氣浩若匹素，牆南探出幾枝夏花，開得正好。宮人奉來油紙傘，男子一手接過，一手撩開了帷幔。

這一撩，風拂廣袖，夏花驚落，細雨飛瓊掠過眉前。男子望著御輦中人，眉目間的脈脈情意勝過了花影春燈。

世間最美的風景莫過於這一撩，撩動春心，從此春閨夜夢，不知多少女子的夢裡情郎似君。

帷幔裡探出半截素指，男子伸著手，讓輦中人搭著他的腕走了下來。女子一襲月裙，身無繁飾，青絲綰就，鳳簪獨枝。一抬頭，三尺青天在上，縣衙金匾在下，她立在衙門口，風姿清卓，容顏依舊。

長街寂寂，古水百姓眼也不眨，恍惚間記起當年素衣撐傘出入縣衙的暮姑娘，她一走就是三年，誰也不知當年發生了何事，只知再聽見她的音信時，她已名揚天下。

誰也想不到一個賤籍出身的姑娘能有此造化，就像誰也沒想到受盡天下人唾罵的聖上竟然並非昏君。

天下人都看走了眼。

帝后相攜入了縣衙，百姓擠到衙門口，見帝后坐在公堂法案後，天威咫尺，叫人不敢久觀。

天還下著絲絲小雨，帝音比綿綿細雨還要慵懶，似一曲弦音，散出縣衙，漫過長街，天音般降至耳畔——

「人傑地靈之說，古來有之。朕早想瞧瞧養育皇后的一山一水是何等的靈秀，今日見這古水縣，才知果真是寶地。只縣衙叫贓官坐了幾年，真真是糟蹋了。」

帝音落下，知縣被拖到公堂外，老太監執著聖旨出了公堂，宣道：「奉天承運皇帝，詔曰：知縣者，知縣事也，民乃一國之本，民安方得國泰，此乃朕之所願也。然，古水縣知縣范科，掌一縣之政，不思體察黎庶疾苦，以權謀私，貪贓枉法，傷國之本，其罪難赦！現將其革職查辦押赴汴都，有冤者可至縣衙訴清冤委，責令新任知縣重審疑案，務必平冤於民，令一縣民生安泰，欽此——」

衙門口嘩的一聲，百姓正議論，忽見老太監又展開了一道聖旨。

「奉天承運皇帝，詔曰：越州奉縣學子崔遠，出身寒門，知民疾苦，孝賢忠義，堪為一縣之長。今封崔遠為古水縣知縣兼兵馬督監，知縣事，理縣政，勸課農桑，澤被百姓，莫負天恩。欽此——」

「學生領旨，叩謝聖恩！」儀仗裡走出一人來，一身青衫，年紀不過及冠上下，卻頗有幾分寵辱不驚的氣度。

知縣官秩七品，竟要御封，不傻的人都知道是為何故。古水縣裡飛出了一隻金鳳凰，皇后的故鄉自然不是隨便什麼人都能掌政的，能坐在古水縣公堂的人必是帝后的親信。

有人悄聲道：「新任知縣大人的名姓有點耳熟。」

聖駕南渡，大封功臣，其中有六位寒門學子。這些學子早在聖駕渡江前就已名揚江南，他們廣發檄文，揭發元黨，聲討奸相，呼籲親政。沒人說得清市井中何時開始流傳這些事的，只記得起初是三、兩首童謠，後來說書先生斗膽說起了聖上，大夥兒怕殺頭，起初不敢聽，後來見官府沒來抓人，又對皇家密事好奇，茶館裡的人便多了起來。

先帝暴斃、母妃之死、虐殺妃嬪、廣納男妃的隱情……一樁一樁，道盡聖上的隱忍不易。大夥兒起初將信將疑，但沒過多久，江北就傳來了西北軍撫恤銀案告破的消息，大家這才信了。

再後來，茶館裡常有寒門學子出入，他們鬥詩激辯、暢論國政、批判士族、深談變革之要、擁護聖上親政。聖駕渡江時，盛京事變、立后詔書、皇后從軍替父報仇、帝后患難與共的恩愛事早就傳遍了江南。

如今，江山一分為二，百姓的日子與從前並無不同，反而因聖上親政，寒門子弟報國有望，民間一派歡欣氣象。

那幾位被御封賢號的學子中，崔遠是越州人士，其母正是揭開撫恤銀貪汙案的人，百姓曾在皇榜前議論了幾日，故而對崔遠印象深刻。

百姓議論紛紛，崔遠充耳不聞，謝恩後便退去一旁。

這時，百姓吸了口涼氣，只見崔遠臉上落著塊巴掌大的疤，似是受過烙刑，新肉舊疤長在一起，醜陋駭人。

天光雨霧籠著縣衙，少年恭肅地立在公堂外，遠遠瞧著就像是閻王派來的鬼差。他尚未及冠，卻已脫了少年稚氣。

「帝后移駕——」

這時，唱報聲傳來，御林衛聞旨而出，百姓紛紛讓路。

御林衛將長街清了出來，天子撐著傘笑道：「坐了一路御輦，還真有些乏了，娘子陪為夫散散步可好？」

「好。」皇后頷首，甚是清冷。

天子當街牽住愛妻的手，體貼地問：「家中離此可遠？若是路遠，那還是坐輦吧，為夫捨不得叫娘子溼鞋。」

「不遠，遠也無妨，我沒那麼嬌氣。」

「那就走吧。」天子的笑似春風一場，吹皺一泓秋水，蕩得人無酒自醉。「這會兒雨不大，想來也溼不透繡鞋，若是溼了鞋面，歸家後為夫幫娘子換了就是。」

此話話音說低不低，百姓的眼睛睜得老圓。

暮青瞥了眼袖口，步惜歡捏著她的手，捏得好不纏綿。她太瞭解這人的德行，他想的哪是換繡鞋的事？

「此番出行就該帶著御史，似今日這般言行，就該讓御史參你一本。」暮青甩手整衣，看似惱了，耳珠卻微微泛紅。雲天青碧，不及這一抹紅暈秀麗，叫人不覺間看呆了眼。

「嚴妻在側，何需御史？」步惜歡笑了聲，目光風月和柔，說罷牽回暮青的手。「走吧！」

宮人緊隨，儀仗在後，只見帝后相攜而去，衣袂裙裾舒捲如雲，龍鳳對佩玉音清澈，一路叮叮噹噹地走遠了。

城北，後柴巷。

三年未歸，巷子裡的老牆根下生了青苔，炊煙從巷子深處飄出來，暮青站在巷子口，如毛細雨沾溼了眉睫，神情叫人不忍久看。

「可是巷尾那間？」步惜歡小心地問。

「明知故問。」暮青進了巷子，家中無鄰，巷子裡三年沒人，石板縫裡卻連根雜草也未生，顯然是有人來灑掃過。衙門的人無旨不敢擅入院子，那此刻在生火做飯的會是哪撥人？他都派人來了，哪能不知暮家是哪一間？

步惜歡的確知道，暮青這回卻猜錯了，炊煙不是從暮家升起的，而是從左舍飄出來的。因巷子頗深，兩家挨得近，暮青才看岔了。

「我們先歸家，一會兒再來。」步惜歡賣著關子，牽著暮青的手到了門前。

賤庭門前無臺階，門隨牆開，門上無簪。銅鎖上未見鏽斑，瓦上亦未生雜草，連鄰牆之間種著的散竹被細心修剪過，不曾遮住牆頭。

炊煙飄過鄰家院牆，柴米香令人懷念，暮青怔在門口，有那麼一瞬，竟以為自己剛從縣衙回來，爹在家中煮飯，她一推門就能聞見飯菜香。

暮青從隨身的藥囊裡取出那把放了三年的鑰匙，鑰匙是溫的，鎖卻涼得刺骨。

院內未生雜草，屋裡亦未蒙塵，她臨走時翻開的衣櫃已經鎖好，銅鏡前的碗碟裡，梔子汁已乾；書房裡的書擺在原位，未遭蟲蛀鼠咬；灶房裡堆著新柴，她離家前用過的柴禾和藥罐還在原地，其餘物什都灑掃得乾乾淨淨。

暮青去各屋轉了一圈，問道：「你很久以前就派人來看護院子了？」

「不久，妳我拜堂之後才有人看護在此，以前只是過些日子就來灑掃一回。」步惜歡隻身立在院子裡，宮人都在院外候著。「妳娘家只剩下這一間院子，為夫派個人來看家護院也是應當的。岳父若在天有靈，妳我的婚事總要叫他放心才是。」

步惜歡淡淡地笑了笑，眸底的愧意卻未逃過暮青的眼，她這才發現他一直站在院子裡，雨勢不知何時大了起來，他撐著傘站在院子當中，任雨潑溼了衣袂，竟不敢走動。堂皇金殿都坐得的人，一間民院竟叫他如此拘束。

有關爹的死，兩人已長談過，暮青不想多言，她拉著步惜歡便進了閨房。「我的床榻小了些，念你護院有功，分一大半給你，如何？」

她往榻上虛虛一劃，劃出了三分之二的位置給他，留下的地兒她要側著身才能躺得下。

步惜歡站在門口，傘還沒收，天光照得側顏如畫，眸波暖得溺人。「娘子要一丈寬的黃花梨大床，為夫記著呢，已命內務府在置辦了。」

暮青正想收傘，一聽這話險些摔著。「你真想讓御史參你一本？」

龍床不過九尺，他若命內務府置辦一丈的龍床，御史能把祖制搬出來在早朝上死諫。

江山只餘半壁，步惜歡剛封了些寒門子弟，前陣子又提議興辦學堂，朝廷想改革舉官入仕的舊制，興辦學堂只是前期準備。江南士族不傻，皇帝親近寒門，新思潮來勢洶洶，士族豪貴絕不會長久任之，步惜歡若被守舊派拿住錯處，他們定會胡亂牽扯，直到把事情扯到改革取士上，施壓到他肯讓步為止。

「他們不尋此事的由頭，也會尋別的事，該來的總會來，來得越晚準備越足，為夫寧願此事早來。」步惜歡扶住暮青，打趣道：「娘子怎就覺得是那些老頑固想找為夫的茬兒？新官上任還三把火呢，為夫初親政，哪個不思憂國憂民，專盯著妳我夫妻間的茬兒，為夫才要治一治他。」

暮青無語，這人……

算了，她怎麼會蠢到擔心他？這幫老頑固自求多福吧！

暮青在床邊坐下，坐得端端正正的。「先說好，我此生之志在於斷案平冤，不是那一丈寬的黃花梨大床。」

步惜歡倚門而笑。「好，是為夫飽暖思淫慾，愛跟娘子睡那一丈寬的龍床，為夫驕奢淫逸，娘子清廉守正，如此可合心意？」

暮青不接話，只是揚了揚嘴角。

步惜歡挨著她坐下，問：「此行不多待幾日？」

暮青道：「朝中事忙，你不可離開太久。」

他親政那日，江南各州的賀表都到了汴都，唯獨缺了嶺南的，北燕拿晉王的命捏著嶺南，嶺南有不臣之心。

他陪她守陵的那七日，奏摺天天往山上送，每日只睡兩個時辰。四方未定，政事繁忙，還是早日回宮為好。

「你說得對，魏卓之、韓其初、章同、崔遠等人皆是朝廷日後的棟梁，需多多歷練，此番正是歷練之機。我從前在家中寫了幾本手劄，讓崔遠拿去研讀，若有疑案，奏問宮中就是。」

一開始，她覺得崔遠六人年紀尚輕，論學問還當不得賢號。但步惜歡有其考量，改革需要時間，在這段時間裡，需以封賞安江南學子之心，激勵寒門子弟隨行。

朝政她還需學習，能幫步惜歡的唯有獄事，這皇后要怎麼當，她也該思量思量了。

這場雨來得急去得也急，說了會兒話的工夫，雨勢已歇，天近晌午。

步惜歡來到門口，望著鄰家的炊煙笑問：「晌午了，妳我去鄰家打一頓秋風如何？」

後柴巷裡以前的住戶多以賣柴為生，暮青一走就是三年，古水縣裡的百姓興許以為她死了，街坊又搬了回來也有可能。但看步惜歡的神情，暮青知道這戶鄰居十有八九是熟人，而熟到能讓他如此自在的人，不用猜都知道是誰。

兩人來到門前，步惜歡敲了敲門，門便開了。門內之人玉面青袍扇不離手，人在房簷下，笑比玉蘭美。

「帝后駕臨寒舍，蓬蓽生輝。」魏卓之躬身相迎。

步惜歡與暮青進了門，綠蘿推著蕭芳走了出來。

暮青問：「你們不是往星羅去了？」

星羅在大興地域的最南端，一州十八島，毗鄰瓊海，因島嶼眾多星羅棋布而得名。

魏家世居星羅，魏卓之因功受封正二品鎮南大將軍，領了海防諸事，而後就帶著蕭芳離開汴都了。算算時日，他們應該出了汴州了，怎麼在古水縣？

「小芳想起有件物什沒交給殿下，我們就在古水縣住了幾日。」魏卓之道。

東西收在東屋，用錦布包著，蕭芳當面拆開，裡面放著的是書——一本經書，一本棋譜，正是空相大師所贈之物。

「盛京大亂那日，府裡人匆匆收拾行囊，駱小爺搬箱子時不慎撞倒了書架，磕壞了暗格，這兩本書正在暗格中。民女猜是要緊之物，就收在了身上。出府時，馬車被禁衛所截，箱子皆未能帶出，除了這兩本書。」蕭芳面有愧色，南下時皇后在養傷，她就把書收了起來。

渡江後，魏卓之想帶她回星羅，說了許多蕭家和魏家的事。初聞爹娘生前的事蹟，她如在夢裡，就這麼被帶出了汴都，半路才想起此事來。

暮青一時無言，空相大師那夜所贈之言她還未參透，經書和棋譜竟又回到了她手中，難道世間之事真是冥冥之中自有定數？

「多謝。」暮青謝過蕭芳，便把書收在了身上。

午膳是一桌江南名菜，桌子擺在院子裡，四人不拘君臣之禮圍桌而坐，暮青收起雜緒，問魏卓之：「你當真要回星羅興建海師？」

這人是個經商的料子，沒想到會志在海上。

「此生之願。」魏卓之的眉宇明澈如雲海，一貫以遊戲人間之態示人的江湖公子此刻終露湖山真色。

暮青再未開口，人各有志，她已聽說過蕭、魏兩家的事了。

魏家世居星羅，魏父在一次陪妻子出海回娘家的途中遇上了海寇，魏卓之眼睜睜地看著娘親不堪受辱投海自盡。海寇頭子將他綁在桅杆上威脅魏父交出家財，殊不知魏家布施行善，家財早就見了底兒，海寇不顧魏父苦苦哀求，將魏卓之扔進漁網投入了海裡。

那日，茫茫大海猶如血池，海鯊搶食人屍，幼童在血海裡沉浮，嗆進喉腸的血水不知是母親的還是家丁的。他那時年幼，只記得有支長弩射穿了海寇頭子的喉嚨。

那年，蕭元帥總領星羅海事，正巧到附近島上視察海防，遇見魏家遭劫，便率將士力搏海鯊，斬殺海寇，救下了魏家父子。

魏卓之嗆水險死，蕭元帥以內力護其心脈，將他從鬼門關前拉了回來。魏卓之大難不死，卻傷了身子，幸而魏家因行善結識了不少江湖豪傑，其中便有魏卓之的恩師合谷鬼手。

魏父將魏卓之託付於人後，一心經商，錢財全用在了海防上，他想以此告慰亡妻和報答蕭元帥的救命之恩。蕭元帥對魏父十分欽佩，於是不計門第之別與其結義。

蕭元帥在魏家的幫助下改造海船，抗擊海寇，因功被調回沂東鎮守東南海域，練成了舉世聞名的蕭家軍，只是不久後便發生了上元之亂。

魏卓之從此志在海防，但大興入仕制度森嚴，魏家世代為商，又曾襄助蕭元帥，他想謀得一方海防大權可謂痴人說夢，於是便廣交三教九流。

那時正值步惜歡初下江南，他有意招攬賢才，與魏卓之從相互試探到聯手一搏歷經了兩年。此後步惜歡以好男風之名大興龍舟，世人不知，所謂的「江河一日十萬金」中的金銀全流進了魏家。

魏家用國庫的銀子經商，沒幾年便成了江南大賈，魏卓之一面結交江南權貴，一面利用江湖身分助步惜歡建立刺月門，收集消息、招攬能人、暗殺奸黨、滲入士族。

暮青從沒想到，步惜歡在江南的勢力如此之深，深到江南的文武權臣不敢不迎駕渡江，而今想要阻止新政反而處處受制的地步。

大興江山雖只剩半壁，但他是這半壁江山的君——名副其實的。

親政後，步惜歡讓魏卓之領了星羅海防，他有發展海事的打算，江南與江北除了汴河之隔，尚有海域可通，聽說星羅之南有小國，西南有列國，東南有仙山列島。大興內亂多年，國力大不如前，加緊海防一可謀江北，二可防備海上諸國，日後國力強盛，還可出使列國，互通貿易，可謂一舉三得。因此，魏卓之此去星羅身兼重任。

魏卓之與蕭芳明早便要啟程，暮青想為兩人餞行，晚膳就定在了自家院子裡。

儀仗撤去了驛館，暮家院外只留了侍衛。門一關，院子裡不見宮人，只見書房的窗開著，桌上放著幾摞明黃的奏摺。

步惜歡臨窗而坐，執筆朱批，夏風捎著片竹葉飛入硯中，墨紅葉綠，窗明雨珠兒淨。

暮青在灶房裡進進出出，炊煙升起時已是日暮時分，晚霞飄來，雲薄瓦紅，院子裡露草青青蟲鳴唱晚。暮青端著菜出來，步惜歡自窗後望來，兩人目光相撞，一窗之隔，脈脈萬重情。

若不見那明黃的奏摺，他與她此刻就彷彿是一對尋常夫妻，日出而作，日暮還家。他在寒窗後閒讀，她在灶臺前做飯，日子平淡悠然。

然而，這樣的日子終究只有一日。

這晚，暮家擺了宴，暮青和蕭芳都寡言，唯有兩個男人有一句沒一句地打著機鋒。這樣的夜晚不知日後能否再有，魏卓之這一走，下回再見不知要何年何月。

暮青飲酒相送，晚宴散時已有些醉意。

步惜歡喚來宮人備水沐浴，而後與暮青去了書房。

書架上放著幾摞手劄，暮青道：「可惜了都督府裡的那些。」

那些手劄裡有一本淺述微表情的，步惜歡頗有興趣，她本打算寫好後給他研讀的，沒想到尚未完成便出了事。

「世間事難得圓滿，人在便好，餘事強求不得。妳既有造福百姓之心，那些手劄在哪裡都一樣。」步惜歡將手劄合上放回書架，抱著暮青坐進了椅子裡。

窗開著半扇，夜風吹來，竹香滿屋。暮青有些頭暈，靠在步惜歡肩上闔眸養神。

「這巷子裡的屋舍都買了下來，為夫打算將隔壁那間用來安置盧景山，娘子覺得可好？」步惜歡問。

渡江後，一應人等論功行賞，有功的將士各自有了府邸，朝廷在城外劃地建村，恩賜良田，隨軍南下的百姓皆已安置妥當。盛遠鏢局的鏢師們隨魏卓之回星羅，魏家在江南各地及海上皆有生意，鏢師們也有去處。唯獨盧景山自請卸甲歸田，此後就閉門不出，終日不肯見人。

暮青正為此事發愁，說道：「待回城後我去趟驛館，看他的心意再定吧。」

這幾日在山上守陵，兩人睡得少，沐浴過後便進屋歇息。

次日，魏卓之和蕭芳在鏢師的護衛下啟程前往星羅。步惜歡和暮青則起駕回宮，大駕出了城。一個時辰後，在官道上停下，一個臉色蠟黃、粗眉細眼的少年跟著個華袍公子從玉輅裡下來。

宮人牽來兩匹馬，暮青翻身上馬，問道：「去哪兒？」

「當然是回汴都。」步惜歡笑道：「讓鑾駕慢行，咱們先回。聽說近日有寒門子弟聚在臨江茶樓裡議論朝政，妳我不妨去聽上一聽。」

第八章

微服激辯

汴都仍是舊時風貌，長街古樓臨江伴柳，一岸柳綠花紅，滿街紙墨茶香。晌午剛過，臨江茶樓外來了兩名男子，華服駿馬，一看便是貴人。

小二瞄了步惜歡好幾眼，搜腸刮肚也想不出汴都誰家子弟有此風華，直到把馬牽來手中才恍然大悟——這二位騎馬來此，想來不是汴都人。

今日帝后回宮，這條長街是鑾駕必經之路，早幾日前，臨街的雅間就被士族公子和貴女們訂去了。這二位遠道而來，想來是為了同一件事。

小二拴好馬，將步惜歡和暮青請進茶樓，大堂裡幾乎客滿，桌上未擺飯食，只有詩畫清茶，原先說書的地兒成了辯臺，一個青衫學子正論國事。

「……徽號之制，縱觀古今，唯上可用二字，可聖上卻為皇后上了『英睿』之號，難免有越制之嫌。聖上改年號為嘉康，善美吉慶為嘉，安寧豐盛為康，乍一聽乃祥瑞之願，細一品卻耐人尋味。嘉字有嘉偶之意，聖上怕是有以紀年為由令萬民祈願皇后歲歲安康之心。帝后情深本無關國事，可過於情深未必是社稷之福。有前朝榮妃、李后之鑑，專寵之害不得不憂。」

小二引著步惜歡和暮青進來，聽見這話，面兒上撇著嘴，心裡咋著舌。今日聖駕回宮，學子們的言辭越發犀利了。

徽號的事，皇榜上說得清清楚楚的——徽號乃崇敬褒美之號，皇后之德，一字難褒，故上複號。

聖上開明，恩准學子論政，可天下學子多了，總有些心術不正的，說這些話不就是存心博人耳目嗎？

小二心裡啐了一口，臉上不忘堆笑。「二位公子，實在對不住。雅間客滿，樓上倒有張空位，臨窗望堤，包二位滿意。」

「臨窗風大，免了，就那邊吧。」步惜歡往大堂角落的一張空桌看去，說話時已與暮青走了過去。

小二愣了愣，那犄角旮旯的地兒，鑾駕就是在茶樓外走八百個來回，他們也瞧不見。難不成這二位不是為了聖駕來的，而是為了聽學子們論政而來？

唷！那不是找罵嗎？

寒門學子對士族深惡痛絕，這二位大搖大擺地坐在大堂裡，只怕聽不著啥好話。

小二犯著嘀咕，卻麻溜兒地上了壺好茶，配了兩碟瓜果。

步惜歡提壺倒茶，慢悠悠地道：「聽聞汴都的茶樓裡近來甚是熱鬧，本想帶周兄來見識一番，沒想到一進門就聽了一耳的無用之言，著實掃興，還望周兄莫要介懷。」

嘶！

小二吸了口氣，瞄了眼大堂。

大堂裡早就靜了，暮青貌不驚人，步惜歡的貴氣卻太惹眼，他一進茶樓，臺上的學子便住了口，一場激辯就此止住。

聽見步惜歡之言，學子們皺起眉頭，舞文弄墨之地頓時湧起武鬥之氣。

一聲脆音打破了僵局，暮青捏碎一只花生殼，剝出仁兒來擱到茶盤裡，又取來一只接著剝，舉手投足間看似和步惜歡學了幾分懶慢氣度，聲音卻冷得很：「人就在此，何須介懷？」

學子們一愣，皆未明此話之意。

暮青看向青衫學子，問道：「我問你，上徽號、定國號的事動過國庫的銀子？」

青衫學子答道：「沒有。」

「那徵過田丁、賦稅？」

「也沒有。」

「既沒動國庫的銀子，也沒徵誰家的米糧，聖上高興，褒美自家婆娘，干卿底事？」

噗！

步惜歡正要品茶，手一抖，茶水灑出，險些燙著自己。他沒好氣地睨了暮青一眼，本是解氣之言，怎叫她說得這麼彆扭？

茶樓裡靜得落針可聞，無數茶客的目光落在暮青身上，皆看不清少年是何身分，竟敢在大庭廣眾之下冒犯皇后。

暮青鬆手，一把剝好的果仁跳入茶盤裡，劈里啪啦，脆似掌摑。她把茶盤往步惜歡面前一推，拍了拍手起身。「餓了，我去福記拎幾只包子來，你先自個兒聽吧。別顧著喝茶，先吃點東西墊墊胃。」

說罷，她雪袖一收，負手走了。

青衫學子的臉色青紅難辨，見人走了，對步惜歡道：「這位兄臺，那位周兄之言恕在下不能苟同！聖上曾言『君若不正，何以教民？』那天子越制，又何以令百官守制？帝后情深雖是千古佳話，可前有半壁江山之失，後有徽號、年號之越，前陣子聖上又駁了朝中奏請選妃的摺子，可見皇后已有專寵之實。縱觀青史，後宮專寵之害何需一一列舉？不提前朝，只說本朝，聖上恩准皇后提點天下刑獄，豈不正是專寵之害？後宮專寵，女子干政，縱觀前朝，哪回不是國運將盡之兆？天子非庶民，內無專寵，外無近習，方可昌國！」

青衫學子振臂而呼，大有皇后禍國之意，而江北之失恰恰成了國運將盡的印證。

學子們聞言，面上皆有凝重之色。

不能否認南興、北燕之局是因皇后而起，可皇后孝勇睿智也是事實，若不擁護這等女子為后，難道要擁護不知民間疾苦的士族閨秀？可專寵干政之害也確實令人憂心。

一時之間，無人出言辯駁，氣氛沉如死水。

步惜歡不緊不慢地拈了顆花生，眼也沒抬，輕描淡寫地道：「閣下說得好像後宮無專寵，女子不干政，國運就永不衰亡似的。」

青衫學子不知此言何意。

步惜歡道：「天下自周而起，周吳魏越、楚晉梁宋、慶夏元武，經北涼西趙而至大興。大興之前，天下共歷十四朝，其中，梁和帝專寵榮氏，荒廢國事，武穆帝病弱，李后干政，外戚專權。後宮女子敗盡國運的僅有兩朝，其餘皆因天子暴政而亡。」

青衫學子心裡咯登一聲，隱約猜出了步惜歡之意。

步惜歡問：「這天下是男子的，天子暴政，黨爭不絕，兵災匪患，苛稅禍民，哪一朝哪一代的氣數不是被昏君貪官給敗盡的？女子禍國於這悠悠歷史長河裡不過是寥寥幾筆，常使得民不聊生的不正是歷朝歷代的天子百官？閣下熟讀青史，既把女子比作禍國殃民之妖物，那敢問天下男子又該當何罪？」

此言膽大犀利，卻發人深省。

滿堂學子被驚住，有人聽得神采奕奕，如得至寶。

步惜歡又問：「后妃大不過天子，榮妃惑主、李后干政，難道不正是梁帝昏庸、武帝無能之過？棄江北乃是聖意，閣下為何怪罪皇后一人，而不敢言聖上之過？榮妃乃宮婢出身，以色侍君。李后乃宰相之女，謀私為己。而當今皇后殺過胡虜、戰過馬匪，保過百姓和軍中兒郎，更為民平冤無數，閣下以榮、李之流比當今皇后？敢問閣下，若當今皇后禍國，誰家之女能護國？若當今皇后當不得『英睿』之徽號，誰家之女有居中宮之德？」

青衫學子被問得滿面赤紅，辯道：「在下未道皇后當不得『英睿』之號，只憂聖上專寵皇后於國有害。即便皇后娘娘愛民如子，誰又能保證她提點天下刑獄，日後不會恃寵而驕結黨營私，似榮、李那般？世事難料，人心難防，聖上須防患於未然。」

「好一個防患於未然！」步惜歡吃罷碟中果仁，不緊不慢地往椅子裡一融，瞥著長街，半面眉宇裡盡是闌情倦意，那閱盡風浪的上位者氣度叫滿堂學子不由自主地屏息聆訓。「當年，高祖打下大興的江山時就是率軍從這條街上過的，那時的開國之臣多是寒門出身，鎮國公目不識丁卻驍勇無匹，定國公村野出身卻懷治世之才，可六百年後的今日，當年的寒門之士成了大姓豪族，子孫不識民間疾苦，只管結黨營私。聖上正是看重寒門子弟識得民間疾苦，才恩准天下寒士論政。可寒門子弟多矣，誰敢斷言爾等日後必是清官？誰又敢斷言爾等為官後不會結黨營私貪贓枉法，如同當今士族權貴一般？如若世事難料，人心難防，聖上又該如何防著爾等？」

嘶！這……

「天下必有憂國憂民之士，也必有貪贓枉法之輩，若未犯王法而防之，豈不是叫天下忠正之士背上莫須有之罪？」

這話漫不經心的，卻比掌摑更叫人臉疼，青衫學子啞口難辯。

「若聖上乃守舊之人，爾等豈能在此暢論朝政？天下人只道皇后專寵，卻無人猜得出聖意。帝后情深，聖上是最不願皇后提點刑獄之人。皇后名滿天下，卻是女子之身，她若問政，必遭御史彈劾。皇后曾言：『凡獄事莫重於大辟，大辟莫重於初情，初情莫重於檢驗。蓋死生出入之權輿，幽枉屈伸之機括，於是乎決。』偏偏仵作因是賤役無人願為，無頭公案、冤假錯案堆積成山。冤案之於百姓等同於朝廷昏庸，之於無辜之人則重於聖上的江山，故而於興國之道上，刑獄改革與改革取士同重。可獄事非專才不能為之，縱觀天下，能擔此重任者非皇后莫屬。爾等以為聖上昏了頭才恩准皇后干政？這等操勞為民卻要被御史彈劾、被守舊之士口誅筆伐的事，聖上怎捨得皇后為之？可刑獄改革惠及萬民，聖上不能不顧百姓，皇后亦有天下無冤之志，帝后明知會惹非議而決意為之。帝后有此決意，爾等卻還在諸如年號、徽號、選妃等於民無利的事上糾纏不休，當真無愧？」

茶樓裡鴉雀無聲，學子們屏息垂首，心生愧意，卻面色激越。

聽君一席話，勝讀十年書，今日算是見識了，天底下竟真有這樣的人。

這人雖身穿華袍，卻無紈褲之氣，究竟是何身分？怎知皇后之言，又怎能猜知聖意？

「天子內無專寵，外無近習，當真便可昌國？君臣一心，思政為民，方可昌國。」步惜歡端起茶來品了一口，皺了皺眉。

小二聽傻了，眼見著頭道茶已涼，他想換茶水卻不敢搭手。

步惜歡掃了眼滿堂學子，閒談般地道：「眼下正值雨季，江南多澇，防汛防疫形勢嚴峻。爾等出身寒門，應解農桑水利之事，獻策為民，方是報國，而非把此議政的良機耗在於民無利的事上。朝廷不缺諫臣，缺的是實幹的人才。」

說罷，他便起身離席，不願再多言了。

這條街上的鋪子多是老字號，福記包子鋪離茶樓只隔半條街，暮青在鋪子門前聞著熟悉的香氣，有些恍神。

當年，爹常帶福記的包子回家熱給她吃。

當年，她騙步惜歡說想吃包子，然後便踏上了從軍的路。

如今，她回到故土，卻沒想到天下會變成這般模樣……

「來半籠素包，半籠肉包，帶回府。」暮青道。

小二堆笑著道：「公子稍候，請裡頭坐等。」

大堂已滿，暮青在二樓尋了張空桌，剛坐下，便聽見雅間裡傳出了話音——

「聖駕還要多久才能進城？」女子聲似柳絲，絆惹春風別有情。

「回小姐，眼下才未時，聖駕進城少說得申時。不如留個小廝在此盯著，小姐先回府歇會兒？」

女子嘆了口氣。「難得出府，等著吧。」

這時，有個少女笑道：「姊姊嘆哪門子的氣？不就是聖上駁了選妃的摺子？從古到今，還沒聽說過六宮無妃的事兒。」

女子道：「妳不瞭解他，他年少時就性情疏狂，行事決絕，說要當個昏君，就真被天下人罵了多年。如今江南是他的了，他說不選妃，大抵是真不會選妃的……」

「聖意歸聖意，也得群臣贊成才行。聖上親寒門，士族憂惶，我聽父兄說，幾位大人想聯名奏請選妃，聖上剛親政，總不好違眾意。姊姊等著瞧吧，用不了多久，還是得選妃。」

女子沉默了。

少女噗嗤笑了。「不說這事兒了，我說個笑話給姊姊解解悶，這笑話可是關於中宮那位的。聽聞……中宮粗壯如漢，奇醜無比。」

此言一出，雅間裡隱隱有吸氣聲。

「不可能吧？」女子問。

「怎不可能？姊姊想啊，她女扮男裝從軍，若非粗壯如漢，如何能蒙混過去？再說了，咱們府裡那些粗使丫頭哪個不是手腳粗壯？軍中練兵，可比咱們府裡的粗使活計重多了，她在軍中三年，傳聞說她粗壯如漢，想來不假。」

「此話當真？」

「八成是真。」

「那他日日對著那樣的人，為何還……」

「聽說是為了民心和江北水師，聖上親寒門，得民心即得寒門，所以她才能坐上中宮之位。」

雅間裡靜了，小二提了包子上來。暮青起身下樓，付了銀錢便出了鋪子，轉進一條巷子，喚道：「來人！」

話音剛落，兩個布衣人便進了巷子。「主子。」

「查查今日在福記西雅間裡的都有誰。」

「是！」

侍衛走後，暮青提著包子回到茶樓，正撞上步惜歡出來。

「閣下且慢！」青衫學子追出，朝步惜歡施了一禮，問道：「敢問閣下尊姓大名？」

「白卿。」步惜歡報了名號，便與暮青走了。

茶樓裡，學子們半晌才回過神來。

前些日子，聖上封了七位寒門學子，此乃朝中上品無寒門以來首次大封寒門子弟，天下人稱七人為「後七賢」。七賢中的六人早已聲名鵲起，唯獨白卿神祕得很，直至受封都未露面，沒想到會突然出現在汴都茶樓裡。

學子們興奮地議論了起來，青衫學子望著步惜歡和暮青離去的方向，目光變幻。少頃，他匆匆地出了茶樓。

一輛插著相府方旗的馬車候在巷尾，一上馬車，步惜歡就道：「查查那人的來歷。」

一介寒門學子，不關心改革取士，反倒聲聲痛斥專寵，句句不離選妃。這些事無關寒門利益，倒是利於士族。

侍衛領旨而去，馬車駛出長街，往相府去了。

「今日娘子罵人之言甚是解氣，日後為夫若遇上狂蜂浪蝶，娘子也效法今日如何？」步惜歡把暮青的手牽來掌心握著，不著痕跡地端量著她。

她待人雖不似從前疏離，但終究是個清冷的人兒，不善表露喜怒。如同此時，她看著與平時一樣，可他總覺得她不太開懷，是把那學子之言聽進心裡去了，還是……在福記遇上了何事？

「想得美！自己惹的情債，自己解決，刑部呈來的卷宗都快堆成山了，我沒空。」暮青沒好氣地道，手雖沒抽回來，卻心不在焉的。

福記裡的那女子與步惜歡似乎年少相識，頗有情意……

步惜歡品著這酸溜溜的話，撩開簾子瞥了眼福記的方向，目光意味深長，涼意似秋。

馬車進了相府，原汴州刺史陳有良如今已是當朝左相，步惜歡和暮青在相府中用了午膳，直至傍晚時分鑾駕進了城，兩人才乘上馬車從偏門回了宮。

馬車沿著黃瓦紅牆的宮廊奔行，駛進御花園時，晚霞似火，步惜歡見暮青倚窗賞景，眉心舒展，不由鬆了口氣。

不料這口氣剛鬆，馬車忽然一顛！

暮青猛地撞向前去，步惜歡眼疾手快地將人往懷中一攬，袖風蓄起山崩之力，顛起的馬車穩穩地停了下來。

侍衛喝道：「何人驚駕！」

「奴才該死！」驚駕的是個小太監，人摔在路當中，手指通紅，腫得跟蘿蔔似的，青瘀帶血。他身旁翻倒著個食盒，食材盡是這時節難得的山珍奇味。

暮青下了馬車，看了眼小太監的傷，皺著眉道：「是碾壓傷，從形態上來看，不是被車輪輾的，像是被鞋底子碾出來的。」

說話間，她舉目遠眺，西邊坐落著一座大殿——寧壽宮，那是太后的居所。

宮中沒有太后，卻有一位「太上皇」。

恆王被幽禁在寧壽宮中，宮裡被布置成了佛堂，殿內供有母妃的畫像和牌位。頒布封后詔書那日，步惜歡一併追封了母妃，卻未提生父恆王，只令其在寧壽宮中懺悔思過，守靈至終。

步惜歡知道恆王貪酒好色，故而只撥了太監和侍衛去服侍。鑾駕出宮前一日，恆王打砸偏殿，步惜歡命人將宮中擺設收了，只留床榻桌椅，任恆王如何怒罵，他都不再理會。沒想到這才出宮十日，恆王竟把氣撒在了宮人身上，把太監折磨成了這般模樣。

「他傷的？」步惜歡望著寧壽宮問。

小太監下意識地點頭，忙又搖頭。

「這湯是怎麼回事？朕恕你無罪，但說無妨。」

「回陛下，王爺嫌午膳寡淡，指名要御膳房做山雞湯，不要溫火膳，要用紅泥小罐兒現煨的，佐以明前的嫩茶尖兒……奴才在御膳房裡候了兩個時辰，沒想到回來的路上驚了駕，奴才罪該萬死！」小太監磕著頭，話音裡帶著哭腔。

步惜歡嘲諷一笑，對暮青道：「我去一趟，妳先回殿歇會兒。」

暮青道：「我陪你一起。」

「這添堵的事，妳何必去？為夫去去就來。」步惜歡拍了拍暮青的手，隨即命小太監平身，往寧壽宮去了。

暮青嘆了口氣，也好，他們父子間的恩怨總要有個了結，他若不親手處置，憋了二十多年的心結便永無解開的一日。

晚膳時分，侍衛呈上了一封密奏，奏的正是暮青午後命人打探的事——一份名單，列的皆是朝中名門，足有八家。

暮青冷笑一聲，尚未把密奏放下，范通的徒弟小安子就來了。

小安子在太極殿當差，沒把他師父的死板學去，反倒見人便笑，甚是討喜。但今日稟的事，他可不敢笑。

「王爺一通大鬧，陛下撤了寧壽宮中的太監，只留了御林衛。」御林衛個個武藝高強，恆王身邊沒了服侍的人，想拿御林衛撒氣，那肯定是撒不成的。

「那小太監如何了？」

「回皇后娘娘，陛下宣了御醫，准太監們去御藥局拿藥，回原處當差，這個月領雙份兒月例。」

「陛下在太極殿？用過晚膳了？」

「回皇后娘娘，陛下剛處置了寧壽宮的事，兵曹尚書林大人便與幾位大人進宮陛見，幾位大人心憂嶺南之局，正與陛下商討軍政要務呢！陛下差奴才來傳句話，讓您先用晚膳，切莫久候，還說今夜難料幾更能回，您早些歇息，莫看案卷，仔細熬壞了眼。」

暮青未置可否，只道：「你去御膳房端碗參雞湯遞進去，他這一日少食，少讓他喝茶，傷胃。」

「謹遵懿旨。」小安子笑彎了眼，即刻去了。

暮青沒了胃口，轉頭瞧見密奏，想起白天在馬車裡的戲言，不由抿了抿唇。外局未安，內爭不休，這人都忙得連用膳的時辰都沒了，還想著事事都自個兒解決。

罷了，有些事，還是她來吧。

暮青把密旨往桌上一拍，頭一回下了懿旨：「來人，傳旨！宣這八府小姐明日午時進宮用膳。」

汴河宮內廷以乾方宮、翠微宮為主，另有寧壽宮、萬春宮、芷芳宮、千秋殿、蓬萊殿、合歡殿、三清殿、玄真觀等三宮六院、宮殿院閣四、五十所。

中宮翠微，英睿皇后卻未住在翠微宮裡，而是住在乾方宮。

乾方宮乃帝王居所，前殿立政殿為天子理政之所，東西配殿冬暖夏涼，後殿承乾殿為寢殿。當今天子未納妃嬪，三宮六院僅皇后一人。帝稱夫妻同體，故召皇后居於承乾殿，同食同寢，分殿理政。

皇后提點刑獄，常召刑曹班子覆核大辟卷宗，有心將一身所學授與臣工，為朝廷培養專才。聖上為此讓出了立政殿，搬去了金鑾殿東的太極殿批摺子，這般遷就看重，可見皇后聖寵之盛。

清早，一場雨洗過，宮闕莊嚴，西崇門外的八頂轎子落地時不約而同地壓低了聲響。

懿旨中雖然說的是午時，但依禮法，拜見皇后需早早候駕，故而才辰時，八家貴女便到了宮裡。

彩娥福身道：「奴婢承乾殿掌事宮婢彩娥，迎候諸位小姐。」

一聽是天子寢宮的大宮女，貴女們連忙還禮。

「彩娥姑娘久候了。」為首的貴女笑著福身，一抬眼，眉黛奪盡煙雨色，眸波柔婉，佳人似水。

「應當的。」彩娥笑道：「小姐們請隨奴婢入宮。」

宮廊深青如洗，一行粉黛步入宮門，金輝東灑，麗影映上宮牆，幻若走馬燈。

西崇門離後宮近，貴女們經翠微宮而未入，又被領著往東走了兩、三刻的時辰才停。只見巍巍帝宮坐於金輝裡，瓊宮大殿，帝氣非凡。

貴女們既喜又不是滋味兒，見彩娥引路入殿，眾人忙理鬢整衣。

寢殿華闊，九重梨帳盡處置著龍鳳雕案，其下宮毯瑰麗，花梨生香。兩排小案置於下首，盤中果香清淡，地上擺了蒲團。

「時辰尚早，皇后娘娘正在立政殿中與刑曹的大人們審閱卷宗，諸位小姐請入殿奉茶，恭候鳳駕。」彩娥將嬌客們領入殿內，宮女們奉上了春茶。

立政殿就在前殿，貴女們望向前殿，離午時還有兩個時辰，誰也不知鳳駕何時來，只好一邊奉茶一邊候著。

外廷，太極殿。

一只茶盞碎在地上，步惜歡冷笑道：「瞧瞧這些奏摺，他們聯名奏請選妃倒也罷了，還道皇后出身微賤難掌中宮，這哪是奏請選妃，這是奏請廢后啊！敢情朕出了趟宮，他們淨在朝中琢磨此事了，還在茶館裡安插了個門生，宣揚皇后專寵禍國。你們猜猜，是誰的門生？」

步惜歡坐著龍案後，明黃案上擺著一堆翻開的奏摺，他拿起最上頭的一本擲了下去。

陳有良拾起一瞧，皺了皺眉，是兵曹尚書林幼學？

「他昨夜跟朕說嶺南軍中多異士，江南駐軍久不經戰事，恐難平嶺南，勸朕與嶺南議和。聽聽！朕和朕的臣子還得議和了。朝廷用人之際，他們個個把腦袋往回縮，倒是對朕的後宮用足了心思，朕要這兵曹尚書有何用！他們真以為朕剛親政，就動不了他們？」步惜歡抬手一拂，奏摺嘩啦啦地撒到了地上。

一干近臣俯了俯身，一人道：「他們盯著後宮，往遠了說是為了榮華久長，往近了說是為了阻撓新政。日後施行改革之策，前朝後宮一同使力，新策推行的阻力會大很多。」

步惜歡道：「朕自有治他們的法子，卿等只需把心思放在取士之策上。否則，朕就是治了他們，朝中一時半會兒也無人填補空缺。」

眾臣心裡咯登一聲。林幼學原是淮南道總兵，陛下將其調至朝中封了兵曹尚書，看似加官進爵，實則是放在了眼皮子底下，把他和嫡系兵馬分開，以扼其兵權。

這些年來，淮南道、黔西道、關中道經過十餘年的滲透，培植在軍中的人已然成勢，淮南道的兵馬副使是陛下的人，只等一道聖旨，兵權即可收歸朝廷。但一旦大動，必有狗急跳牆之輩，到時清剿餘孽，淮南、黔西、關中必定會亂上一陣子，眼下嶺南未平，要提防嶺南趁亂生事。

陛下比誰都清楚，平定嶺南才是當務之急，現在動淮南是不是急了點兒？

眾臣偷偷抬眼，殿內似有暗流湧動。年輕的帝王融在一團紅雲裡，彷彿沉眠未醒，眉宇間波瀾不興，眾臣卻禁不住驚顫，忙齊聲道：「臣等遵旨！」

陳有良將奏摺呈回御案上，而後才與眾臣退出了大殿。

殿內傳來帝音：「李朝榮呢？」

「臣在！」李朝榮應聲入殿。

步惜歡負手立在窗邊，問道：「朕命你查的事，查得如何了？」

李朝榮道：「回陛下，都已查到了。」

步惜歡揚了揚唇角。「不必呈給朕看，送皇后那兒去。」

李朝榮道聲遵旨，問道：「陛下之意是現在就送？」

「宜早不宜遲。」

「可皇后殿下在召見臣女，現在……」

「嗯？」步惜歡轉過頭來，眸中盡是詫色。

李朝榮這才想起忘了稟奏此事。「陛下恕罪，昨夜您回寢宮時已過四更，五更要早朝，微臣便沒回稟。昨日下午，皇后娘娘從福記出來後曾命隱衛查過西雅間裡的人，隱衛昨夜呈上了密奏，皇后便下了召見臣女的懿旨。」

李朝榮取出密奏呈上，步惜歡瞧著八府貴女的閨名，目光落在為首的「何」字上，掌心緩緩握起，密奏化作一把齏粉，撒在奏摺上，像蒙了層陳灰。

「什麼時辰了？」

「回陛下，隅中。」

步惜歡一笑，便往殿外去了。「這等稀奇事不可錯過，瞧瞧去！」

第九章

皇后授業

嬌客們在承乾殿中候了大半個時辰都不見鳳駕，為防出恭，連茶也不敢多喝。

彩娥笑道：「今兒日頭好，諸位小姐不妨移步庭中賞賞園景。」

遊園賞景雖也無聊，卻好過坐著乾等，於是，貴女們紛紛移步殿外。

正是百花爭豔的時節，帝庭中卻不見一株名花。只見細草小竹叢生，花繁似星，溪石秀雅，意境恬靜，卻不襯帝宮的氣派。

「帝庭之景如此別致，是皇后娘娘命宮匠栽置的吧？」一名貴女笑問，其餘人只笑不語，皆當聽不出嘲弄之意。

到底是賤籍出身，縱是貴為中宮，也掩不住小家子氣。

少女眉梢眼角飛揚著驕陽之氣，彩娥記得在宮門前，婢女遞來的牌子上寫著林字，猜這應是兵曹尚書之女林玥，於是笑道：「皇后娘娘愛民如子，心思都在獄事上，從不理會這些瑣事。」

林玥一愣，不是奉了懿旨，宮匠敢把帝庭栽置成這樣？

彩娥道：「此景是宮匠謹遵聖意而為。」

貴女們杏目圓睜，聽說聖上驚才絕豔，怎會……

這時，何初心打趣道：「叫妳與各府姊妹多相聚賞園，妳偏嫌無聊，走眼了吧？此庭中，一石一木為山，一砂一葉為水，化繁為簡，境高至極，可謂方圓之地見千頃萬壑。一方庭院納盡了萬里江山，名花佳木才是俗物。」

此話既抬了貴女們的眼力，也給林玥之失尋了理由，更將帝庭褒美了一番，可謂八面玲瓏。

林玥嗔道：「陛下胸有丘壑，姊姊腹有詩書，妹妹甘拜下風，日後定與各位姊妹多走動。」

何初心哎了一聲，忙使眼色叫林玥住口，卻忍不住往立政殿睃了一眼。

彩娥笑道：「陛下胸中的丘壑，奴婢不敢妄猜。只知庭中花草並非凡物，一花一木都是陛下向瑾王求教而來；女子久居於此，疏氣驅寒，最是養身。」

當年，陛下將西殿賜為周美人的寢殿，周美人出走後，西配殿內的擺設一直維持著原樣。

天下人都以為皇后娘娘初掌中宮，可實際上，她好久以前就是汴河宮的女主子了。

貴女們聞言色變，什麼一方庭院納盡萬里江山，這就是塊藥園子。

沒人敢看何初心的臉色，只瞄見一雙春指在袖下擰著，指尖比帕子白。

林玥不解，貴女們不約而同地望向立政殿，傳聞英睿皇后奇醜無比，聖上如此待她，傳言當真可信？

這時，只聽吱呀一聲，立政殿的後門開了，一個小太監急匆匆地支起明窗，手腳甚是俐落。

彩娥過去問道：「這是……」

小太監道：「冷宮井裡起出一具白骨，皇后殿下正與幾位大人驗看，說把門窗打開，散散屍氣。」

兩人話音頗低，在寂靜的庭中卻如鶴唳之聲，嬌客們皆以為聽岔了。

這時，殿內傳出一道人聲——

「……刑曹之職在於審定律法，覆核各州刑案、會同九卿審核大辟之案，以及直理汴都轄內的待罪案。驗屍乃是仵作之事，非臣等之職，請恕臣等難明殿下之意。」進言之人是位老臣，應是刑曹尚書傅老大人無疑了。

耳聞著天子近臣不滿皇后，貴女們紛紛豎直了耳朵。

殿內有道話音傳出：「你們覆核刑案之才若有口才的一半，本宮就不必挑提點刑獄的擔子了。」

這話音威若春雷，似雪清寒，驚了一干帝門嬌客。

好嗓音！

殿內，皇后道：「上半年各州呈報的刑案卷宗在此，本宮出宮十日，卿等覆核了一遍，就只挑出了五宗需要重審的案子，其餘皆無疑處？」

「回皇后殿下，這些案子乃臣等一同覆核的，一些無頭公案，屍身經水淹、土掩、火燒、斷離之後已無憑驗看。仵作驗不出死因，地方縣衙也查不出死者的身分，卷宗呈報至刑曹，臣等又怎能覆核出個所以然來？」傅老尚書振振有詞。

皇后冷笑一聲：「老尚書怎知定是仵作驗不出死因，而非其他緣由？」

傅老尚書一噎，只聽嘩啦啦一響，皇后翻看卷宗的紙風隔著老遠都割得人臉疼。

「今年三月，淮州瞿縣大劉子村後山的案子：獵戶去後山打獵時發現了一具屍骨，頭面膨脹，皮髮脫落，口脣翻張，兩眼凸出，蛆蟲咂食，壞爛不堪。仵作以無憑檢驗申報衙屬，衙門差人問了村民，村民皆道村中無人失蹤，也沒見過生人上山，衙門貼了告示，無人認屍，這案子就成了無頭公案。你們瞧瞧供狀，字跡工整，再想想案發地，瞿縣大劉子村，稍查圖誌便可知此村在窮山惡水之地，村民可能目不識丁，供狀極有可能是由吏人代寫的。那麼，你等怎知吏人未被收買而作假證？怎敢斷定在供狀上畫押的保伍與吏人之間沒有勾結？未經細查，憑一二人口說，三兩紙供狀，就斷定一樁命案是無頭公案？兒戲！」

卷宗擲去地上，砸得玉磚鏗的一聲。

皇后又翻開一冊卷宗，說道：「永江縣的案子也說壞爛不堪，無從下手，卷宗就遞交至刑曹了。壞爛不堪是怎麼個不堪法兒？屍上有無刃傷、打傷，傷處有無虛空，屍身有無斷骨之處，致死原因能否推斷？這些在驗屍狀上都沒瞧見，就敢以無憑驗看為由申報上級？是仵作膽大躲懶，還是你們這些刑曹大員太好糊弄？」

「臨州城外的案子也是，屍上可見刀傷三處，其中一刀刺中心脈，驗為致死傷。但屍身已腐，傷處虛空，難以驗證凶器之形，因此雖有疑凶，卻因難定凶器而難以結案，最終竟也以無憑覆驗為由申報至刑曹。既是刀傷，屍身已腐，理應驗骨，骨上有無刃傷尚未看驗，豈可說難定凶器？」

「老尚書當年覆核刑案就只是翻翻卷宗，對對供詞及證物？這差事書吏便可為之，朝廷何需高官厚祿地養著一班刑曹大員？卿等提點天下刑獄，卻對驗死驗傷之理一竅不通，下官不糊弄你們又糊弄誰去？你們皆是士族出身，有幾人當過縣吏？可知縣衙平日裡審的都是些什麼案子？偷雞摸狗、打架鬥毆、鄰里紛爭，似這等芝麻綠豆般案子一天能審好幾樁，知縣嫌麻煩，草草判結的案子每日都有，主簿、衙役、仵作奉命在驗傷狀和供詞上作文章，經年日久，甚是油滑。你等覆核刑案，想從卷宗裡看出疑點來，沒有真本事就只能被糊弄！」

卷宗一冊接著一冊地被擲去地上，傅老尚書一句話也插不上，直把一張老臉憋得發紅，其餘人等只能默聲聆聽后訓。

皇后繼續翻看卷宗。「刑曹上下可以不驗屍，但不可不明驗屍之理，凡屍檢、物證、供詞之筆跡邏輯，乃至血跡、手腳印、鬚髮等等，需均明其理，方能擔覆核刑案之重任，於萬千卷宗之中發現疑點。」

刑曹大員們還是不出聲——士族權貴何等心高氣傲？不出聲就是低頭了。

「今日起，早朝之後晌午之前，刑曹班子在立政殿辦公，凡遇疑難要案，本宮當殿審斷，你等用心聽記。」

「臣謹遵懿旨。」老尚書有氣無力，似鬥敗之雞。

「那今日就說說淮州的碎屍案，案情你們都清楚吧？」皇后挑出一冊卷宗來。

刑吏們頓時面皮發緊，心道慘了。

上個月初，淮江上游的漁民在打魚時撈出了一具屍塊，五日後，下游又有漁民撈出一具屍塊。因淮江上下游之間相隔百里，撈出屍塊之地分屬兩縣，縣衙上報州衙。仵作卻說發現的屍塊部位不相連，屍塊又被魚蟹啃食得不成樣子，因此不好斷定死亡時間，連是不是同一具屍體也不好說，這案子就成了難案。

官府最頭痛的就是碎屍案，尤其是遠隔兩地的碎屍案。各州縣因路途遙遠，傳遞公文互通案情耗時耗力，屍塊往往在運送途中就壞爛了，又常常衙門還在搜尋屍塊，謠言就已經鬧得人心惶惶了。衙門破不了案，百姓就罵官府無能，朝廷斥責地方州衙辦案不力，地方衙門是一個頭兩個大。

於是，淮州尋了個藉口，說發現屍塊的地點在淮江上游，淮水連著汴河，屍塊很可能是從汴河沖下來的，所以死者和凶手十有八九在汴州，案子應該讓汴州查。汴州當然不肯接，說屍塊是在淮州轄內發現的，理應由淮州查察。

這案子就這麼被踢來踢去，最後踢來了刑曹。

當今皇后是何許人也？官府嫌麻煩的作為定讓她深惡痛絕，今兒把此案提了出來，一頓訓斥怕是免不了。

於是，一時間沒人敢答，只等挨罵。

卻聽皇后問：「卿等對此案有何看法？」

啊？

刑吏們嘴巴張得老大，一臉如蒙大赦的神情。

傅老尚書咳道：「回皇后殿下，老臣查問過，案發前後，兩州的交界地帶無雨，但淮江多急流，屍肉又被魚蟹吃了，只剩殘骨架子，四、五日的時間倒是有可能被沖出百餘里。據驗狀來看，上游那塊遭啃食的程度要比下游的輕些，因此老臣認為不能排除兩縣撈出的屍塊出自同一具屍體的可能，但拋屍地是在汴河還是淮江，還不好說。」

侍郎道：「微臣以為，無論拋屍地在何處，江水都會將屍塊沖往下游。益陽知縣曾命人在江中打撈，但尚無所獲便遇上了雨季，連月來的幾場雨這麼一沖，江中的屍塊還不知沖去了哪兒。眼下，這案子的線索太少了。」

皇后靜靜地聽著，聽罷問道：「還有要補充的嗎？」

刑吏們面面相覷，齊聲道：「臣等皆以為此案的線索太少。」

也就是說，十有八九破不了。

刑吏們低著頭，不敢看皇后的臉色。

殿中靜了靜，皇后開口時語調如常，與其說是訓示，倒不如說是教導：「當一件案子線索太少，破案遭遇瓶頸時，應該做的不是放眼於外，而是回歸最初——把目光收回來，重新勘察現場、再驗屍身，新線索往往就藏在舊線索裡。」

這話倒是頭一回聽說，傅老尚書道：「可屍體是漁民在江上發現的，屍身不全，再驗能驗出什麼來？」

「驗骨！凶器、分屍地點、凶手是做何營生的，興許都能有所收穫。」

「此言當真？」傅老尚書嘶了一聲，口出不敬之言竟未察覺。

皇后不以為忤，只道：「傳。」

刑吏們不知傳什麼，只見宮人退了下去。

庭中，貴女們見宮人進了東配殿，出來時捧著托盤，上面擺滿了牲禽骨肉，有大塊的，有小塊的，都是生的。宮人們穿廊而過，貴女們聞著腥風，想著碎屍案，直覺得胃中翻攪，忙拿帕子掩住了口鼻。

殿內，皇后之言傳了出來——

「這些是從御膳房裡徵用的牲禽，牛羊豬雞皆已屠淨斬好，卿等細看，說說有何不同之處，先看那盤牛腿骨。」

殿內傳出低低切切的議論聲，而後有刑吏回了話。

「回皇后娘娘，盤中兩根牛腿骨，左邊的有崩裂之態，右邊的亦有骨裂之態，但斷面平整許多。」

「可知這說明了什麼？」

「說明……凶器不同。」

「沒錯，左腿骨是被砸斷的，右腿骨是被砍斷的。」皇后道罷頓了頓。「再看那盤豬骨。」

「回皇后娘娘，豬骨也像是被砸斷的，只不過……左邊的與被砸斷的牛骨相似，右邊的骨上有幾個圓窩。」

「可知這又說明了什麼？」

「說明……還是凶器不同！」

「沒錯，同是被砸斷的，左骨是被斧背砸斷的，右骨則是被圓錘砸斷的。」

眾臣發出恍然之聲。

「再看那盤羊骨。」

「回皇后娘娘，兩根羊骨都是被砍斷的，但一者可見骨裂，一者未見，顯然也是凶器有所不同。」刑吏回話時，語氣已有些興奮。

「嗯，同是被砍斷的，左骨是被斧刃砍斷的，右骨是被菜刀斬斷的。」

「娘娘之意是，雖然屍肉無存，但通過屍骨仍可驗出凶器？」

「不僅如此，你們再看看那兩盤雞鴨。」

「這……恕臣等看不出兩盤雞鴨是用何物斬斷的，只能看出一盤被斬得乾淨俐落，一盤則骨斷皮連，骨渣扎手。」

皇后淡淡地道：「都是用菜刀斬斷的，只是用刀之人不同。斬雞腿的人是御廚，所以斬得乾淨俐落。斬鴨腿的人是宮女，因廚事生疏不擅用刀，故而骨斷皮連，骨渣刺手。」

一言激起千層浪，殿中嘆聲不絕。

皇后道：「斧錘刀剪，棍棒鋸石，凶器不同，在屍骨上留下的形態必有不同。刀有多長，斧有多厚，棍棒幾粗，鋸齒疏密——凶器有何特點，屍體會開口說話。」

「同理，凶手的性情、習慣，乃至做何營生，屍體也會告訴我們——屍體的創面乾淨俐落，則凶手可能心狠手辣，可能做的是屠宰盜搶等與殺生有關的行當。反之，凶手則可能是尋常百姓，抑或與殺生的營生無關。」

「在分屍案中，常用的凶器是刀、斧和鋸子。刀有菜刀、柴刀、篾刀、武刀之別；斧有刃長刃厚、背圓背方之分；鋸子亦有鋸齒尖圓疏密之別。值得一提的是，分屍並不容易，刀斧可能會捲刃，鋸子可能會斷齒，務必命仵作細驗屍身，並留意屍塊的斷面特點，以便確定凶器、縮小查凶的範圍。」

「還有，讓淮州查查拋屍的工具。目前，案發地和分屍地尚未可知，但屍塊拋於江心，凶手定是乘著船的。從兩次撈出屍塊均未發現布袋來看，屍塊有可能是被直接拋入江中的，此案有在船上分屍的可能性，需細查！什麼樣的船能在船上分屍而不易被發現？命淮州和汴州在江口縣方圓兩百里的範圍內遍查可疑船隻。」

「老臣這就發文至淮州，命江口縣和益陽縣速辦！」傅老尚書聲音微抖，激動地領了懿旨。

「順道多發一道公文，命關州沿淮江下游河段搜尋殘骨，發現後立即送往淮州。」皇后又道。

關州在淮江下游，距益陽縣有四、五百里，老尚書問：「皇后娘娘之意是，連月來的大雨有可能將屍骨沖出了三、四百里，入了關州的河道？」

侍郎道：「不無可能！只是關州的河道寬闊，且眼下正值漲水的季節，只怕不好行船。就算能行船，在大河之中打撈幾具碎屍塊也與大海撈針無異，未必能有所獲。」

皇后卻道：「無需去河心打撈，只需在河邊搜尋。」

「老臣愚鈍，望娘娘明示。」

「江河水會把屍骨沖往下游，這你們都知道，但你們還需要知道，屍骨越小、越輕，就會被水流沖得越遠。且屍骨越往下游去，越向河道的兩邊偏移，若畫圖以示，你們會看到屍骨的移動圖形呈一個水滴形，江河越寬，水流越快，水滴的範圍越大，至於範圍的計算，要靠經驗。」

皇后說話間，宮人端著盆水走來，將一盤鴨肉倒在地上，當殿拿水一潑，只見成堆的鴨肉竟被水沖向了兩邊！

刑吏們聯想到江河水流沖刷屍骨的情形，頓時明白了皇后為何會說屍骨在河邊了。

「實際上，河道底下的情況要比眼前所見的複雜很多，淤泥、暗道、大石等都有可能在水底將屍塊攔截住，但一定有被沖到河邊的。命關州沿河邊仔細搜尋，必有所獲！」

「臣等即刻去辦！」刑吏們話音發顫，告退時，忍不住瞄向那具從冷宮井裡起出的屍骨。

這屍骨搬來後就一直放在殿上，皇后還沒說用處呢。

「這具屍骨是今日的功課，待會兒會有人送去刑曹。卿等回去後，需命仵作驗明骨損處是生前傷還是死後傷，何種凶器所為，明日奏來。」

一聽還有功課，一干大吏不由苦笑。官兒當到這品級，竟還要做功課，也不知是幸還是不幸。

「臣等謹遵懿旨。」

「今日就到這兒吧。」話音落下時，皇后已起了身。

眾臣趕忙跪送鳳駕，直到皇后離開才退出了大殿。

立政殿后，宦官的唱報聲驚醒了久候的八府貴女。

「鳳駕到——跪——」

貴女們跪下，目光飛出眼簾，緊緊地盯著目所能及之處。

天近晌午，庭中無風，一幅衣袂卻捎了夏風來。

那衣袂素白如瓊，裙角繡著枝淺色木蘭。木蘭獨枝，枝垂花放，行路間似雲裡生花，花枝覆雪，雪隨人來，落了滿庭。

這時節百花爭豔，木蘭不襯節氣，卻似人間奇景，驚豔了庭中嬌客。

嬌客們抬頭，只見一抹微雲罩在殿東，皇后自立政殿而來。玉人初著木蘭裙，冰骨清寒獨一枝，日月分輝，明溪共影，一方帝庭納盡了江山萬里，卻納不住那一身風姿，直叫百媚千嬌失顏色，一庭粉黛落庸塵。

嬌客們瞠目失聲，待醒過神來，皇后已入了承乾殿。

依照禮法，覲見帝后需由禮官引薦上表，由內臣通報，帝后恩准之後，再由內侍和禮官宣召覲見。但承乾殿內未見禮官，皇后只穿著常服，場合並不正式，覲見的禮數也就不必那麼繁瑣了。

饒是如此，八名貴女入殿之後，一番「臣女某某氏，父兄官職族氏分支，請皇后娘娘安」的禮數，也著實費了不少時辰。

覲見過後，內侍宣了平身，八位貴女入了席，殿內便靜了下來。

皇后用著茶，一言不發。

貴女們窺視上首，因懾於皇后授業之威，一時竟不敢打擾。

殿內暗流湧動，皇后面色寡淡，一連用了兩盞茶才淡淡地開了口：「爾等可有所長？」

這尋常的一句話叫人等得太久，倒顯得金貴無比，貴女們連忙回話。

「啟稟皇后娘娘，臣女擅女紅。」

「臣女略通音律。」

「臣女一無所長。」回話之人是林玥。「臣女的爹爹說，女兒家書看多了難免多思，研習棋策難免多謀。女紅廚事自有繡娘、廚子，而歌舞之流乃是賤役，皆無需修習，女兒家習好持家之道才是正事。」

貴女們聞言，面色皆淡。

「合著咱們苦練琴棋書畫，倒是父兄不曉事。」

「誰不知縱是讀再多聖賢書也成不了詩仙畫聖？圖個悅己罷了，怎就多思多謀了？」

「林妹妹是說，何姊姊也是多思多謀之人？」文府貴女皮笑肉不笑地問。

林玥斥道：「妳們這般挑唆，不是多思多謀又是什麼？何姊姊生在武將門庭，卻連隻家雀都不忍殺，最是心慈純良，怎會是機詭之人？」

「好了！」何初心瞥了眼上首。「鳳駕面前，成何體統！」

「姊姊教訓的是，林妹妹之言不是沒有道理，試問我們哪個不是自幼就苦習持家之道？只是婚姻大事是父母之命媒妁之言，何時由得我等做主？」文府貴女嘆了一聲，欲言又止。「我等若定的是門當戶對的人家，持家之道自然有用，可若進了宮……」

帝王之家，中宮為主，不掌鳳印卻有持家之心，豈不是有爭后位之意？

林玥面色一變。

喀！

皇后將玉盞往鳳案上一擱，渾似落劍之勢，驚得貴女們的心都跟著跳了跳。

「本宮才問了一句，竟吵成這樣。」皇后言語冷淡，意態索然。「還以為八府聯名上奏，心有多齊，鬧了半天，不過如此。」

貴女們聽多了綿裡藏針之言，乍一聽直白的話，一時間竟不知如何應對。

皇后對文府貴女道：「既然婚姻大事是父母之命媒妁之言，那媒人不妨由本宮來做，本宮自會為妳指一樁門當戶對的親事，好叫妳持家。」

文府貴女聞言撲通一聲跪了下來，這一聲如冰錐落地，砸裂了殿內洶湧的暗流。「臣女知錯，望娘娘饒過臣女！」

皇后默然，端茶慢品，眼都不抬。

「求娘娘開恩！」文府之女急忙磕頭，沒一會兒，額前就見了血。

皇后問：「她求本宮開恩，妳們說呢？」

貴女們看向何初心，何初心垂首抿唇，雲鬢簪影遮了花顏，眉眼之間靜若一潭死水。眾人深知她是個不得罪人的性情，於是道：「全憑皇后娘娘做主。」

別看眼下八府共盟，進了宮照樣是妳死我活，既如此，少一人進宮自然是好的。

皇后久未出聲，貴女們偷把眼兒一抬，卻對上一道霜寒的目光。「妳等自幼相熟，有姊妹之誼；今日她有難，竟無人肯為她求情，涼薄至此，還想進宮？妳們今日能不顧念姊妹之誼，他日進了宮，就能鬥個妳死我活。歷朝歷代，這後宮之中的傾軋還少？只要本宮掌鳳印一日，就容不得宮裡再添冤魂，更容不得心術不正之輩進宮。」

貴女們大驚，心道：原以為皇后不諳深宅之爭，卻不料她手段了得！

嬌客們正懊悔著，林玥道：「啟稟娘娘，臣女是淮州人，與汴都的小姐們不熟，文小姐構陷臣女，臣女為何要替她求情？若臣女以德報怨，又怎知娘娘不會說臣女虛偽？」

何初心一驚，忙拈著林玥的衣袖跪下，稟道：「娘娘恕罪！林妹妹性情直率，一貫心直口快，並非對娘娘不敬。而其他姊妹方才聽憑娘娘做主，也是出於對娘娘的敬意。」

貴女們聞言，忙齊聲道：「正是！」

何初心道：「臣女與文妹妹相識多年，豈能不想替她求情？但她有錯在先，而林妹妹與臣女亦有姊妹之情，臣女若求情，叫林妹妹情何以堪？娘娘既說了要為文妹妹指個門當戶對的人家，焉知文妹妹不會得一樁好姻緣？她是做了錯事，可未必不會因禍得福，臣女以為，她理當謝恩才是。」

這番話既替眾姊妹解了圍，又安慰了文府之女，可謂八方兼顧，滴水不漏。

貴女們長吁一口氣，暗道皇后厲害，何初心也不輸皇后。

這時，卻聽皇后問：「既然文、林兩人皆是姊妹，本宮怎不見妳有兩難之態？深明大義者，重理深於重情，卻非無情。妳的文妹妹磕得頭破血流，不見妳憂；林妹妹心直口快，不見妳攔，她總能把不該說的話說完，總能把人都得罪了。而妳，總能左右勸和。」

此話意味深長，貴女們望向何初心。

何初心淚眼盈盈。「娘娘……」

皇后道：「本宮專於斷案識人，見過案犯無數，還不至於在妳身上出錯。世間有三寸不爛之舌，卻無欺人之態，此態藏於眉目舉止之間，任人巧言如簧，也有識破之法。妳方才拉林玥跪下時不是抓著她的衣袖，而是拈著，此舉頗有意思。若妳們當真親密無間，妳方才會拉著她的手或衣袖，可是方才那般情急，妳都不想過多地觸碰她，可見妳內心是何等的嫌惡她。妳口口聲聲地喚她們姊妹，可本宮從妳身上看見的只是權衡罷了。」

此話說罷，殿內靜如死水，嬌客們無不神色懵愣。

皇后又對林玥道：「妳直率，會直率到在宮裡宣揚『陛下胸有丘壑，姊姊腹有詩書』嗎？試問哪個女子樂見夫君與別的女子是天造地設的一對？本宮不快，還不把妳的何姊姊視為眼中釘？妳說她『連隻家雀也不敢殺，最是心慈純良。』此話聽來是褒，妳卻頗有輕蔑之態。妳喚她姊姊，當真看得上她？」

皇后又掃了眼其餘人。「妳們八府且不論日後如何，眼下可是盟友，方才有人解圍，本宮卻只見妳們鬆了口氣，未見半分感激之色。如此不知領情，只顧私利，說妳們心術不正，難道有錯？」

皇后之言句句誅心，斷沒斷錯，眾人各自有數。

半晌，林玥道：「皇后娘娘之言，請恕臣女聽不明白。」

皇后不答反問：「聽不聽得明白有那麼重要嗎？重要的是妳聽過本宮之言後，為何不質問本宮離間妳們？妳一貫直率，最是心直口快了，不是嗎？」

林玥一愣，心道中計時已晚。

殿內暗流湧動，貴女們相互睃著，目光躲閃。

皇后意興闌珊，垂眸品茶，再未開口。

許久後，宮人稟道：「啟稟娘娘，午膳備好了，可否傳膳？」

皇后擱下茶盞，淡淡地道：「傳。」

傳膳之聲傳出帝庭，宮人們捧著御膳魚貫而入。貴女們鬆了口氣，這才發覺皇后進殿不久，伴駕竟比候駕難熬多了。

這時，皇后道：「差人去問問，陛下在何處用膳。」

彩娥忙稟道：「回皇后娘娘，方才小安子來傳過話了，陛下宣了左相等人議事，午膳就在太極殿裡用了。陛下說，晚上回來陪您用膳，午膳後您要歇會兒，若久閱卷宗，陛下也不歇，午後就批摺子了。」

皇后嗯了一聲：「知道了。」

貴女們聽說聖駕不來，皆難掩失望之色。再看皇后，得世間最尊貴的男子體貼至此，神態卻淡如初見之時。

她貴為皇后，卻身無華飾，一支翠竹簪便綰了三千青絲。那簪雖不起眼，簪身上卻看得出雕琢之痕，顯然出自一個男子之手，雖非名匠，卻珍貴無比。這世間不知有幾個女子能有此福分，被夫君用心相待，哪怕性子淡，懶梳妝，哪怕一身羅裙不襯時節，也無需憂思夫君不喜。

太監們一道道的傳菜，菜名卻難入滿殿嬌客之心，待午膳傳罷，貴女們才回神。

午膳是前菜四品、膳湯一品、御菜六品、餑餑四品和膳粥一品。

皇后道：「眼下正值雨季，防汛形勢嚴峻，本宮已奏請聖上削減宮中開支，替國庫省些銀子用於防汛。今日本宮授業，多斬殺了些牛羊雞鴨，午膳葷食多些，不可浪費。」

此話一說，眾人想起分屍案，哪個還有胃口？

「娘娘愛民，臣女等謝娘娘賜膳。」貴女們嘴上謝恩，筷子卻動得艱難。

桌上有四品糕點，乾吃糕點噎人，想喝口膳湯吧？那膳湯是一品血湯。想佐口膳粥吧？那粥是什錦肉粥，喝一口，總覺得肉糜裡滲著血水。原以為伴駕已經夠難熬了，沒想到陪膳更難熬，偏偏御膳不能浪費，否則便有不體恤百姓疾苦之嫌。

一頓飯，滿殿嬌客吃得甚是艱難。

皇后問：「怎麼都沒動多少？」

「御膳自是世間最好的，只是……臣女一貫少食。」何初心勉強地笑道，餘者連忙附和，哪怕領教過皇后的識人之能，還是睜著眼說瞎話。

皇后未揭穿，倦倦地道：「既如此，那就散了吧，本宮下午還有卷宗要閱。」貴女們如蒙大赦，連忙離席跪安。想想一早進宮時的雀躍滿志，再想想此刻盼著離宮，不由覺得諷刺。但想想一早來時，眾人伴行親如姊妹，走時相互之間竟不敢多看，又不由背後發涼。

皇后著實與想像中的大不相同……

嬌客們滿懷心事地退出了帝庭，仍如來時一般由彩娥送出了宮門。

人剛走，西配殿的門就被推開了。

「好一個連消帶打，精采！」步惜歡笑著進了殿。

暮青道：「看戲看上癮了？不知道進來用膳？」

彩娥回話時眼神曾往殿外飄了飄，她那時便知步惜歡來了，所以才沒留那些嬌客太久，懲治她們哪有叫他用膳要緊。

「娘子宴請外客，為夫怎好拋頭露面？」步惜歡一團紅雲似地坐到暮青身旁，執起她的筷子夾了塊兔丁嘗了一口，眉宇一舒。

「嗯，自覺。」暮青隨口稱讚，見步惜歡愛吃這菜，便吩咐宮人再添一副碗筷。

宮人們俐落地將嬌客們用過的飯菜撤下，擺上了一副新的碗筷。

寢殿中很快便恢復了常態，一張華几，兩副碗筷，帝后並坐，不拘食不言的規矩，邊用膳邊閒話家常。

「娘子這一上午甚是操勞，多吃些。」

「不就是幾個女子？有何操勞可言？」

「為夫何時說八府之女了？說的是授業之事。」步惜歡給暮青盛了碗粥，打趣道。

「……」

「當年，先帝暴斃後，時任刑曹尚書的傅民生被貶至窮山惡水的黔西，從此再未能回朝。我年少時南下，曾到過黔西，那老傢伙那時一蹶不振，卻不料窮山惡水出刁民之說也不盡然，黔西大山連綿，道路崎嶇，自古就少經戰事，當地民風淳樸，連偷盜案都少有。因他到任後，官府不曾盤剝百姓，當地百姓稱頌他是好官，將他奉為青天。百姓哪知，他那時只是心灰意冷無心縣政罷了。但也因此，這老傢伙深受感動，從此廣施仁政，開山修道，勸課農桑，離了黨爭，倒真成了個能吏。我將他收為已用，他輔佐我已有十餘年，如今重任刑曹尚書，組建刑吏班子，所用之人都是知根知柢的。他未辦過幾樁大案，一直心存遺憾，娘子若能叫他心服，刑獄改革之事就好辦了。」

「嗯。」

步惜歡見暮青面色甚淡，笑意濃了些，哄道：「先用膳，等娘子吃好了，為夫再交代那些情債舊事，可好？」

暮青把碗筷一放。「吃好了。」

步惜歡又好氣又好笑，睨向暮青時，見她的唇角揚了揚。

「用膳吧，昨晚就沒好好用膳。」暮青把兔丁端到步惜歡面前，執筷布菜。

「百官總挑你用膳和就寢的時辰奏事，我看得想個法子治一治。」

步惜歡笑道：「嗯，娘子治人的手段，為夫見識了，甚是驚喜。」

聽說她宣見八府貴女，他著實意外，就知道來了會有好戲看，果不其然！

今兒的授業精采至極，只是將冷宮井裡的屍骨抬去立政殿之舉耐人尋味。那具屍骨若只是功課，命人送去刑曹便可，何必抬去立政殿內擺著？她藉散屍氣之名開了殿門，一場授業，既辦了疑案，又折服了刑曹大吏，順道震懾了八府貴女，好個一石三鳥！宣見八府之女後，她又立威在先，離間在後，一齣連消帶打的好戲，他著實沒看夠。

她擅長察色於微，又有斷案之能，那些女子在她面前演戲，自是討不得半分好處。他從不擔心她與那些女子在一起會落下風，只是以為她會懶得插手內宅之爭。

「不是說了這些事讓為夫來解決？」

「你還是解決政事吧，我的情敵，我自己解決。」

步惜歡聞言，眸波如春，暖得溺人。昨日還是他惹的情債，他自己解決，今兒就成了她的情敵，她來解決了。這才一宿就變了卦，還不是心疼他了？

「憑她們，還不配妳當情敵來看。」步惜歡用著膳，目光淡了下來。

暮青沒吭聲，午膳過後，兩人相攜入了內殿。殿門一關，步惜歡就倚去榻上，朝暮青招了招手。

暮青抱來軟枕塞到步惜歡身後，他昨夜只睡了一個時辰，今日到現在才得歇，實在辛苦。若非如此，她絕不許他剛用過膳便躺著。

步惜歡笑了笑，笑意暖得似慵春午後作的一場情深靜好的夢。「這幾日我時常想，若當年沒遇見妳，此刻興許我就在盛京宮裡，寵愛誰，冷落誰，無關愛憎，不過是事關前朝，制衡之術罷了。縱然親政，這一生也不過是陷在江山帝業的機謀裡，難享半分真情。

暮青聽著揪心。「怎麼又說這些？」

步惜歡問：「妳可知，若當年沒遇見妳，這會兒位居中宮之人會是何家之女？」

但……

暮青並不驚訝，以江南水師之勢，何家女正位中宮再正常不過。

暮青的心一沉。「你特意說起此事，莫非你與何初心之前有婚約？」

「數妳聰明。」步惜歡笑了笑，坦然地道：「不過，若真有此婚約，為夫怎能不跟妳說？」

「到底怎麼回事？」

「當年，我南下招賢納士，何家掌江南水師三代之久，又與元家有宿仇，我便想拉攏何家。那時我實在沒什麼能許給何家的，唯有許以中宮之位，但何家沒答應。」

「他們怕你事敗？」

「應是有此顧慮。只是，他們沒答應，卻也沒反對，沒回我一句準話，就這麼含糊至今。妳也見過何家女了，她行事簡直承了何家之風。當年，元修一戰成名，何家怕元家廢帝自立後，元修會練成水師揮軍南下，他們不想被婚約牽連，便沒答應婚事。但他們知我並非昏庸無能之輩，於是也沒說不答應，就這麼模稜兩可著。這些年來，何家明裡與我形同陌路，暗裡雖未輔佐，倒也沒阻撓我。」

「前些日子接駕渡江，何家已是迫於形勢。那時元修已反，我若敗於江邊，元修必有揮師渡江之日。而江南一旦無主，群雄並起，何家雖有水師，卻無州兵，只能眼睜睜地看著別人稱雄一方。加之我布局多年，暗中之勢深厚，水師若不接駕，何府滿門必然難活。何善其深諳保身之道，我還未下旨，他便差人渡江，奏請接駕。」

「那時我已立后，又頒了詔書，他的奏摺裡半個字也沒提婚約。我見到奏摺時曾想，何善其已老，賜他個爵位，保何家一個世襲榮華也就是了，不料我還是小瞧了人心貪念。」

步惜歡說罷，暮青鬆了口氣，她還以為睡了別人的未婚夫，如今聽來，倒也不算。

「煮熟的鴨子飛了，任誰都會不甘，這很正常。」暮青安慰道。

步惜歡卻氣得發笑，這天底下也就她把后位比作雞鴨！

暮青道：「今日我見八府之女，似乎無人知道當年之事，只知你與何初心年少相識，卻也不知你與她差一點立下婚約。」

步惜歡哼笑道：「何家怎會提此事？當年，不立婚約是他們之意，他們瞞得嚴嚴實實的，如今后位沒了，再將當年之事宣揚出去，豈不惹人恥笑？說起來，何初心與妳年紀相仿，我當年南下時，她還不滿十歲，我可無孌童之癖。那時我見何家有明哲保身之意，便懶得自討沒趣，此後再未去過何府，我與她只有一、兩面之緣，何談相識？」

暮青聽得心疼，那時步惜歡年少，身分尊貴，卻無實權，親自登門望求聯姻，卻被臣子婉言相拒。何家明哲保身並沒有錯，只是步惜歡那時勢單力孤，六親難靠，連聯姻的籌碼都沒有，其中滋味怕是只有他自己清楚。

何家既然當年選擇了自保，如今就該認命，否則，有險時不擔，有利時來沾，好事豈能都讓他們給占盡？

暮青寒聲道：「如此說來，年少相識的說法十有八九是何家傳出來的。如今天下皆知你興舟南下並非縱樂，而何家掌著江南水師，你與何家來往實屬常事，這期間與何府的孫小姐生出什麼不可說的情誼來自然也屬常事，你若不把人接進宮來，倒成了負心郎了。」

「與妳說這些是怕妳胡思亂想，怎麼反倒惱了？」步惜歡撫了撫暮青的臉頰，紅袖垂來榻邊，瀉了一地的紅霞。

暮青見他已有倦色，便說道：「歇會兒吧，這些人我來解決。」
「那可不成。」步惜歡意味頗深地道：「娘子還得審閱卷宗，心思浪費在這些人身上太可惜。」
「嗯？」
「下午會送來些卷宗，娘子好生看看，為夫出宮一趟。」
「去哪兒？」
「茶樓。」
步惜歡昨日以白卿的身分去了趟茶樓，暮青不知他是不是和學子們論政上癮了，反正她對此事興趣不大。
於是，午睡過後，步惜歡微服出了宮，暮青到了立政殿時，小安子已捧著卷宗候著了。
暮青原本好奇是些什麼案子，不料沒看多久，她便將卷宗一合，寒聲道：
「宣刑曹尚書及侍郎進宮。」

第十章

君臣博弈

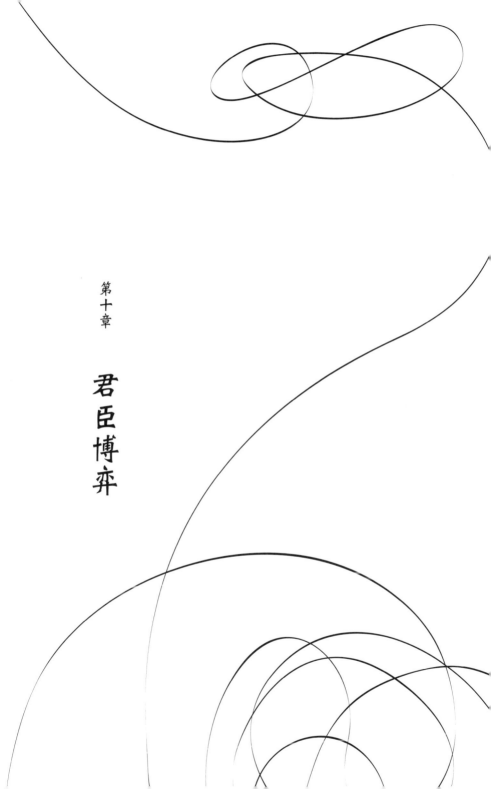

嘉康初年，六月二十二日，八府大臣奏請選妃，列述皇后專寵干政等罪，龍顏震怒。

晌午，皇后宣召八府之女，八女回府後皆閉門不出，不思飲食。

下午，皇后召刑曹尚書和侍郎入立政殿內審閱案卷，宮門落鎖前，眾臣才出了宮。

這日，後七賢之首白卿現身茶樓，與寒門學子高談雄辯，論政甚歡。

正當百姓津津樂道激辯之言時，朝中連發數案。

兵曹尚書林幼學上任前，其妻余氏在淮南府中將一個侍婢沉塘，並杖殺了一個小廝，罪名是通姦。

死個下人在大戶人家裡再平常不過，不知怎的就被人告發了，說侍婢是被林幼學看上了，余氏設局將其處死，小廝是個冤死鬼。

林幼學官拜尚書，案子歸刑曹審辦。

刑曹老尚書傅民生安慰林幼學：「子武莫驚，定是奸人誣蔑於你，待老夫查明此案，還你公道。」

於是，傅民生命侍郎親自去淮南督辦此案，將已下葬了的侍婢開棺驗屍。

這一驗可不得了，屍骨裡竟有一堆極小的骸骨，是已經成形的胎骨。

侍婢未嫁，孩子是誰的？

看守陳家莊子的老僕婦聽說此案要呈給皇后審閱，嚇得六神無主，當即便招了。

侍婢並無姿色，是林幼學某日醉酒後做下了荒唐事，他年輕時得岳父提攜，故而不敢提納妾之事。不料侍婢懷了身孕，身形顯了出來。余氏得知醜事後，擺了一桌酒菜，稱看在陳家骨血的分兒上會給侍婢一個名分。

侍婢大喜，不料飯菜下肚後竟有睡意，醒來時已與府裡慣會油嘴滑舌的小廝躺在一起。一群婆子進屋，將兩人塞住嘴綁了，男的杖斃，女的沉塘，三條人命一下子就沒了。

陳家遷去汴都後，留在當地看守莊子的下人們少了管束，將此事當成談資議論了好些日子。

林幼學此前是淮南道總兵，府裡死個婢女，沒想到會被查。大戶人家裡，主子打殺下人，打殺了也就打殺了，懶得做得太乾淨，也很難做得太乾淨，尤其是後宅之事，根本就禁不住嚴查。

沒禁得住嚴查的不只林府，還有文府、趙府和李府。

繼室進府寵妾病故，丫鬟受辱投井而亡……一樁樁的事看著平常，查起來卻都是命案。

百官不傻，八府剛聯名上奏，就被一個接一個的告發，刑曹班子將狀子一份不落地受理了，又效率奇高地查了個水落石出，傻子都知道是誰授意的。

聖上蟄伏二十年，耳目廣布江南，想查百官後宅裡的那點事跟玩兒似的。後宮裡又住著個有陰司判官之名的英睿皇后，凡遇命案不查明冤枉曲直絕不甘休，當年西北軍撫恤銀兩貪汙一案，皇后僅用了十餘日就查清了，百官後宅裡的那點事在她手裡查起來也跟玩兒似的。

帝后齊心協力的可怕，百官驚覺時已晚。

告發案一查清，林、李兩人便被革職查辦，文、趙兩人遭貶，八府一朝廢黜了一半！

另外四府，聖上不罰反賞，只是賞得耐人尋味。

殿閣大學士秋儒茂之子成婚後無子，聖上賜了兩名女子給他為妾。

工部尚書黃淵之妻病故，聖上賜了翰林院侍講之女給他續弦。

督察院左都御史王瑞膝下只得一子，欺霸市井，紈褲成性，今已及冠，尚未謀得一官半職。聖上將其指去了軍中，領的是關陽城城門校尉一職。

三道旨意一下，三人便跪在金鑾殿上，齊聲道：「使不得！」

「如何使不得？」當今天子偏好瑰麗之色，大紅龍袍豔得似霞似血，皇帝噙著笑，卻叫群臣後背發涼。

秋儒茂道：「啟稟陛下，那二女乃卑賤之人，怎當得起賜婚之榮？」

皇帝賜的兩名女子是雙生子，乃汴河畫舫上有名的麗姬，習得房中術，二女共侍一人，能叫人欲仙欲死。這艘畫舫半年來被他重金包了，他的枕邊寵被聖上賜給兒子當侍妾，此事傳揚出去，他們父子還有臉見人？

步惜歡道：「朕聽聞二女習得房中術，愛卿之子成婚至今，未得一兒半女，朕也是憂心秋家的香火。」

「犬子新婚尚不足半載，這香火之說……」秋儒茂不敢說皇帝荒唐，只好把禮法搬了出來。「禮法有云，嫡妻三年未有所出，方可納妾。」

黃淵道：「啟稟陛下，微臣成婚二十載，拙荊服侍高堂，教養子女，勤儉持家，微臣對其敬重有加。拙荊過世不足一載，微臣尚無續弦之意。」

就算續弦，他也不會續翰林院侍講之女，因為此女是他那孽子的思慕之人，只是老夫人嫌人配不上尚書府的嫡公子，拒不答應。那孽子害了相思，已纏綿病榻半年多，這道旨意若下到尚書府，還不得要了那孽子的命？他要有個三長兩短，老夫人可怎麼活？

王瑞道：「啟稟陛下，犬子頑劣，不通六藝，實非武將之材。」

關陽城在關州、淮州和嶺南三地的交界處，一旦嶺南興兵謀反，關陽必有守城之戰。城門校尉就是負責守城門的，那不等於往嶺南兵馬的刀下送人頭嗎？

「哦？」步惜歡噙著笑，笑意卻未達眼底。「卿等想抗旨？」抗旨可是死罪，可若接旨，府裡的天就要塌了。

三人急出了汗。「微臣不敢！陛下三思！」

步惜歡冷笑著一拂，八本奏摺被掃下御階，劈里啪啦地砸在了八府大臣的腦袋上。「今朕親政，江北失地未收，嶺南之患未平，內憂外患尚無良策，卿等便聯名上奏，諫朕廣選妃嬪充裕後宮，朕還當爾等不曉禮法，鬧了半天是明知故犯！朕大婚不足一個月，爾等便憂心龍嗣，豈不荒唐至極？朕怎不見你等憂心江北，憂心嶺南，憂心江南水患，憂心朝廷吏治？卿等既然領著朝廷的俸祿，卻管著朕的家事，那今兒這早朝，朕就穿著龍袍管管卿等的家事！」

說罷，步惜歡喚了聲：「范通，即刻去三家府上傳旨。」

「老奴遵旨。」

「陛下！」三人連連叩首。「微臣知罪！陛下三思！」

林幼學等人藉著這亂糟糟的時候，也痛哭道：「陛下，龍嗣之大可比江山，臣等是為陛下著想，為陛下的江山著想啊！」

步惜歡聞聲望去，目光涼薄。「龍嗣之大可比江山，那說的是儲君。朕即便納了妃嬪入宮，嬪妾所出也是庶子。」

林幼學等人頓時面色赤紅。

「爾等彈劾皇后，自家的妻妾卻善妒爭寵、草菅人命，母身不正，能教出什麼好德行的女兒來？德行不端，也配入宮為妃，為朕綿延子嗣？」步惜歡睨著一干罪臣，眸光涼似寒宮秋月。「還叫這些人在殿上杵著做什麼？汙朕的眼？」

御前侍衛們聞旨拿人，革職查辦的押入天牢，貶黜出京的逐出宮門，人被拖了下去，腿腳磕碰宮階的悶聲隔著老遠還能聽見。

步惜歡道：「卿等既知江山是朕的，就該知道，朕親政治國，不拘士族寒門，要的是循吏，而非佞臣。君臣一心，方可治國，愛卿們的憂思之心該放在何處，回府後都好好思量思量。」

說罷，他道了聲退朝，便起身走了。

百官山呼萬歲，三人卻不敢回府，忙去太極殿跪求陛見。

八府聯名上奏，唯一沒被處置的便是何家，可沒處置不見得是好事。嚴查嚴辦也好，明賞實懲也罷，好歹都有個態度，不罰也不賞，連個態度都沒有，就這麼晾著，實在叫人猜不透君心。

何善其撫著一把花白的鬍鬚，心事重重地出了宮。

百官面面相覷，心裡有了底。

得！以後誰也別提後宮了，龍有逆鱗，觸不得。

聖上把話說得很明白了——君臣一心，臣子把心思用在後宮上，帝后便把心思用在臣子的後宅裡。要麼，君臣一心治國，要麼，後宮無寧日，百官後宅也別想安寧。

如此帝后，也是千古一絕。

百官料不到這半壁江山日後會是何景象，只知八府這一栽，必有大浪將興，江南太平不了多久了。

這日，三位重臣在太極殿外跪了一個時辰，算計著再不陛見，傳旨的儀仗就該到府裡了。於是哭得涕淚橫流，直道無顏出宮，不如一死了之。

如此過了半個時辰，三人心如死灰，仰頭望著炎炎烈日，直覺得天旋地轉。

這時，殿門開了，內侍太監宣工曹尚書黃淵進殿。

黃淵大喜，殿門關了半炷香的時辰後，黃淵從殿內走出，掩面出了宮。

內侍又宣督察院左都御史王瑞進殿，出來時同樣羞於見人。

殿閣大學士秋儒茂陛見後也走得匆忙。

沒人知道天子與三人談了些什麼，只知這日宮人進了三府後並未宣旨，只是在花廳裡等著，不坐也不奉茶。三府上下老幼皆出，提心吊膽地跪在花廳外，一直跪到自家老爺回府。

宮人皮笑肉不笑地把聖旨往當朝大員的手裡一交就走了，三人失了魂兒似地揣著聖旨進了書房。

此後，三位大員稱病不朝，三府閉門謝客。

十日後，林、李案判結。

兵曹尚書林幼學之妻余氏草菅人命，判斬。林幼學在淮南任上吞侵良田，謀私欺民，革除官職，流放三千里。

內閣學士李熹的繼室徐氏打殺侍妾，判斬。李熹藉徐氏娘家的產業貪贓洗錢，判革職抄家，流放千里。

行刑那日，林、李兩人連罪妻的面都沒見上便被押入囚車，往流放之地去了。尚書府和學士府被查抄，林玥被趕出府，因無葬母之銀，走投無路之下求到了何府上，在府外磕破了頭。

何初心拿不定主意，忙去書房求見祖父，卻見嫡兄也在。

何少楷在江南水師中任軍候，軍中卻稱其為少都督，他道：「何需理她？攆走就是！」

何初心道：「只怕要擔不義之名……」

何少楷冷笑：「傻妹妹，她和妳本就不同心，何需與她講仁義？」

「可外面的人不知那日宮中之事，她來求喪銀也是出於孝心，若攆她走，必有人罵我不義。哥哥也知，中宮厲害，那日沒為文氏求情，我們八府便受了一番斥責。今日若攆人，怕又會惹出事端來。」

「那妳就不怕幫了人，聖上會以此來作文章？」

「我正有此顧慮，所以才來問此事當如何處置？」

何善其面色凝重。「此事兩難，君心難測，祖父也不敢妄猜。畢竟在選妃一事上，咱們已經猜錯一回了。」

八府逼聖上選妃是因新政之迫，本以為聖上是憂朝中再現外戚專權的局面，至於帝后情深，不過是籠絡民心之術罷了，沒想到聖上態度如此強硬。

何少楷嗤道：「聖上親政不久，立威是必然的，但八府之中獨獨沒動我們，焉知不是有所忌憚？」

何善其斥道：「忌憚豈是好事？是禍事！」

何少楷不以為然。「禍又如何？未必有臨頭之日。江南水師有接駕之功，祖父因功被封為襄國侯。聖上要招賢納士，查辦咱們與過河拆橋何異？到時恐無賢士敢來自薦。」

何家能掌三代兵權而不遭帝王疑心，是因為水師離京畿有三千里之遙，且不擅馬戰，難攻城池。縱觀青史，少有因水師兵變而致江山易主的事。

但如今南興定都汴河城，水師駐紮在聖上家門口，聖上忌憚何家也是理所當然。這未必是壞事，因為這說明聖上尚無收回兵權之法，那就想法子讓他收不回，讓他一直這麼忌憚著，也不失為自保之法。

何善其道：「若行此道，非深諳權謀之術不可，你能與聖上一較高下？你可知那日在太極殿中，聖上對那三家說了什麼？」

何少楷問：「祖父探知到了口風？」

何善其道：「聽說，聖上對那三家動之以情，曉之以理，那三家恐已倒戈了。」

「什麼？」

何善其道：「黃淵是個孝子，其子三歲能識字，四歲通千文，五歲能賦詩，甚得黃淵的喜愛，只是婚事坎坷。老夫人嫌翰林院侍講掌的是文史修撰，名高勢微，放話說就是配陰親也要門當戶對。黃淵不敢忤逆老母，又心疼兒子，急得兩鬢都白了，賜婚的旨意若下了，能要了老小兩條性命，黃淵怎能不急？他進殿陛見，聖上道：『朕愛才，翰林院自武德年間設立起至今，供職的皆是身懷技能之士，朕欲令翰林院成為養才儲望之所，以備社稷之需。朕聞愛卿之子才學過人，翰林院中倒有適合他的差事，愛卿以為如何？』黃淵之子因病誤了入仕，聖上將人點入翰林院，甚至將新政之事告知於黃淵，他只要不傻，就該知道把口風透給老夫人，老夫人定不會再阻撓婚事。」

「聖上還道：『百善孝為先，愛卿順從母意雖無錯，但法理人情貴在有度。

卿乃一家之主，長者難免有糊塗之時，愛卿該斷時當斷，別總愁眉苦臉哭哭啼啼的。朕六歲登基，二十七歲親政，難事說不完道不盡，這不剛大婚就被卿等逼著選妃？逼得朕放下國事來問臣子的家事。愛卿可知江北、嶺南、吏治、水患諸事壓得朕夙夜難眠？朕若如愛卿這般愁眉苦臉的，滿朝文武只怕要看朕的笑話。事兒得一樁一樁的辦，急也莫可奈何，不妨當斷則斷，尋法解之。』你聽聽，聖上一番話說得是推心置腹情深意切，黃淵是文人，怎能不感動？他痛哭不起，掩面出宮，閉門思過至今。」

「御史王瑞只得一子，欺霸市井，紈褲成性，他擔心兒子去關陽守城會有性命之憂，聖上許了他一道口諭，把他兒子調去星羅軍中歷練。聖上道：『海寇早年間被蕭元帥剿殺得只剩小股流寇，近年來雖有復來之勢，但近幾年海上難興大戰。朕會知會魏卓之一聲，叫他帶著你家小子多歷練歷練。星羅要大辦海防，多的是領軍功的機會，朕就不信，你家小子跟在一群忠義之士身邊，會磨不去紈褲之氣，練不出兒郎血性來！說不定他日歸來，他真能給你光宗耀祖。』王瑞望子成器，豈能不心潮澎湃？他也是謝恩悔過，出宮後閉門思過至今。」

「至於秋儒茂，聖上將他斥責了一頓，說：『當朝一品大員，朕之左右侍從，竟狎妓成癖，朝廷的臉都讓你丟盡了！朕告訴你，你若改不了這毛病，朕就下旨每日往你們父子府上送姬妾，准你日夜歡歌、父子同樂！朕就等著你掏空了身子，賜你還鄉養老。』秋儒茂回府後遣散了姬妾，又命人去畫舫為那對歌妓贖了身，還了兩人良籍，給了銀兩，叫兩人回鄉去了。」

「這些天，三府大門緊閉，朝中都在猜測三府已歸聖上所用，這便是聖上不收回旨意的用意——那三道旨意是懸在三府門前的刀，提醒著三府有軟肋捏在聖上手裡，他們只能按聖上指的路走。而且，聖上的厲害之處還不止在此，翰林院若真成了儲養才士之所，天下思潮豈不盡在聖上的眼皮子底下？黃淵之子進了翰林院，一言一行皆可監察不說，他年紀尚輕，容易培養，聖上成全了他的姻緣，他心向聖上豈不已成必然？王瑞之子也一樣，雖不必去關陽送命，可到了星羅，焉知不是為質去的？哪怕日後回朝，紈褲子弟真成了錚錚兒郎，那心也是向著聖上的。」

何善其嘆道：「好手段哪！恩威並施，深謀遠慮。你想與聖上博弈，自認為如何？」

何少楷眼底波瀾興覆，半晌後才問：「照此說來，聖上想孤立我們？」

何善其道：「只能如此猜想了。這幾日，祖父左思右想，懷疑三府陛見的情形被探聽到，十有八九也是聖意——聖上在等，等著看我們如何行事。」

「都怪祖父，當年沒敢賭。」何善其悔之晚矣，對孫女道：「當年擔心聖上難以成事，想著就算大業真成，後宮中也會有妳的一席之地，可誰能想到他會遇見當今皇后……唉！妳也看見了，聖上鐵了心不選妃，妳也該死心了。明日祖父便請官媒來議親，何家位列侯爵，定能挑一門好親事。」

何初心擰著帕子，淚珠在眼眶裡打轉。

何善其道：「門外那人，妳可差人去給她一筆喪銀，擔一個好名聲。放心，待議親的風聲放出去，宮裡必不會降罪於妳。」

何初心這才知道，原來祖父早已有了兩全之法，兩全之法，又是兩全之法，當年如此，今日也是如此。每次被犧牲的都是她，她不由扭頭奔出了書房。

何少楷道：「祖父，妹妹議親的消息一放出去，可就等於我們低頭了。」

何善其怒拍桌案。「我們被孤立了，不低頭，你想反不成？水師久安於江南，何家是做不成元家的！」

何少楷冷笑道：「祖父難道忘了，城外有五萬對皇后忠心耿耿的兵馬，自過了江，他們便另營駐紮，不肯併入咱們，仍稱江北水師。聖上器重他們，防著我們，若一味低頭，我們只怕會萬劫不復。」

「爭與不爭，重在分寸，以退為進的道理，你要懂。」

「孫兒懂，將士們可不見得會懂，若覺得憋屈，恐生譁變。」

「水師居安已久，還有譁變的血性？除非有人煽動。」何善其警告道：「你和那些年輕將領都安分些，祖父眼皮子跳得厲害，總覺得林家在淮南軍中遍布舊部，聖上也太不顧後果了。可聖上一向深謀遠慮，此事定不簡單。這陣子興許會生亂，待看清楚局面再圖後事，記住了嗎？」

「是。」何少楷施了一禮，低頭時袖甲上的紋影映在眉宇間，如豹伏行。

何善其果真未猜錯。

七月二十九日，林幼學的囚車在押解途中被劫。

八月初二，林氏舊部以朝廷迫害忠良為由，歷數皇帝背棄祖宗、寵后干政、聽信讒言等數宗罪，煽動大軍譁變，意圖攻下淮州。不料馳至城下時，駐軍指揮使及其部下竟已被斬殺，頭顱高懸於城樓之上，血染城門。

叛軍驚覺密謀敗露，強攻州城，遭到死守。州城久攻不下，半夜時分，叛軍分三路退往附近的綏縣、盧縣和武都縣，三縣兵少易攻，林氏舊部意圖先占三縣，再謀後事。

八月初三凌晨，三路叛軍退至三縣城下，城樓上忽然舉起火把，一名將領手舉聖旨喝道：「聖上有旨，降者不殺，爾等還不卸甲就擒？」

叛軍急退，三縣將領乘勝追擊，淮南道兵馬副使親率軍伏擊叛軍於半路，斬林幼學及兩名叛將於陣中，俘獲五人，餘者皆降。

八月初六，捷報送至朝中，淮南道兵馬副使邱安被擢為淮南道總兵，有功將領八人論功封賞，淮南兵權收歸朝廷。

正當群臣驚於天子之謀時，時隔兩日，又發一事。

八月初十，江北水師的軍師韓其初被擢入朝，官拜兵曹尚書！

一介寒門從無品軍師直擢至當朝二品，這等驚世之事從前只有過一回——當今皇后女扮男裝時，曾以賤籍出身受封正二品奉國將軍。

朝野譁然，群臣回想八府聯名之事的始末，不由出一身冷汗。

皇后雖有斷案之能，但八府之事能那麼快就查明，自然仰賴於證據齊全。八府剛剛上奏，證據就呈到了鳳案前，顯然是聖上洞察了先機。而聖上也料到林幼學被查，淮州必生兵變，那莫非八府之舉正中聖上下懷？

聖上不僅藉機維護了皇后，威懾了百官，還對內施恩三府，孤立何家，對外嚴防兵變，收割兵權。兵權一收，聖上便擢親信填補要職，這洞察先機的遠見，步步為營的城府，動若雷霆的手段，叫人細思恐極，不得不畏。

韓其初雖有用兵之能，卻無為官的經驗，聖上將他擢至此職，只可能出於一個緣由——寒門子弟入仕，必遭上峰打壓，不如身居高位，施政成效如何，端看才智手腕。

經此諸事，群臣懾於帝王心術，收斂了許多。

九月十五日，天子下令國子監手抄拓刻皇后的手箚，並刊行全國，取天下無冤之說，賜名曰《無冤錄》。

此後，朝中連下三道刑獄改革令：一是廢止屠戶看驗死傷的舊律，將仵作從賤籍中除去，入官籍，添俸祿；二是州衙配仵作三人、大縣兩人、小縣一人，官府另需招募一、二學徒，發放工食銀；三是官府設書吏為仵作及學徒講解《無冤錄》，講學之人造冊備案，按年抽考，用功者獎，懶怠者革去官籍工食，逐出官府。

三令一出，朝中竟無異聲，懾於帝王之威，朝中風平浪靜。

而汴都城內，名士白卿成了百姓津津樂道之人。

此人每隔三日必至茶館，與學子們辯議時政，目光之卓越，見解之精到，諸學子不及，誠服之至。每到白卿議政之日，茶館內外總是人滿為患，裡面學子滿座，外面百姓成堆。百姓不懂朝政，瞻仰的不過是賢士的風華而已。

九月二十五，秋雨大作，白卿如期而至，傍晚才從茶樓裡出來。

七賢中白卿賜號「竹」，城南郊地有片竹林，昔日無人打理，不知何時起了間廬舍，馬車入了竹林，向著廬舍駛去。

日沉天昏，秋雨復來，白電一晃，車夫目光一凜，一抬頭，見竹林上空劍光數點，劍氣殺機齊指車廂！

汴河宮。

飛雨動華殿，黑雲壓棟梁，寧壽宮內傳出一陣哭聲，低低幽幽，乍一聽如伶人吟唱，久聞之如鬼哭號。

禁衛披甲立槍列於殿外，飛雨澆溼了甲冑，鐵氣森森。

一個老太監躬身候在殿外，一名禁衛從殿內走出，把食盒往前一遞，冷冰冰地道：「王爺不餓。」

老太監接過食盒時摸到了一手油膩膩的湯水，不由嘆了口氣。

恆王爺準是又把飯菜給砸了。

「老奴覆命去。」老太監撐著傘拐著飯盒，退入了雨幕裡。

……

太極殿外，小安子聽罷回稟，皺眉道：「咱家自會稟明聖上，你下去吧。」

老太監垂首應是，卻退而去。

小安子退入殿內，殿內卻不見天子，只有大太監范通守在一旁「伴駕」。

小安子壓低話音道：「師父，寧壽宮那邊兒已絕食三日了。」

范通一副老僧入定之態，淡淡地道：「絕食三日了還有力氣鬧，可見王爺健朗，那就何時沒力氣鬧了，何時再說。」

小安子又問：「陛下仍未回宮，皇后娘娘還等著陛下用膳呢。徒兒得去傳句話，您看……這事兒可要瞞著皇后娘娘？」

「瞞著皇后娘娘？」范通把老眼抬了抬。「瞞得住？」

小安子頓時苦了臉。「徒兒怕是沒那本事。」

「那就是了。」范通把眼垂了下去。「咱們當奴才的不能欺瞞主子，也沒本事欺瞞，所以陛下之事你瞞不住娘娘，寧壽宮的事兒你也瞞不住。」

「啊？」小安子一愣。「師父之意是讓徒兒向皇后娘娘稟奏寧壽宮的事？可陛下若是知道了，會不會降罪下來？」

范通的老臉上一個摺子都不見動的。「陛下捨不得降罪娘娘。」

「陛下捨不得降罪娘娘，可咱們……」

「咱們是奴才，奴才不能也不敢欺瞞主子，更沒本事欺瞞主子。」

小安子噗嗤一聲，趕緊把嘴捂住，匆匆地退了出去。

乾方宮，承乾殿。

秋雨霖霪，天色已黑，一道奔電裂雲而下，暮青倏地起身。「陛下還沒回宮？可有命人出宮查探？」

小安子道：「回皇后娘娘，師父看著不急，奴才來時，他仍在『伴駕』。」

暮青聞言神色稍鬆，范通既無動作，想來知道聖駕為何晚歸。「知道了，你去吧。陛下回宮後，讓他回來用膳，別在太極殿裡將就。」

「這……只怕……」

「嗯？」

「啟奏娘娘，司膳太監來報，說寧壽宮那邊兒又把晚膳給砸了，王爺已絕食三日了，陛下回宮後，奴才們定是要稟奏此事的。這一稟奏，今兒這晚膳莫說是將就了，只怕陛下會連用膳的胃口都沒了。」

暮青聞言，出人意料地冷淡。「陛下回宮後，你們且不提此事，先讓他用膳不就是了？」

「啊？」小安子一臉懵態。

「你回去吧，太極殿那邊不能出亂子。宮門上鎖前，若陛下仍未回宮，再來稟告。」暮青見小安子仍想磨蹭，一記厲色便叫他住了嘴。

小安子委屈地走了，彩娥瞄了暮青一眼，小安子的心思連她都看出來了，雖說跟主子耍心眼兒是他的不是，但他也是忠心可鑑。其實她也不明白，帝后情深似海，為何皇后娘娘會當寧壽宮不存在，由著太上皇和聖上較勁？

彩娥不敢問，只道：「娘娘，傳膳嗎？」

「傳。」暮青坐了下來，目光波瀾不興。「把小廚房裡的灶火生上，陛下冒雨回宮，需薑湯暖身。」

「是，奴婢這就去。」

待晚膳擺好，暮青入席，華帳九重，宮火熒煌，她孤坐在華几後，青裙覆在宮毯上，若天河覆了瑰麗江山。殿外廊臺，雨珠成簾，飛簷之下，絹燈點點，方寸帝庭幻若仙境，她卻不為美景所動，只是默然用膳，一筷一筷，細嚼慢嚥。

用罷晚膳，她去灶房熬了薑湯，回來後仍不見小安子來報，這才問：「什麼時辰了？」

彩娥道：「回娘娘，宮門落鎖了，小安子沒來回稟，奴婢瞧瞧去。」

暮青允了，彩娥撐了把傘就出了乾方宮，不料剛出宮門，便撞上了小安子。

小安子連傘都沒撐，宮袍被大雨澆了個溼透，急道：「快請皇后娘娘去太極殿！陛下遇刺，受了劍傷！」

……

暮青趕到時，殿內充斥著藥味兒和血腥味兒。左相陳有良、刑曹尚書傅民生、新任兵曹尚書韓其初、汴州刺史陸笙及汴都巡捕司統領李靳等人跪在殿內，幾位御醫守在御前，面色焦慮，額上見汗。

見到暮青，眾臣如見救星，老御醫道：「娘娘可算來了！陛下受了劍傷，傷口頗深，臣等敷了重藥，又下過針，止血之效卻不盡如人意。」

「就你話多。」步惜歡身披龍袍，右肩裹著白布，血花滲出，豔若袍色。他睨了老御醫一眼，瞧向暮青時已噙起笑來。「別聽他們的，劍傷罷了，未傷及筋骨，養幾日就好。」

暮青見步惜歡精神尚可，不由鬆了口氣，問御醫道：「傷口深過半寸了？」

「娘娘怎知？」御醫詫異了。

「沒這麼深，也不會難止血。」暮青幾步便到了步惜歡身邊，要解繃帶。

御醫驚道：「娘娘，傷處剛敷了藥，一旦失了繃帶，這血只怕……」

「敷藥包紮過於保守，傷口頗深，又傷在右肩，略有小動便會牽得傷裂血流，爾等豈不是要日夜守在御前時常換藥？換藥換繃布的次數太多，容易誘增感染，這風險不能冒。我先瞧瞧傷口，看能不能縫合。」暮青說完，綳帶也解開了，她見白藥糊在傷口上，壓根兒就看不清傷勢，不由吩咐：「打盆水來！」

宮人端了盆溫水來，暮青拿溼布慢慢地將藥化開，只見傷口周圍紅腫，輕輕一撐，血便湧了出來。

御醫驚呼一聲，暮青壓住傷口，怒道：「這何止半寸？都深過寸許了！」

御醫皆是內方聖手，少有擅診外傷的，再說遇刺之人是天子，誰敢扒開傷口看？也就皇后不忌尊卑。

「針、絲線、鑷子、剪刀，分開煮。備燒酒、火燭、棉花、綳布和麻沸散來！」暮青吩咐完，宮人魚貫而出，殿內皆是忙碌的人影，唯獨步惜歡氣定神閒地坐著，好似受傷的不是他。

暮青心裡疑問重重，卻默不作聲，直等到物什備齊了，才喚御醫來按住傷口，自己用燒酒洗手，而後用棉花蘸過燒酒，對步惜歡道：「忍著。」

步惜歡笑而不語，反倒給了暮青一個安心的目光。

暮青定住心神，清理過傷口後，吩咐：「敷麻沸散！」

她將此事交給御醫，自己取來長針，將針掰彎，待御醫麻妥傷口，她已將絲線穿好。

御醫們從未見過彎針，只聽說皇后曾為燕帝取刀補心過，卻沒想到這針竟要掰彎了使。

暮青將彎針和鑷子放到火上烤了烤，以燒酒擦之，而後用針尖在傷口旁試了試，問道：「疼嗎？」

步惜歡笑了笑，舒展的眉宇莫名使人安心。「縫吧。」

暮青看了他一眼，便把全副心思都放在了縫合傷口上。

眼看著彎針穿入了血肉裡，老御醫顫聲提醒：「娘娘仔細著些，此乃龍體……」

暮青充耳不聞，以鑷子引針，入針出針，巧力一牽，不僅皮肉對合了起來，連線扣也變戲法似地繫好了。

御醫們目不轉睛地盯著，殿內靜得只能聽見剪刀斷線的喀嚓聲。

幾聲之後，暮青道：「好了。」

「好了？」御醫們一數，只見傷處縫了七針，皇后取了團棉花，蘸上燒酒，往縫合好的傷處一擦，滴血不流！

「真乃奇效也！」老御醫深深一揖，若拜奇人。「娘娘一盞茶不到的工夫就為陛下穩住了傷勢，此前臣等可足足耗了半個多——」

「咳！」韓其初咳了一聲。

老御醫一驚，急忙住了嘴。

暮青若無其事地繼續包紮，順手在步惜歡胸前繫了個刺眼的蝴蝶結。

步惜歡低頭一看，苦笑著搖了搖頭。

待洗了手上的血，暮青才對御醫們道：「本宮精於驗屍之道，又戍過邊，自然擅長處置外傷。你們不必妄自菲薄，術業有專攻，為陛下調理身子的事還得交給你們，診脈開方並非本宮所長。」

御醫們恭聲應是，老御醫問道：「微臣有一事不明，還望娘娘賜教。縫傷的線該如何處置？這線和血肉縫在一起，豈非要長在血肉裡？」

「不會，這線快則七日，慢則半個月，即可拆除。何時拆線要看傷情的輕重及傷口的癒合情況。」暮青走到案前取來紙筆，就燈畫圖。「對外傷來說，縫合可以達到組織的準確對合，為傷口的癒合提供良好的條件。繃布雖可使傷口合攏，但傷口還需六個時辰才會開始癒合，若傷口過深，僅靠肌理的收縮能力，不但耗時長，還易開裂感染，所以縫合傷口，強制其合攏癒合是很有必要的。判斷外傷是否需要縫合，可以觀察傷口的深度、寬度和位置，一般而言，傷口深於小半寸，寬到無法捏合，或傷在經常活動的部位時，就需要縫合處理。」

說罷，暮青已將圖畫好。「此乃縫合針、齒鑷和持針鉗，可尋能工巧匠按圖打製，再在豬羊皮上練習縫合技巧。」

步惜歡道：「這事兒就交給御醫院辦了。」

老御醫領旨謝恩，便率眾開方煎藥去了。
殿內只剩幾位要臣，眾人不避忌暮青，當著她的面便議起了事。
韓其初道：「刺客們已押入天牢，微臣以為，當命巡捕司嚴查都城，但如此一來，陛下微服出宮的事就瞞不住了。」
傅民生道：「今夜御醫院這麼一折騰，不查也瞞不住了。」
陳有良道：「陛下遇刺，茲事體大，瞞得住瞞不住有何要緊？當務之急是嚴查同黨！」
韓其初道：「可學子們一旦得知陛下的身分，日後陛下再想一聽民間真言可就難了。新政尚未有可行之策，正當納言之時，斷此良機，未免可惜。」
「天下學子多未入仕，雖有憂國憂民之心，卻不見得深諳吏治之弊朝廷之需，新政還需朝臣多思多言。韓尚書得陛下親擢入朝，理應報效皇恩，而非寄希望於天下學子。」
「丞相言之有理，只是天下學子多矣，怎敢斷言其中定無賢士？且下官乃兵曹尚書，擔的是朝廷武官任用及兵械、軍令之務，而丞相大人乃百官之首，論策之務只怕還得多勞大人。」
「你！」
陳有良滿面怒容，韓其初和風細雨地一笑，兩人對視，暗流洶湧。

陸笙和李靳低著頭，裝聾作啞。

傅民生忙打圓場：「我等同朝為官，政見不同，陛下不正可以廣聽諫言？都是替君分憂，又何必爭個長短呢？」

「老大人所言極是。」韓其初朝陳有良作了一揖。「下官多有冒犯，望丞相見諒。」

陳有良哼了一聲，拂袖作罷。

步惜歡的眸似開半合，半晌後才道：「李靳。」

汴都巡捕司統領李靳忙道：「微臣在！」

「頒宵禁令，嚴查刺客。」

「微臣遵旨！」

「陸笙，審問刺客的事兒，朕就交給刺史府了，可別把人審死了，否則朕唯你是問。」

「微臣領旨。」

「朕乏了，都跪安吧，餘事早朝再奏。」

「臣等告退。」眾臣卻退而出。

殿門一關，暮青便道：「傳膳！」

范通領旨而去，臨走時把宮人們都帶了出去。

殿內只剩夫妻兩人，氣氛陷入了沉寂。

步惜歡瞅著暮青，小心翼翼地問：「來此之前可用過膳了？」

暮青皺著眉，直覺得把心都皺疼了，問道：「你沒讓小安子來傳信，就是因為這個？」

小安子來傳信時，她還以為他剛回宮，可御醫說他們處置傷勢耗了半個多時辰，即是說步惜歡早回宮了。算算時辰，他回宮時，她差不多正在用膳。

「究竟是怎麼回事？」暮青問，步惜歡神功大成，江湖上能傷到他的沒有幾人，就算刺客人多，武藝高強，可侍衛們的身手也是頂尖的。且范通知道帝駕晚歸，卻不著急，這很耐人尋味。

真相呼之欲出，暮青卻沒說，她在等步惜歡說。

「就知道瞞不住妳。」步惜歡嘆了一聲，悠悠地從頭道來：「自從處置了林幼學，朝中風平浪靜，可韓其初被擢至尚書，朝中怎可能風平浪靜？只是八府一敗塗地，對群臣有所震懾，不敢明著較勁罷了。妳想啊，汴州和淮南道的兵權已收歸朝廷，朝中上有陳有良、傅民生、韓其初，下有章同、崔遠等人，妳我在民間亦聲勢頗高，那些守舊之臣怎能坐得住？前朝後宮，他們不敢再出陽謀，最可能干預之地不就在民間？此前他們派人混入茶樓，大談皇后禍國論，白卿常到茶樓講學，他們不會不知。白卿是一介白衣，殺個百姓比刺殺朝廷命官容易得多，以白卿的聲望，他若死了，不僅對學潮是個打擊，也能提早斷我一臂。有韓其初的先例，他們是不會讓白卿也有機會入朝為官的。」

「所以，從你擢韓其初入朝的那天起，就知道白卿會遭刺殺？」

步惜歡笑而不語，氣定神閒得叫人牙癢。

「你是故意受的傷？」暮青沒忍住，還是問了。

步惜歡卻輕描淡寫地道：「為夫若不受傷，事怎麼能鬧大？事不鬧大，怎麼能治那些人的刺駕之罪？」

「刺駕？」

「娘子需知白卿是一介白衣，他遇刺，按律當由刺史府查察。汴州刺史陸笙背後有舊派撐腰，為夫親政時把巡捕司統領一職給了原御林軍參將李靳，為了安一些人的心，才把刺史一職指給了他們的人。若遇刺之人是白卿，他們查起來必只聞雷聲不見雨點兒，就算查出個主謀來，也多半會推到江湖仇殺上。為夫久候數月，可不想只辦一批江湖草寇，要辦就辦幾個朝廷大員。為夫若不受點兒傷，不讓御醫院折騰一番，事情怎能傳到那些人的耳朵裡？刺駕罪同謀逆，妳瞧著好了，明日早朝上，定有明哲保身之輩相互糾舉，不但幕後主使自現，興許還能聽見不少不法之事。」

暮青不知該說什麼好，半晌後才道：「此事之後，群臣該畏你如虎狼了。」

步惜歡笑道：「總比肆無忌憚的好，為官若無顧忌，吏治可就要亂了。」
暮青也這麼認為，她還關心一件事。「今晚陳有良和韓其初演的又是哪一齣？」
步惜歡讚道：「也就妳能看出來。」
暮青翻了個白眼。「陳有良不是演戲的料，當年我在刺史府裡曾說過，表情，動作，語言，三者同時出現才是真怒——他不知活學活用，非要怒哼之後才拂袖。」
「妳也太難為他了，他能跟人嗆幾句已是不易了。」
「所以？不擅演戲的人都登臺唱戲了，所為何事？」
「妳方才不是料到了？今夜之後，群臣會畏我如虎狼。他們有所收斂雖是好事，但定會有人表面上謹小慎微，暗地裡苦心鑽營。那可不成，與其由著他們鑽營出路，不如我給他們指條路。」
這話隱晦，暮青卻聽懂了。「你故意讓陳有良和韓其初演一齣戲，為的就是讓群臣以為他們政見不和？兩人同出寒門，政見不和，對守舊派可謂大利，到時拉攏、離間只怕層出不窮，你是想藉此看清百官的想法？」
「娘子一點就透，聰明！」步惜歡笑道。
暮青詞窮，這廝的心生了幾個竅？肚子裡盡是彎彎繞繞！

論政治手腕，步惜歡的道行實在太深，若不是他點撥明示，暮青還真猜不透。「我突然有點同情滿朝文武。」

步惜歡愉悅地笑了聲：「為夫可否將此話當作讚賞？」

「少來！你瞞了我三個月！我若知道你出宮是為等人行刺，一定跟著——」話未說話，暮青忽然住了口。「你一直不讓我陪你微服出宮，是不是擔心遇刺時我會有險？」

步惜歡只笑不語，燭光躍在眉宇間，逸態神秀。

知道他一貫如此，暮青的心仍彷彿被握住，悶疼難舒。

「傷口可疼？」再開口時，她的嗓音已有些啞。

「縫傷的時候倒是俐落，這會兒怎麼怕了？」步惜歡牽著暮青的手往胸前按了按，讓她放心。「藥力還沒散，不疼。」

他只料到會有人對白卿動手，卻料不到是哪日，跟她說了，豈不是每次出宮，她都要提心吊膽？

暮青悶悶地道：「白獺絲沒能帶過江來，過些日子拆線，許會留疤。」

步惜歡倒笑了。「那叫御醫開些祛疤之方好了，放心，為夫定不叫娘子瞧著掃興。」

這話不正經，暮青瞪了步惜歡一眼。

這時，范通傳膳回來，晚膳擺在偏廳裡，暮青盛了碗粥，慢慢地餵步惜歡喝。

步惜歡笑道：「本是為了避開要害而傷在右肩的，回宮路上為夫還悔，這下子有幾日不能批奏章了，倒忘了能得娘子幾日照顧。如此想來，倒也不悔了。」

「食不言。」暮青才不信，這人走一步能算百步，會想不到傷在右肩的好處？

步惜歡笑了笑，當真守起了食不言的規矩，她餵一杓，他喝一口，兩兩相望，再未多言。

這一幕似曾相識，只是他沒有那時那般虛弱。殿外秋雨霏霏，案上燈暖粥香，他的鬢髮在燭光裡微泛雪白，讓她有一時的恍惚，彷彿他們就這麼坐著，一生都互相照顧著，眨眼就白了頭。

一碗粥用罷，步惜歡道：「清粥小菜還是娘子做的香。」

「那回寢宮，我下廚。」

「好。」

步惜歡應著好，神色已倦。輦車在殿外候著，小安子和彩娥已撐好了傘，夫妻兩人上了輦車，剛坐穩，忽然便聽見一陣匆忙的腳步聲。

腳步聲從後方而來，暮青面色一沉——這個時辰，從後宮來的急奏定跟寧壽宮有關。

正想著，禁衛已奔至輦車前，高聲稟道：「啟奏陛下，恆王哭鬧，打翻了供案，砸了……先太后的靈位！」

暮青一驚，轉頭望去，見雕窗剪碎了燈影，將步惜歡的容顏剪得破碎不堪。他的聲音涼得入骨：「擺駕——」

「擺駕乾方宮！」暮青忽然出聲打斷，給范通使了個眼色，隨即關了車門。

「擺駕——」范通唱報一聲，沒說擺駕何處，只把拂塵一甩，指向乾方宮。

第十一章

怒罵公爹

一回宮，暮青就道：「取朝服來！」

步惜歡問道：「這是要做什麼？」

「去寧壽宮。」暮青拉著他到榻前坐下。「你哪兒也不許去，寧壽宮的事，我去處置。」

「青青……」

「我知道你要說什麼，你先回答我一個問題：我曾告訴過你，我的身子比以前好多了，你為何還要事事為我安排操勞？」

步惜歡怕暮青又鑽牛角尖，耐著性子道：「妳我是夫妻，為夫體貼些理所應當，何言操勞？自從回來，妳操勞獄事每日無休，身子卻尚需固本，為夫怎能不憂？若不多安排些，妳我尚未白頭，妳便積勞成疾可如何是好？」

暮青反問：「難道我不憂？自從親政，你何嘗歇過半日？你操勞國事倒罷了，卻還操心家事，你以為身子是鐵打的？難道我就不擔心你我尚未白頭，你便被氣出病來？」

步惜歡怔了怔，面露歉色。

「寧壽宮常鬧，我從不過問，因為我知道那人是你的心結，你想自己解，我不該插手。可這不代表你有傷在身，我還能看著你去折騰。他平日再怎麼鬧都不敢動供案，今日為何砸了靈位？還不是因為你不溫不火地罰了他這些日子，他吃了你的苦頭，又見不著你，氣惱之下才出此下策？你若去見他，豈不遂了他的心願？」暮青往殿外看了一眼，見彩娥已在候著了，於是向外走去。「你們父子間的恩怨，我不插手，但他不讓你好過，我不高興，這是我與他之間的恩怨，你也別插手。這帳不跟他清一清，我的身子就養不好！」

此話不無威脅之意，步惜歡苦笑道：「妳這是吃定為夫了啊……」

「你哪兒也不許去，我去見見他，就當給母妃盡盡心。」暮青更了衣，頭也不回地出了承乾殿。

二更時分，大雨澆沒了梆子聲，鳳輦馳過深長的宮道，雨水潑在宮牆上，宮燈映著，猶如淌血。

寧壽宮的禁衛長見到鳳駕吃了一驚，皇后朝服加身，束髮簪冠，青絲垂下雲肩，如懸一把青劍，英姿凜然。

宮門打開，禁衛們跪迎鳳駕。皇后走入宮院，寧壽宮內荒草叢生，正殿裡點著一盞幽燈，一人披頭散髮地站在門口，遠遠望去，若荒殿孤魂。

暮青拂開彩娥撐著的宮傘，淋著大雨上了殿階。

恆王幽幽地盯著暮青，聲音枯老：「皇后娘娘好大的威風。」

殿內四壁皆空，色彩瑰麗的壁畫襯得大殿空蕩冷清。宮磚泛著青輝，供果滾了一地，太后的牌位躺在其中，牌頭已斷。

暮青拾起牌位，淡淡地道：「比不得王爺，鬧不過兒子就砸髮妻的牌位，這才是好大的威風。」

「妳！」恆王的怒容隱在披散的髮後，模糊不清。

暮青記得頭一回見恆王是在盛京城中，王府門前華車美姬，他披著墨狐大氅，紫冠玉面，唯有眼角的魚尾紋可見幾分歲月痕跡，而今只被幽禁了一旬，便已白髮叢生，鬚亂如草，老態畢現了。

「兒子？」恆王嗤笑，雙臂一展，大袖翻捲，似伶人在幽室裡迎風悲舞。「好一個兒子，真是本王的好兒子！」

「他的確是。」暮青波瀾不興地接話。

「哈！」恆王步履虛浮地轉身，狹長的眸藏在亂髮後，陰鬱地盯著人。「妳是不是覺得，他能留本王一條命就算是仁至義盡了？」

暮青揚了揚眉，恆王笑岔了氣，沉沉地捶打著胸口，一下一下，聲如搗鼓。

「妳錯了，他想報復本王，他把本王接出來，是怕元修拿本王威脅他，他不想擔不孝之名罷了。他把本王幽禁在此，自己坐在金鑾殿上，受著百官朝賀四海敬仰，受著明君孝子之讚，誰也看不見他折磨本王，看不見這荒殿囚室，連個說話的人都沒有。他就是想在他母妃的牌位前將本王折磨死，本王在他眼裡，不過是仇人。」恆王淒厲地笑著。
暮青聽著，似看一個可憐之人。
這目光刺痛了恆王，他追問：「妳怎麼不說話？妳不想承認嫁的是一個欺世盜名之輩？」
「我只是想看看，為人父者，究竟能以多大的惡意揣測自己的兒子。」
「惡意揣測？」
「這只是客氣的說法，我更想說——你放屁！」
恆王蹬蹬倒退數步，大抵是因為從未聽過如此粗魯之言。
暮青怒道：「他不想擔罵名有錯嗎？他幾歲進的宮，被人罵了多少年，你不知情？他六歲進宮，母妃遭受蓋帛之刑時，你在哪兒？你在青樓狎妓縱樂、夜不歸宿！他在深宮踽踽獨行時，你又在哪兒？你在王府迎繼妃、立世子，醉生夢死！你從未在他孤弱時幫過他，如今他親政，憑什麼要因你而背負不孝之名？你說他折磨你，我看是你不放過他！你身為人夫，不護髮妻；身為人父，不助幼子，他難道不該對你有怨？他只是讓你布衣簡居，吃齋念佛，悼念亡妻，何錯之有？」
「何錯之有？」恆王彷彿聽見了笑話，他絕食三日，也不知哪兒來的力氣，竟厲聲道：「他生在帝王家，還奢望父子情，就是他的錯！他母妃和元貴妃同年有喜，恆王府前門可羅雀，元相府裡賓客不絕，這就是命！人不可與命爭，他卻早慧，得了先帝的喜愛，早早地埋下了禍根。他被擇為新帝，就該奉太皇太后為老祖宗，卻天天喊著要母妃，他母妃就天天在宮門外守著，他們娘倆倒是母子情深，可這對太皇太后而言，豈不是等於有人拿著刀往她的心窩子上戳？她連奪宮都敢，何況殺一個恆王妃？他母妃被害，分明是受他連累！」

暮青驚得退了一步，不由大怒。「謬論！他那時年幼，被人強囚入宮，豈能不思念母親？」

恆王仰頭大笑。「帝王之家，何來稚子？只有君臣，只有成敗，只有殺出一條活路的人和事敗該死的鬼！帝家子孫，生來此命，不認命就不能輸，不想輸就得絕情絕義！他年幼入宮，無所依靠才能悟得生存之道，不然，你以為他能活到今日？」

秋風捲進殿來，吹起恆王灰白的亂髮，那神情竟有幾分癲狂。

暮青久未接話，半晌後才問：「如此說來，倒是你替他著想了？」

恆王沒有吭聲。

暮青問：「既是替他著想，現在又鬧哪門子？」

恆王依舊不吭聲。

暮青道：「不吭聲？那我說！六月，他一回宮就有朝臣勸他與嶺南屈辱議和，那日正巧碰上您虐打宮人，他前腳出了寧壽宮，後腳就進了太極殿，晚膳沒用，四更才歇。次日早朝，八府聯名奏請選妃，他出奇策罷黜四府，逼得三府歸順，何府孤立，一舉廢了八府之盟。七月，原兵曹尚書林幼學在押解途中被劫。八月初，林氏舊部煽動大軍譁變，幸經提早布防，兵權才得以收歸朝廷；八月中旬，關淮大澇，宮中縮減開支，朝廷大開義倉，為防瘟疫肆虐，瑾王連夜帶著一批御醫和緊急徵調的郎中趕往災區，至今未歸。八月底至今，林黨餘孽藉水患國難之機屢次作亂，關淮兩地軍情緊迫，每隔兩、三日便有軍報呈至朝中，而朝中文武明著不敢造次，暗裡卻盯上了民間賢士，今日傍晚，他在微服回宮的途中遇刺，身受劍傷，血止不住，縫了七針。」

恆王怔了怔，人在寬袍中顯得有些僵直。

「除此之外，取士改革與嶺南之患皆是亟待解決之事，朝廷亟需人才，能用之人皆在為國效力，而您不是虐打宮人，就是絕食哭鬧，如今竟砸了髮妻的牌位，如此折騰，我很不解，你到底圖什麼？現在我懂了——你在求死。本以為你只是不滿被囚，妄想著縱情聲色，沒想到你竟砸了髮妻的牌位。你說你在他眼裡是仇人，那你砸他娘親的牌位是想折磨他嗎？不是，你在逼他，逼他一怒之下殺了你。」

恆王盯著暮青，身形更僵。

「好一個懦夫！」暮青指著恆王，袖上的鳳羽似一把把金刀，刀刀割人。「你深諳皇權醜惡，會料不到他若弒父會背上怎樣的罵名，會有多少人藉機而動？先帝道你庸懦，他真是看走了眼，你並非庸人，反倒是個明白人，你把皇權之爭看得太透，縱情聲色庸碌無為，所以才成了活下來的兩位皇子之一。但先帝說你懦弱，倒是沒看走眼，妻子被害你不敢救，嫡子被囚你不敢幫。你拿皇權爭鬥、命運之說來自欺欺人，不過是為了讓自己好過些。可你現在不好過了，在寧壽宮裡，與你每日相對的只有髮妻的靈位，你再不能假以外事痲痺自己，偏又是個懦弱之人，不敢自我了斷，便想借兒子之手。步惜歡究竟上輩子造了什麼孽，攤上你這麼個爹！」

「呵呵。」恆王默然良久，竟笑了聲，笑罷倚著殿門坐了下來。「是啊……興許真是造孽了吧。」

一句造孽，不知說的是誰，恆王仰頭看著暮青，竟然平靜了下來。「本王只是覺得累了，投生在帝王家，享不得天下江山、富貴君權，至少得享盡美酒美人、世間榮華，否則豈非白白糟蹋了投胎的本事？可如今餘生漫長無趣，早赴黃泉又何嘗不是好事？」

「那您倒是自行了斷啊！這四壁皆牆的，想赴黃泉還不容易？」

「他親手殺了本王這個仇人，豈不更快意？」

「快意之後呢？背負弒父之名？」

恆王嘲弄地笑了聲：「古往今來，弒父之君還少？有幾人因此被奪位的？他是個聰明的孩子，這麼多年都熬過來了，定能想出瞞天過海之法。再說了，妳斷獄如神，驗屍之技名冠天下，略施手腳還不容易？」

暮青冷笑連連。「王爺所言極是，但他絕不會弒父，你可知為何？」

「妳不是說過了？」

「虧你還是他爹，真是枉為人父！」暮青抬袖，恨不得當頭抽下，把這渾渾噩噩之人抽醒。「你看看這半壁江山！他重情甚於帝位，豈會弒父？他再怨你，也不是從生下來就怨你，這世間怎會有不曾憧憬過父親的孩兒？只不過多的是叫孩兒失望的父親罷了。他剛親政，朝中一堆爛攤子都收拾得得心應手，卻獨獨治不了你，難道你還不明白？他雖怨你，卻也只是怨你罷了。」

暮青終究沒抽下去，她落下袖子便出了大殿，袖風拂開恆王灰白如草的亂髮，他的神情在燈影與人影裡，看不真切。

彩娥趕緊上前撐傘，暮青到了宮門前對小安子道：「命御膳房送些飯菜來，把恆王府的老總管調回來吧，叫侍衛們看著些，不許王爺再虐打宮人。」

小安子應是，隨即開了門。

門一開，暮青便愣住了。

步惜歡撐著把油紙傘立在門外，雨珠似線墜下，一門之隔，猶如落淚。

暮青驚了驚，不知步惜歡來此多久了，恆王之言又聽見了多少。她急忙走出，問道：「你怎麼來了？不是讓你在寢宮歇著？」

話音剛落，暮青便被擁入了懷裡，男子的氣息撓著她的耳頸，依舊那麼溫暖。「餓了，想娘子做的清粥小菜想得難以入眠……我們回去可好？」

「好。」

范通已候在輦車旁，暮青上輦前瞥了眼寧壽宮。傾盆大雨裡，宮燈影黃，隱約可見殿裡站著一人，面朝宮門。

而步惜歡始終沒往寧壽宮裡看一眼。

回到承乾殿後，暮青下廚熬了粥，步惜歡用過消夜後才歇下。這夜，他睡得並不安穩，暮青擔心得一夜沒闔眼，喚他上朝時有些於心不忍。

「你受了傷，歇個一、兩日其實無妨。」

「昨夜御醫院那般折騰，我遇刺的事一定滿朝皆知了，若不上朝，難安人心。再說了，今日必有好戲看，不去豈不可惜？」步惜歡偷香了一口便上朝去了。

下了一夜的雨，清晨已有幾分秋意，百官列班進殿，見天子受了傷，心驚白卿身分之餘，也覺出了事態的嚴重性。為了摘清疑點，群臣相互糾舉，在御前吵得不可開交。

朝上正因刺駕的事亂著，一名披甲侍衛上了殿階，高聲奏道：「啟稟陛下！宮門外有一老僧奏請陛見！」

殿內一靜！

步惜歡詫異地問：「何方老僧？」

侍衛奏道：「回陛下，此人自稱遊僧，法號……空相！」

空相大師百壽高齡，佛法高深，乃國寺大寒寺的住持。自二帝劃江而治起，汴河就封了，他怎麼會出現在汴都？

因空相大師乃三朝國師，德高望重，步惜歡只能住了早朝，命小安子去請暮青前來，並親率百官出殿相迎。

暮青趕到金鑾殿上時，空相大師已在殿內。

只見老僧身披金縷袈裟，手持九環禪杖，面目慈祥，相善莊嚴。

帝后坐在御座上，百官列於兩旁，暮青道：「一別三年，方丈大師可好？」

「阿彌陀佛。」空相宣了聲佛號，笑道：「老衲決意雲遊四方闡揚佛法，故已辭去國寺方丈之位，如今只是個遊僧罷了。」

步惜歡對暮青道：「大師四月初自寺中辭行，一路東行，乘船渡海，雲遊而至。」

暮青之惑這才消減了些，大興歷代帝王即位時都會參拜國寺，齋戒禮佛，以昭仁心。北燕以江北之地立國，新帝登基，正需撫定民心，不可能放高僧南渡。但三月底盛京事變，四月時北燕未立，國師辭位無可奏之人，這才能成行。空相大師應是料到江上會戒嚴，所以才渡海而至。

但此話卻驚了百官，空相大師雲遊四方，走得不早不晚，偏偏挑在盛京之變時，又是渡海而來，莫非早料到了大興之變？他來到南興奏請陛見，莫非在暗示北燕、南興二帝誰才是真龍天子？且聽空相之言，他與皇后早已相識，皇后那時是江北水師都督，難道空相早知她是女子？皇后出身卑微，與高人緣分不淺，莫非也有天意在其中？

百官心中不平靜，帝后倒與空相聊了起來。

步惜歡道：「汴都城外有古寺，大師既有闡揚佛法之願，不妨設壇講經，朕與皇后必至。」

城外的古寺名為臨江寺，是高祖興建汴河行宮時修建的，六百年間香火鼎盛，乃是與大寒寺齊名的古寺。

空相道：「多謝陛下，那老衲便在臨江寺設壇七日，七日後從淮州南下。」

步惜歡沉吟道：「自淮州往南，最南端是星羅，大師莫非仍有出海之意，此番是為了國書及通關文牒而來？」

「陛下聖明。傳聞星羅之南有諸島國，東南有仙山，西南有洋人國，老衲確有出海之意，故而奏請陛見，請陛下賜國書及通關文牒。」

「遠海風浪莫測，近海海寇猖獗，朕雖可命鎮南大將軍率戰船護送，但大師年事已高，當真要冒此險？」

「阿彌陀佛，空也無，無也無，四大皆空，何為凶險？」

步惜歡默然，見歲月的痕跡刻滿了老僧的面容，卻也彷彿沉澱在了他的眸底，看似清淨，清淨也無，當真是萬般皆空，於是嘆道：「那朕就不強留大師了。七日之後，朕必備妥國書及通關文牒，亦會命鎮南大將軍準備海船、護衛及衣食藥草等需。」

「多謝陛下。」空相施了一禮，說道：「出海雲遊，不知歸期，老衲無需護衛，此行自有有緣人相伴。」

「哦？」步惜歡愣了愣。

空相道：「老衲奏請陛見，除了向陛下求賜國書及通關文牒外，還為了一人而來。此人與我佛有緣，就在汴都，但要此人與老衲一同雲遊，需陛下恩准。」

「哦？何人？」

「當今太上皇。」

當初的恆王爺，當今的太上皇，竟然有佛緣，說出去能讓天下人笑掉大牙。恆王被囚於寧壽宮中，太上皇的詔書遲遲未頒布，原本有幾位老臣想上疏，以孝義為由規勸聖上尊恆王為太上皇，並尊祖制每隔三日與皇后朝拜寧壽宮。但八府出事後，此事就被老臣們放回了肚子裡。很顯然，聖上對生父有怨，至於原因，百官心知肚明。

步惜歡沒答應，說恆王錦衣玉食慣了，難吃雲遊四方的苦。

隨後，早朝就散了。

龍顏不悅，百官約好了似的，誰也沒提刺駕之事，這日連奏摺都很少。

步惜歡把自己關在太極殿裡，一日未出，粒米未進。

眼瞅著三更了，殿內依舊靜悄悄的。鳳輦從西側的宮道上行來，停在了殿外。

暮青下了輦，提著食盒獨自進了殿。

步惜歡正閉目養神，聽見腳步聲並未睜眼。案上攤著奏摺，硯臺裡的墨卻已乾了。暮青將奏摺收起，見步惜歡枕著椅頭，睡沉了似的，眉心卻鎖著，便繞到他身後，不聲不響地為他捏起肩來。她不擔心扯到他的傷口，沒人比她更瞭解肌肉和骨骼，她閉著眼都知道揉哪兒不會牽拉傷口，推哪兒可以緩解肩頸疲勞，這手藝獨此一家，別無分號。

果然，沒推揉幾下，步惜歡便往後仰了仰，眉心一舒，似無聲在說——繼續。

暮青低頭看著步惜歡，目光落在那色如早櫻的脣上，冷不防地道：「夫君之態像在索吻。」

她極少喚他夫君，步惜歡眼眸微開，一線眸光懾魄勾心，聲音懶洋洋的，回道：「娘子之言似在求歡。」

暮青揚了揚眉，問：「不可？」

步惜歡笑了聲：「有何不可。」

暮青聽了，當即便從步惜歡身後轉出來，就勢坐在了他腿上。

步惜歡嘶了一聲，驚醒過來，問道：「在此？」

「有何不可，你說的。」暮青邊說邊解他的衣帶。

步惜歡由著她搗鼓，笑聲已啞：「看來為夫真是回去晚了，冷落了娘子。」

暮青道：「你知道就好，不許動，我來。」

宮人們在殿外聽著話音，不由面紅耳赤。

殿內傳出道聲響來，似是誰在拉扯誰的衣帶，扯得說激烈也激烈，說纏綿也纏綿，只是聽聲就讓人骨頭都酥了。

隨即，隱隱約約傳來男子的抽氣聲，聲線低啞得叫人想起拂過大殿飛簷的風，好聽得似夜曲小調兒：「慢些……」

「你有傷，宜速戰速決。」女子的聲音清冷依舊，冷得能把春夢喚醒。

男子的話聽著有幾分惱意：「為夫傷在肩上，何來速戰速決之宜？」

「我怕扯著你的傷口。」

「牽扯不著，為夫自有分寸。」

「唔，那就慢些？」

「嗯……」

於是，也就慢些了。

三更的梆子聲敲過一遍復一遍，殿窗上壁影雙雙，時若驚鴻飛去，時若離原縱馬，似漆如膠，角逐難捨。

殿外起了風，宮人們覺得有些冷，這才發現聽牆角聽得都出汗了。

不知是誰偷偷地直了直腰，想鬆鬆繃得太緊的身子骨兒，稍動之間，窗上的春影忽地就扎入了眼簾。

那春影非是輕盈臂腕消香膩，綽約宮腰弄旖旎之詞能述，直教人隔窗遐思，真真是驚鴻一瞥，勾魂攝魄。

但只是這麼一瞥，殿內的燭火忽的滅得一盞不剩。

宮人驚醒過來，忙把眼珠子轉了回來，心口撲通撲通地跳。

約莫過了半盞茶的時辰，才聽見男子慵懶的聲音：「如願了？」

沒人答。

「說過會累，妳偏想一試，可累著了？」這話聽著有幾分斥意，卻也寵溺入骨，無奈至極。

「嗯。」半晌，才聽見一聲含含糊糊的答音，軟綿綿的，叫宮人們聽得發怔。

這是那位平日裡清冷的皇后娘娘？這聲音可嬌軟得跟貓兒似的……

「日後可還想試？」

「想試你就讓我試？」

男子只笑不答，隱約能聽見女子倦倦的哼聲。

夫妻間的閨房樂事不足為外人知，暮青一直想讓步惜歡雌伏一回，奈何這人奸詐，她一直不曾得手，好不容易瞅準他受傷的機會如願了一回，這人卻得了便宜還賣乖。早知如此，剛剛真該速戰速決，也不至於這會兒累得不想說話。

但她還是得說話。

「阿歡。」

「嗯？」

「你打算就這樣將他囚禁在宮中，直至終老嗎？」暮青枕著步惜歡的胸口，小心地避開了他的傷處。

「妳也看見了，還沒讓他常伴青燈古佛，他就鬧成這樣，真讓他出了家，豈不要鬧空相大師？他身邊何時少過人服侍？沒了下人，他與廢物何異？莫說出海，就是出宮幾日，他都沒有謀生之法。」

暮青嘆了一聲：「你其實很在意他。」

步惜歡的心跳聲忽地沉了一下，似鼓槌隔著胸膛砸進暮青的心口，叫她也跟著疼了一下。

「空相大師要在臨江寺逗留七日，你有時間考慮，何必急著逼自己拿主意？不管你如何決定，我都支持你。別逼自己了，可好？」暮青回憶著步惜歡安慰她時的話語，想把心意傳達給他。

「好。」步惜歡把暮青擁得緊了些，過了半晌才又問：「可還累？」

「歇好了。」暮青答。

隨即，殿內沒了聲響，過了片刻，才聽見一聲：「掌燈。」

范通進了殿，待宮燈掌起，帝后果然已穿戴好了。暮青把飯菜擺了出來，范通又識趣地退了出去。

待步惜歡用過晚膳，三更的梆聲又敲了一遍，眼看著要四更天了。

帝后相攜出殿，輦車已在候著了，暮青道：「我們散散步。」

「不累？」步惜歡意有所指。

暮青當沒聽懂。「你一天未出房門，需要活動。」

「好，依妳。」步惜歡牽著暮青的手下了殿階，兩人並肩而行，散著步往後宮去了。

太極殿是召見朝臣批閱奏章的地兒，按祖宗禮法，乃后妃禁地，更別說是在殿內行歡了。當今皇后也是奇人，陛下把自己關在殿內一日不出，水米不進，連伺候他多年的老太監都沒轍，皇后一來，立馬就好了。

世間萬物，大抵真是一物降一物。

次日，空相大師在臨江寺開壇講法，一大早，百官就隨帝后前去齋戒。

昨日一天，白卿遇刺的消息已在市井傳開。學子們怎麼也沒想到跟他們辯了一句朝政的大賢竟是當今聖上，聽聞帝后要去古寺齋戒，學子們自發地湧向古寺，從城外到臨江寺的路上，那叫一個人山人海。

鑾駕入寺後，儀仗擺在後山，把寺門和前殿讓給了上山拜佛的百姓。後殿的禪室內，步惜歡和暮青擺著棋局，靜候空相大師。

日落時分，空相大師開壇講法歸來，兩人起身相迎，老僧卻未進禪室，只道：「阿彌陀佛，殿下飽經離亂之苦，經書和棋譜卻未丟失，可見有緣。緣既未滅，自有來時，靜候便可。不知兩位可還記得老僧當年的贈言？」

步惜歡道：「天下如棋，棋如蒼生，朕乃行棋之人，欲圖收官，需問蒼生。」

「阿彌陀佛。」空相似有欣慰之色，但仍未多言，在禪室外行了一禮，便離去了。

在寺中齋戒，步惜歡正好養傷，只是越臨近回宮的日子，他就越沉默。暮青默默地陪著，一直等到啟程回宮，儀仗進城門時，她才道：「家事難斷，可也無非是兩種抉擇，你要麼放他，要麼不放。若放，雲遊四海的苦，他也許能適應，也許吃不得，出海後吉凶難料，歸期難求，也許你們父子再無相見之期。若不放，你們同在宮中，你可以怨他、罰他，也可以慢慢釋然，你有時間。他會終老於寧壽宮，而你有為他送行的機會。」

步惜歡默不作聲，只是點了點頭。回宮後，他照常去太極殿理政，直到傍晚才去了寧壽宮。

暮青做了晚膳，命人送了進去，沒人知道父子倆談了什麼，只知步惜歡在寧壽宮裡待了一夜，破曉時分才出。

一回承乾殿，他便將迎出來的暮青擁進了懷裡。「我與他的父子情分，或許早在我入宮時就斷了……」

聽著步惜歡倦意深濃的語氣，暮青任由他靠著，此刻一切言語皆屬多餘。

這一日是嘉康初年，十月初四。

空相大師早朝時覲見帝后，得賜國書及通關文牒後，步惜歡以「太上皇既有佛緣，朕不敢斷此緣分」為由，准父出家。

百官譁然，紛紛跪諫。「陛下三思，天下未平，危機四伏，萬一太上皇落入逆賊手中，陛下必受牽累！」

步惜歡卻心意已決，當殿命翰林院擬詔。

太上皇出家非同小可，恆王卻未在宗廟剃度，當日就跟著空相大師出了宮，沒有隨從，沒有侍衛，只有一輛烏篷馬車送行。

恆王在寧壽宮裡鬧了三個月，臨行走得匆忙，竟一聲未鬧，連面都沒露。

帝后沒有相送，只是率百官目送馬車駛出了宮門。

馬車離宮後，步惜歡宣李朝榮到了太極殿。「暗中護著，不得有失。」

「那到了星羅，是否要跟著出海？」

「看空相大師之意吧，先將人送到星羅再說。」

「微臣領旨。」

這天中午，詔書貼到城中時，恆王早就出城了。

此事在都城也就震動了半日，因為這天夜裡，御林軍、巡捕司齊出，大學士汪明德和翰林學士劉政被押進了刺史府公堂。

陸笙夜審行刺案，偏堂垂著道簾子，帝后在內聽審。

案子輕輕鬆鬆就審明白了，八府之盟瓦解後，皇帝有意廣納賢士入翰林院的口風傳出，眾翰林擔心一旦賢士到來，憑蔭入仕的他們會喪失前途，於是便在相聚時藉著酒興商議除掉白卿。

劉政將一個人薦給了汪明德，謊稱此人是自己的遠房親戚，有江湖門路。

汪明德以為江湖刺客取一介書生之命應如兒戲一般，卻沒料到白卿會是當今聖上，那有江湖門路的人也非劉政的遠房親戚，而是江南水師三營都尉齊大有的朋友。

劉政的庶子在水師當差，知道齊大有從前跑鏢，門路甚廣，就牽了線。齊大有謹慎，劉政只能對汪明德假稱此人是他的遠房親戚，他也以為只是殺個書生，沒想到會變成刺駕。

案子一審明，陸笙就瞄向簾後。

步惜歡將茶蓋兒一蓋，那聲音彷彿刀自磨刀石上擦過，叫人脖子發涼：「朝榮，拿人。」

◇

襄國侯府。

書房裡燈燭未熄，人影猙狂。

何善其怒問：「事情怎會牽扯到水師？」

何少楷不慌不忙，這才道出了始末。

林府被抄後，門下的寒士沒了去處，便生出了投奔何家之意。又怕何家避嫌不肯接納他們，於是便託人探聽口風，他便跟那些寒士見了面。

那些人將茶樓裡的情形說了一番，認為白卿身為七賢之首卻沒有為官，顯然是奉命在民間籠絡學子。

祖父年事已高，瞻前顧後，他讓那些人把聖上的想法散布了出去，果然引來了翰林們的擔憂。劉政的庶子在水師奉職，他讓齊大有送了條門路去，齊大有把後事辦得乾淨俐落，按說聖上不該查到水師才對。

何善其聞言，心火登時燒旺了。「比江湖門路，齊大有能比得過魏卓之？你就不動動腦子，元黨攝政時，聖上形同傀儡，身邊卻能養一批死士，那些死士是從哪兒來的？淮南軍中的人又是怎麼安插進去的？聖上命人從江湖上查察刺客的底細，豈是齊大有殺一個牽線的人就能把屁股擦乾淨的？」

何少楷聞言色變。

何善其恨鐵不成鋼。「祖父警告過你，你怎如此不知輕重？現在齊大有被抓了，你說！該怎麼辦？」

何少楷聞言反倒定住了心神。「齊大有不會出賣我，當年若不是我提攜他，他還是一個跑江湖的賤民。江湖義氣在他眼裡重於性命，這也正是我看重的，他絕不會供出我。聖上查到了他，卻也只能查到他那兒了。」

何善其道：「齊大有唯你是從，他不供出你，聖上就猜不出此事有你的份兒？」

何少楷嗤笑道：「猜？憑猜聖上就能處置我？現如今，他還不敢把何家怎樣。」

何善其見孫兒有恃無恐，險些犯了頭風。「好！好！你年輕氣盛，不挨打不知疼，那就看著好了，此番聖上就算不能嚴辦於你，也必有小懲。」

「小懲？」何少楷嘲弄地道：「好啊，那孫兒就恭候聖裁。」

三日後，朝中下了榜文——大學士汪明德、翰林劉政、江南水師都尉齊大有為主謀，判斬抄家；劉政之子劉安革職，徒十年，關州編管；齊大有受軍候何少楷舉薦入仕，奉職期間勾結綠林，斂財殺人，多有劣跡。何少楷識人不明，怠於督監，險釀大禍，罰俸一年，閉門思過。

何少楷接了聖旨，回到書房時滿面嘲色。「罰俸思過，祖父猜中了，還真是小懲。」

何善其問：「聖旨上可有說命你閉門思過到何時？」

何少楷一愣，仔細一看聖旨，皺了眉頭。

何善其長嘆一聲：「沒明示啊……那你這一閉門思過，只怕是形同賦閒了。」

他敢！

何少楷險些衝口而出的話硬生生地嚥了回去，人家是君，他是臣，自然是敢的。但他很懷疑——「我若賦閒，軍中必生異聲，這對聖上有何好處？」

「看似沒有，但聖上之謀，你可看得透？他親政以來，手段層出不窮，可有一回朝中有人看透了？他親政還不到半年，江南的局勢就被控制成這樣，你敢保證閉門思過的日子裡，朝中局勢不變，軍中局勢不變？」

何少楷露出驚色，這才怕了。「祖父，萬萬不可任淮南軍的舊事在水師軍中重演！」

「何家當然不能丟此兵權，可祖父的勸誡你聽過嗎？要你示弱，你偏要惹事，你想讓聖上吃個啞巴虧，聖上就讓你吃個啞巴虧。他是君，你是臣，你能怎樣？」何善其失望地長嘆一聲。

何少楷這才拿出了認錯的姿態來，跪下道：「祖父，孫兒錯了，您說怎麼辦，孫兒聽您的！」

何善其除了嘆氣，也不知該說些什麼了，許久過後，他才把何少楷扶了起來。「你這陣子就老老實實地閉門思過，若實在憋悶，就幫著張羅張羅你妹妹的親事。」

何少楷抿了抿脣，只能道：「孫兒知道了。」

……

十月二十五，霜降已過，日值受死。

午時三刻，東市法場，三顆頭顱滾落，刑臺上的血尚未涼透，數匹快馬便從東門馳入了汴都城中。

馬上之人身穿信使官袍，其後隨行著廣袖寬袍，頗具南風。

一行人快馬加鞭，直奔宮門，半炷香的時辰後，范通高舉密函入了承乾殿。「啟奏陛下，南圖遣使送來國書！」

第十二章

此去南圖

南圖國書——國君病重，急召三皇子巫瑾回國。

步惜歡看罷國書遞給暮青，暮青一時不知該說什麼。

其實，他們等這封國書等了有好些時日了。

步惜歡一出盛京就命人給南圖送過密信，親政後又遣使遞過國書，南圖得知巫瑾出京的消息少說有四個月了，這封國書來得比預計中晚許多，南圖對此事似有拖延之態。

但不管怎麼說，使節還是到了，只是沒想到會帶來南圖皇帝病重的消息。

不巧的是，巫瑾賑災去了，不在汴都。

暮青思忖道：「皇帝病重，此言可信嗎？」

「見見使節不就知道了？」步惜歡說罷起身。「走，瞧瞧去。」

……

南圖來使八人，在太極殿內候了半個多時辰，聽宮人報說帝后駕到，急忙見禮，待聽見平身，才再拜而起。

只見殿窗未啟，南興帝后相伴而坐，似青竹伴著晚楓，雍容暖著孤清，兩種風情，那般不同，卻又那般契合。如非親眼所見，實難相信帝王家能有這樣一對神仙璧侶。

南圖使臣們愣了愣，范通咳了一聲，眾臣才連忙垂首。不料這一低頭，倒把為首的景子春給顯了出來——他吶吶地望著暮青，神色驚疑不定。

使臣們忙扯了扯人，景子春驚覺失禮，連忙禮拜。

「免禮。」步惜歡未動聲色，直入正題：「朕早聞南圖國君龍體欠安，如今當真是不豫有加？」

景子春面有諱色，回道：「回陛下，正是。」

「如此，是該放瑾王回國，但事有不巧，他賑災未歸，尚在關州。」

「啊？」使臣們急了，有人意圖催問，被景子春制止了。

景子春問：「不知災情如何？」

步惜歡道：「災情發於兩個月前，如今已緩，朕明日便宣他回來。」

「謝陛下！不知三殿下歸京需多少時日？」

「快馬加鞭，少則十日。」

景子春頓時露出憂色，身後同僚問：「啟奏陛下，吾皇思子心切，能否懇請陛下准臣等往關州與三殿下會合？」

此言一出，半數人附和，餘者望向景子春，景子春鎖眉不語，憂色深重。

步惜歡道：「從關州取道南圖需繞路而行，節省不了時日，朕知卿等歸國心切，此事朕自有安排。卿等遠道而來，不妨先回驛館歇整，此事明日早朝再議。」

景子春聞言鬆了口氣，率先道了遵旨，而後便率使臣們告退了。

人走後，步惜歡問：「如何？」

暮青沉聲道：「真的。」

這不是個好消息，皇帝病重意味著帝位之爭，巫瑾回國途中必有大險。

「使臣裡有別有用心之輩。」暮青又道。

步惜歡並不意外。「那提議去關州的，以及附議者。」

暮青卻道：「不，還有站在最後面的那兩人。」

步惜歡蹙了蹙眉，暮青知道他在想什麼——南圖使臣在出使前必先研看過大興域圖，而後制定取道之策，他們不可能不知道從關州回南圖相當於繞路，卻以皇帝思子心切為由，意圖早日見到巫瑾，這不得不讓人懷疑他們的目的。而別有居心者明著有半數，暗裡卻還有兩人，即是說，半數以上的使臣對巫瑾回國別有用心，這可不妙。

暮青道：「那景子春倒有幾分可信。」

步惜歡道：「他是景家人，自然可信。南圖有盤、景、木、谷四大姓，景家在圖鄂的權勢也不小，南圖皇和聖女的姻緣就是景家促成的。如今南圖皇派景家子弟為使臣，使臣裡卻有大半數的人懷有異心，只能說明他有護子之意，卻已力不從心。南圖皇病重，巫谷皇后強勢，已有人在干政了。」

這些年，聖女與巫瑾的密信來往一直未斷，步惜歡知曉一些內情，卻知之不深，於是決定宣景子春單獨進宮一趟，待瞭解了南圖朝中的情形後再做定奪。

暮青點了點頭，先回了寢宮。

直到晚膳時分，步惜歡才回來，帶回來的消息十分不妙。

南圖皇不事朝政已有兩、三年，內傳他痴迷丹術神志不清，時好時壞，朝政由左相一黨把持，連御批都經由皇后之手遞出，百官已有半年沒見著皇帝的面兒了。

暮青聞言遍體生寒。「半年不見國君，這一國之尊是當真神志不清，還是遭人囚禁了？」

步惜歡道：「不好說，說是痴迷丹術，但右相一黨認定是巫谷皇后囚禁了皇帝。谷家乃武勳世家，左相盤川一黨與谷家有姻親之好，自從皇帝身患隱疾，皇后干政日甚，朝政便被左相一黨把持了。」

「既然朝政被人把持，那使臣為何以景家人為首？」暮青問，想起多半使臣懷有異心，不由猜測。「莫非皇后一黨有暗害兄長之意，派景家人前來出使是為了取信於兄長？」

但仔細一想，又覺得不對，景子春為使，固然能取信於巫瑾，但他難道不會告知巫瑾有險？

步惜歡嘲諷地道：「生父病重，召他回國，路上就是刀山火海，他也得回，否則便是不孝大罪。」

暮青聞言，將玉筷往桌上一拍，啪的一聲，一根玉筷斷成了兩截。

步惜歡喚人重新換上一副，嘆道：「話還沒說完呢，別惱。大興之變天下皆知，我親政後遣使向南圖遞了國書，景家聯合幾位老臣強闖宮門，硬是將國書呈到了南圖皇面前。傳言中神志不清的皇帝竟然上了朝，欽點使臣四人，迎巫瑾回國。奈何左相勢大，又薦了四人，這便是咱們今兒見到的八人。」

「可實際上有六人是左相一黨，說明有兩人暗中投靠了左相，皇帝並不知情。」

「現在知道也為時不晚。」步惜歡一笑，顯然已將此事告知景子春了。「好了，用膳吧，別只顧著操心。」

暮青問：「如此說來，南圖皇對巫瑾倒有幾分父子真情？」

步惜歡嘆道：「應該有。」

「應該？」

「這些事得問巫瑾，為夫只知大圖有九州，神權與皇權並治，國都不僅建有皇宮，還建有神殿，而各州除了官府，還建有神廟。百姓諸事皆問神明，連獄訟之事也不例外。朝廷有律法，廟殿有神典，衝突在所難免，奪權之爭曠日持久。最終，大圖分裂為南圖和圖鄂，皇族治五州，神官治四州，兵爭不斷。南圖皇即位之初親征圖鄂，聖女駕臨神廟為民祈福，戰事原本一觸即發，卻突然講和，聖女前往洛都神殿，三年之後得子，帶回了圖鄂。巫瑾幼時居於鄂族，六歲被送入盛京為質，他甚少談及父母，我也不知詳情。」

暮青道：「兄長曾說，聖女只與轉世神官成親，嫁給神官以外的人罪同叛族，但聖女既然無事，想必是兩國默許的。」

步惜歡道：「其實倒也能推測一二：兩國戰事日久，國力不堪重負，時逢新君即位，黨爭未平，朝局不穩，新君御駕親征，興兵是假，施壓是真。圖鄂治四州，又信奉神權，定然不比南圖看重養兵，戰事太久，國境線上的壓力頗大。為求保全，聖女被送往洛都為質，她與新君之間有情無情不好斷言，但巫瑾乃南圖皇子，卻到了圖鄂，這何嘗不是為質？」

暮青頓時吸了口涼氣。

步惜歡繼續道：「停戰不過是權宜之計，若有機會，誰無一統之心？有著皇脈及聖脈的孩子在兩國主戰派眼中定是礙眼至極，想必暗殺之事不會少。巫瑾被送入盛京，看似是為質，可他若當年留在圖鄂，未必能活到今日。」

暮青端著碗，卻彷彿捧著重石，壓得手有些顫。自古天家無父子，巫瑾甚少談及爹娘，她無法斷言南圖皇和聖女是否有情。若是，為人父母，無力護子，竟要將幼子送入鄰國為質，這割捨之痛是何等滋味？而巫瑾，生來就被利用，隨時會遭拋棄，身在他國二十載，歸國路上還艱險重重……

暮青放下碗筷，沒胃口了。

恰在此時，范通進殿奏道：「陛下，丞相等人已在太極殿內候著了。」

步惜歡這才道：「巫瑾回國之事需要商議，為夫今夜必定晚歸，妳早些歇著。」

說罷，他就匆匆走了。

這一去，回來時已是四更天，步惜歡剛入帳子，暮青便坐了起來，問道：「商議得如何？」

步惜歡嘆道：「借兵巫瑾，送他回國。」

「南圖朝廷能同意我軍入境嗎？」大軍入境，需提前傳遞國書，不說把持朝政的左相黨羽同不同意，就算同意，國書一去一回少說要半年。南圖皇病重，有那麼多的時日可等？

「叫巫瑾帶著大軍和國書一同回國，若大軍不能入境，也定有儀仗來迎，景家會安排可靠的近侍。」

「使臣中有兩人暗中投靠了左相，景家不也沒發現？如何能保證近侍可靠？」

步惜歡嘆道：「巫瑾回國事關重大，各方必有一番博弈，誰也不可能安排得滴水不漏，只能見機行事。」

暮青知道此話有理，她只是太擔心巫瑾。

步惜歡更了衣，宮人將帳子放下，吹熄了燭火便退出了寢殿。

帳內，暮青半分睡意也無，睜著眼到了天明，步惜歡晨起上朝時，她一言未發。

晌午，步惜歡回宮用膳，說朝廷已召巫瑾趕回，暮青只應了一聲。

午後，兩人入帳小憩，瞅著暮青心事重重的樣子，步惜歡並未多言。直到醒來後，兩人到外殿用茶點，他才道：「有話就說，別憋著了。」

「我想去趟南圖。」暮青的聲音聽著平靜，其中的沉重卻只有自己知曉。

步惜歡剛端住茶盞，茶水忽然一晃！

殿外秋蟬鳴噪，殿內夫妻對坐，男子許久未動。

「不可。」茶波晃碎了映入其中的容顏，步惜歡擱下茶盞時已神色如常。

「阿歡……」

「現在不可！」步惜歡沉聲打斷暮青，發覺失態後，緩了片刻才道：「我知道妳有到南圖走一趟的心思，可眼下時機未到。」

「阿歡。」暮青握住步惜歡的手，她理解他的失態，不知該如何安撫，只能解釋清楚：「我對尋根問祖並無興趣，當初你和兄長幫我查身世，我想若能查清，以無為道長在天下寒士心中的威望，興許對你有助，也就同意了。可如今你已親政，朝局日漸明朗，我外公是不是無為道長，對你已助益不大。其實昨日見到景子春時，我就已有定論了，我跟聖女容貌相似，空相大師又將棋譜贈予了我，天底下哪有如此多的巧合？我外祖母八成是鄂族人。巫瑾是我的表兄也好，義兄也罷，總歸驅我寒毒、救我性命，如今他有險，我很難說服自己坐視不理——此乃其一。其二，巫瑾回國必爭大位，若不如此，難以活命。南圖與嶺南接壤，若巫瑾即位，則嶺南之危可解。反之，你和巫瑾是盟友，若后黨支持的皇子即位，嶺南和南圖聯手，你必處險境。所以於國於私，我們都應盡力助巫瑾回國。」

步惜歡道：「妳以為嶺南王看不透此局勢？左相一黨既知嶺南王不臣，為何不好生利用？不出所料，嶺南王應已和南圖勾結，沒動手不過是時機未到，他們在等巫瑾，一旦巫瑾踏入嶺南，必有事端，我怎能讓妳涉險？妳別小看巫瑾的勢力，他娘是圖鄂聖女，豈會不幫他？這些年，圖鄂及南圖的勢力更替，他知道得一清二楚。他娘也是個奇女子，圖鄂為了止戰將她送往洛都為質，命她誕下皇子帶回鄂族，她成了不潔之身，料到長老院會另選聖女，於是命人一舉暗殺了候選聖女及其背後的勢力，逼得族中無人可選，只能勸她改嫁神官。她以此為籌碼，要脅長老院將她為質一事刻於神碑上，承認他們母子的止戰之功。時至今日，圖鄂的每座神廟裡都有神碑，當年兩國的交戰地帶，百姓已將巫瑾奉為聖子。圖鄂聖女自古便無實權，可到了這一代，聖女苦心經營二十餘年，權勢滔天，有這麼個娘在，巫瑾的根基可不淺。」

暮青大為意外，卻道：「有根基不代表無險，更不代表這場仗好打。」

「妳去了就能好打？」

「那就假設一番，假設我沒發現使臣中有暗中投靠敵黨之人，那在回國途中，巫瑾會不會遇險？」

「……會。」步惜歡無奈地答道。

遇險不可怕，可怕的是難以預知之險，而她善於察色於微，可以防患於未然。比如眼前之事，被窺破之後，此患非但不足以為患，還可加以利用，化險制敵。當年他曾斷言此乃天下利器，如今看法依舊未變。

「知己知彼者，百戰不殆，我在，便能知彼！我在，兄長便多一分勝算！我在，你便少一分腹背受敵之險！」暮青望著步惜歡，面無傲色，唯含決意。

步惜歡怔怔地看著暮青，一瞬間，彷彿看見一個少年的影子，一副尋常的眉眼，那夜，她說：「如果我不能，天下無人能！」

而今，當年那一身鋒芒已經磨礪，鋒芒不露，唯餘堅執。

而他，卻不似當年那般能一笑置之。

步惜歡道：「青青，我不疑妳，只是怕。」

怕什麼，他不說，怕一語成讖。

天下利器之用，終不及她安好。

暮青道：「我也怕，我怕在兄長需要時，若畏懼艱險，此生會良心難安；我怕你親政不易，北燕虎視眈眈，嶺南再與南圖勾結發兵，你會腹背受敵；我甚至怕半壁江山，國力大削，腹背受敵的結果，會是你我有朝一日也不得不將孩兒送往別國為質……我自問做不到聖女那般隱忍，若真有那一日，我一定承受不住。所以與其擔驚受怕，不如未雨綢繆，盡全力拚出一條坦途來。」

步惜歡垂眸不語。

「空相大師說，『行棋者屠蒼生以爭天下，有時卻未必能收官，興許下到最後會是一盤殘局。』你看這江山，如今可是一盤殘局？我一直在想『欲圖收官，需問蒼生』是何意，直到現在也沒想通透，但我知道該怎麼做——即位親政，守疆拓土，天子享受至尊之權，便該有治國安民之責。一旦開戰，生靈塗炭，盡可能地少興戰事是你我身為帝后的責任。此去南圖，非我不可，於公於私，義不容辭！」暮青滿腔澀意，他們好不容易才在一起，其實……她不捨得離開。

步惜歡起身走到窗邊，滿庭秋色，入目似血。「有時我會想，若我當初獨自去尋妳，妳我就此隱居江湖，興許便能做一對神仙眷侶了。」

「你不可能獨自去尋我，因為那些將士是你的責任，你不能棄，棄了便不是你。我也不可能安居後宮，不論天下發生何事，只享中宮之福，若如此，那便不是我。」暮青走到步惜歡身後，輕輕地擁住他。

「我總是說不過妳。」

「你不是說不過我，你只是想讓我說服你。」

步惜歡閉了閉眼，默然良久，轉身枕住暮青的肩，聲音啞極：「我們究竟何時才能長相廝守？」

暮青眼眶刺痛，忍著酸楚答道：「國泰民安時。」

步惜歡苦笑一聲，悵然道：「好！那就叫這四海昇平，國泰民安，到時妳想出宮，我就指著這天下對妳說，『瞧這國泰民安的，哪有娘子需要操心的事兒？』」

暮青笑了聲：「若當真國泰民安了，你我倒可以遊歷江湖，做一對神仙眷侶。」

這只是玩笑之言，步惜歡卻沉默良久，鄭重地道：「好。」

兩人再未說話，相擁許久，一同望向窗外。

帝庭一角，楓葉正紅，三兩叢一指茶在樹下長得正好。一指茶並非茶花，是南圖所生的珍貴藥草，冬季開花，形似茶花，卻只有一指大，故名一指茶。步惜歡說，種在楓樹下正好，楓葉落了，正可看雪。

江南無雪，難為他費盡心思，要與她在這承乾殿裡看盡一年四季。而如今，冬景來不及看，她就要離開了。

「此去艱險，答應我，不論發生何事，都不要以命相搏。」

許久後，暮青聽見一句囑咐，而她能答的只有一個字：「好。」

清晨，霧色剛散，一輛馬車停在了城北的一間宅院外。

暮青從馬車裡下來，見院外一株老楓樹下拴著兩匹戰馬，院門關著，裡頭正有人嚷嚷。

「你閉門不出，外頭的事知道多少？你可知他登基後殺了多少人？他已經不是從前的大將軍了，以前他瞧得上沈明啟那等陰險小人？現在那孫子可是御前紅人！」

屋裡靜著，許久後，盧景山的話音傳出：「大將軍有苦衷，我信他。」

侯天嗤道：「既然你惦念大將軍，那何必老死江南？大家兄弟一場，我和老熊去求情，也許聖上能放你回去。」

「那你們呢？」

「江邊的事沒弄清楚之前，我們不回去，心裡有疙瘩。」

「你們跟隨大將軍那麼多年，輕易就生了嫌隙，不過是尋個理由背主求榮罷了。虧我盧景山還把你們當兄弟，我沒臉回去，用不著你們求情，滾吧！不必再來！」罵聲落下，屋裡再沒了聲音。

侯天拳上青筋畢現，老熊面色悲戚。

「那你可願到古水縣去？」暮青推門進了院子。

侯天和老熊一驚，轉身見到暮青，趕忙行禮。

暮青來到門前，房門緊閉著，她也不催促，只是等著。從古水縣回來後，朝中的事情一樁接著一樁，如今她即將遠行，未決之事也該定下來了。

這個決定顯然不難做，盧景山並未開門，只在門後道：「草民願往古水縣，為殿下做個守門人。」

「好，那明日一早會有人送你去。」

「謝殿下。」

兩人隔著門就定了此事，侯天和老熊站在院子裡，半樹楓葉探進牆頭，一地殘葉，滿面悲涼。

暮青出了院子，侯天和老熊跟了出來，騎上戰馬護駕離去。

院子裡吱呀一聲，盧景山披髮而出，望著車輪聲離去的方向許久，遙拜不起。

……

馬車在城東的一座官宅外停了下來，匾上題著御賜金字——江北水師都督府。

仍是三進宅院，庭風卻大不相同，將亭石獸，勁松險山，處處可見陽剛之風。但一過二門，內院的風景就變了。梨樹成林，掩著一座演武臺，一人正舞槍，玄青袍，雪纓槍，劈掃挑刺之間碎點枝葉，若梨花落。

暮青賞了一會兒，笑道：「好槍法。」

臺上之人猛地收勢，轉身望來，就此怔住。

這一幕，曾入夢不知幾多回，滿樹梨花，她在樹下，目光落在他身，仍是少女模樣。

然而，滿樹梨花早已開過，而她身後跟著人。

章同斂了神色，彷彿眸中剎那間的火花只是凜凜槍光映入眼中罷了，他躍下演武臺，拄槍跪拜道：「微臣參見皇后娘娘！」

「起來吧。」暮青見梨園後有座閣樓若隱若現，不由收回目光，佯裝不知。「把人都叫來一聚，我有事說。」

今日休沐，眾將的府邸都離都督府不遠，章同命親兵前去傳喚，沒一會兒，劉黑子就到了。

比起剛從軍那年，劉黑子長高了，縱然腿腳不便，往人前一站，也有幾分武將的英氣了。渡江後，石大海被追封為武義大夫，諡號「忠」，娘親和遺孀被封為誥命，長子食其俸祿至成年，一家人在武義大夫府裡安頓了下來。石嫂節儉，把銀錢都花在了為婆母請醫問藥和為孩子們請先生上了，聽說劉黑子每個月都會拿出一半的俸祿送去武義大夫府，儼然把石大海的遺孀當長嫂待。

暮青不由感慨，見劉黑子坐定，才將要去南圖的事說了。

章同聞言，茶水登時潑在了袍子上，起身道：「去不得！南下無異於往虎狼的籠子裡鑽！」

暮青道：「時局所迫，我意已決，待瑾王回來便動身。」

「陛下怎會准妳去！」章同怒問，見暮青的面色淡了下來，一腔怒意硬生生地憋了回去。

「是我說服他的，許多事不是想不做就可以不做的。」暮青低頭品茶，一綹青絲垂來，若細雨飄在雲後，青山翠陌依舊，仍是寒春時節。

章同默然無言，這半年來，看著聖上為她做的一切，他本已放心，今日卻忽然覺得聖上縱著她也不見得是好事，像這種事怎麼能被她說服？

「我走後，聖上的安危就託付給你們了。」暮青解下鳳珮，鄭重地交給了章同。「我能信任的人不多，只有你們可以託付。聖上親政以來，何家一再掀起事端，二十萬水師駐紮在江邊，如枕邊埋雷，不可不防。我走之後，若有兵險，准你們便宜行事，萬不得已之時，執此鳳珮，可斬亂臣！」

在座之人神色一凜，章同眼底湧起波濤。聽聞戰亂時，皇帝對重臣有託，龍珮可抵玉璽，鳳珮可抵鳳印，但縱觀舊史，帝后動用龍鳳珮的事少之又少，凡用之，必在國家存亡之際。

他不由苦勸道：「動用鳳珮，妳必擔禍亂朝政之罪，朝中想妳死無葬身之地的人多得是。」

暮青卻平靜地道：「真有那麼一天，不過是廢后。我不在乎，我只要他平安無事。」

章同頗受震動，看了暮青許久，最終閉上了眼。這一閉，關上的是什麼只有他自己知道，待他跪接鳳珮時，稱呼已改：「微臣領旨，以命為誓，定不負皇后殿下所託！」

眼見著章同已經表態，侯天問：「娘娘敢用咱們？」

暮青問：「為何不敢？」

老熊目光黯然。「俺們貪生怕死，背信棄義……」

暮青道：「你們若是背信棄義，世上當無忠義之士，你們早就做好背負罵名的準備了，不是嗎？」

半年前，步惜歡封賞有功之士，盧景山當殿求去，老熊和侯天領了封賞，直到下朝後才陛見求去。

步惜歡告訴她，兩人沒當殿求去是為她著想，他們既已南下，在天下人眼中便是擇鳳為主。皇帝親政，封賞功臣，他們擔心公然求去，她會淪為笑柄，於是事後才表明去意，希望領個閒差，慢慢地淡出朝廷，這樣既不違背自己的心意，又可顧全她的面子。

但就在此時，北燕朝中傳來消息，沈明啟官拜正二品左都御史，掌了朝廷及地方的監察大權，在各州以查剿刺月門為由清除異黨，朝廷上下腥風血雨。

血洗之下，地方官吏紛紛獻表忠心，盧景山、老熊和侯天一旦北歸，朝中必會有人上疏請求治他們叛離之罪。元修鐵血治國，為的是令臣民臣服，倘若心軟，必有紙老虎之嫌。

但若只有盧景山回去則不同，盧景山曾當殿求去，此後一直閉門謝客，即便有人想治他的罪，元修也有駁斥的理由。盧景山跟隨元修的時間最長，在西北軍中威望頗高，且元修稱帝後手腕鐵血，軍中未必沒有微詞，若留盧景山一命，對安撫軍心亦有大用。

身為西北軍的老將，老熊和侯天豈會不懂利弊？他們既然懂得顧全她的面子，也自然能捨棄名聲成全盧景山。

仁義理智信乃五常之道，何謂重若泰山，今日在城北的那間宅院外，她有幸懂得了。

暮青望著老熊和侯天，毫不掩飾敬重之意，倒把兩個漢子看得不好意思。

「背負個啥，俺一個大老粗，殺敵都不怕，還怕被人罵？」

「就是，老子又沒娶媳婦兒，在哪兒不一樣？再說了，不回去也算撿條命，賺了！」

說罷，兩人就勢跪下，衝暮青抱了抱拳。「定不負娘娘重託！」

暮青躬身，深深一拜！

老熊一家子都在西北，兒女皆已成家，他常年戍邊，本就很少陪伴妻兒，而今一條大江阻隔了他與妻兒的後半生，背負最多的人其實是他。

她立誓，定會想辦法讓他們一家團聚！

……此事議定，暮青出府時已是晌午時分，她卻沒有回宮，而是對血影道：「去狄王府。」

渡江後，汴都城裡多了三座王府——瑞王府、瑾王府和狄王府。

步惜晟的嫡子封了瑞王，賜居瑞王府。

巫瑾無封號，王府仍稱瑾王府。

關外雖已無狄部，但呼延查烈是狄王的血脈，便封了狄王，居於狄王府。

暮青進了王府，在練武場尋見了呼延查烈。

已經晌午了，小傢伙還在練武，手中握著把寒光凜凜的小彎刀，刀光掠眼而過，木樁上頓時飛起一片木屑。

練武場上布有木樁陣，高低粗細各有不同，月殺立在陣中，單足點樁，穩如泰山。他居高臨下地看著呼延查烈，秋日當頭也暖不化一身拒人千里的冷漠氣息。

「錯了！正午用刀，須忌平直。我教你的刀法，不是熟記招式便可禦敵，白天出刀須分晨午，月下用刀須觀望朔。只憑蠻勇，不思活用，就算學會了天下第一的刀法，也不過是花架子。」

呼延查烈懊惱地皺了皺眉，調整角度，再次出刀。這一回，他沒再出錯。

月殺道：「傍晚加練一個時辰。」

「是！」呼延查烈單手握拳置於心口，規規矩矩地行了個禮。

月殺足尖一點，翻下練武臺，落在暮青前方，跪拜道：「參見皇后娘娘。」

呼延查烈見暮青來了，從練武臺上奔下，到了人前才發覺喜怒過顯，這才不冷不熱地問：「妳怎麼來了？」

暮青笑道：「本以為錯過了午膳，不過看來並不晚。」

呼延查烈一聽，喜色點亮了眸子，卻皺著眉頭道：「王府廚子做的烤羊腿難以入口，離草原風味差得遠，他真的在西北待過嗎？」

渡江後，暮青擔心呼延查烈吃不慣江南菜，命人在都城尋找會做西北菜的廚子，但江南百姓少有去過西北的，只有一些廚子在西北軍來徵兵時跟著學過幾道菜，於是便從其中挑了兩個手藝好的進了狄王府，但看來狄王殿下並不滿意。

暮青道：「你若吃不慣，不妨讓他們做些正宗的江南菜嘗嘗。」

呼延查烈一臉嫌棄。「江南菜太好看，好看的菜只有女人愛吃，怎麼能養得壯男人？」

暮青氣得發笑，真不知這孩子長大後能嘴毒成什麼樣兒。「那是你不餓，若真餓了，什麼菜都可飽腹。我現在就餓了，倒想嘗嘗那難吃的烤羊腿。」

說罷，她逕自往花廳去了。

呼延查烈在後頭跟著，擔憂地問：「師父，午膳有烤羊腿嗎？」

月殺冷漠地答：「我不管廚房的事。」

暮青在前頭揚起嘴角，她在宮中無需月殺保護，便命月殺到狄王府來教查烈武藝，希望自己身邊的人能讓這孩子覺得親切些。今天看來，這兩人相處得……還不錯？

正想著，一抬眼已看見了花廳，有個婢女正在當差，見了暮青跪拜道：「奴婢香兒，叩見皇后娘娘！」

暮青快步上前將香兒扶了起來，問道：「在王府可好？」

「一切都好，謝皇后娘娘！」香兒福身回話。

暮青道：「江北已有消息傳來，妳家小姐住在都督府裡，衣食不缺，只是不能出府。她的傷好了，御醫常過府診脈。妳放心，只要有機會，我一定設法救她出來。」

其實，姚蕙青身處的局勢很複雜。

元修是新帝，需要提拔親信，即所謂的新貴來跟世家對抗，此乃制衡之道。他啟用的人除了沈明啟，還有姚仕江之流。如此大用奸佞，看似令人憂心，實則不然。

大姓豪族，江北居多，欲行新政，阻力極大。元修想穩定朝局也好，想為治國鋪路也罷，現在都必須任用能吏，而忠正之人往往仁厚，不及佞臣敢為，所以沈明啟和姚仕江之流，對打破江北根深柢固的局勢是有好處的。

民間有句老話，叫卸磨殺驢。奸臣用時最為得力，殺時也最無顧忌。縱觀青史，甘願為刀的臣子沒有幾個善終的，這些人也知壞事幹盡難得善終，所以無不極力地往後宮安插勢力。

姚蕙青「嫁」進都督府後，姚家與她斷絕了關係，如今卻變了態度。

元修登基後，朝臣勸他立后納妃，有希望他奉行孝道立寧昭為后的聲音，也有抨擊寧昭品行不端，勸皇帝另擇良后的聲音。百官盯著後宮，情形與南興如出一轍。

元修將奏請立后的摺子都留中不發，卻偏偏愛去都督府，而都督府裡只有姚蕙青，北燕朝中就盛傳元修對姚蕙青有意，抨擊姚蕙青的摺子多如雪片。姚仕江一改對庶女的態度，舉全族之力保她，心思顯而易見。

姚蕙青足不出府，卻已捲入了前朝後宮的利益之爭裡，好在元修將都督府保護得很好，外頭的人進不去，姚蕙青暫時不會受外界所擾，但日後就不知道了。

現在，北燕朝中不知有多少眼線盯著都督府，想把姚蕙青救出來難如登天。暮青怕香兒擔心，便只報喜不報憂，而後命香兒前去傳膳。

午膳沒有烤羊腿，但有兩道西北菜，不難下嚥。呼延查烈只是嘴毒了些，用膳時倒不挑剔，連江南菜都吃了不少。許是習武的原因，他的飯量著實不小。

飯後，呼延查烈問：「妳要在王府裡午歇嗎？」

暮青看到小傢伙滿含希冀的目光，心一軟，答應道：「那你幫我安排可好？」

「好！」呼延查烈難掩高興，真像個主子似的去安排了。

他住在景瀾院，暮青被安排在了景瀾院東廂，窗臺上插著一枝木芙蓉，微風搖著紫葉，花開得正紅。

難得閒暇，暮青卻睡不著，出了東廂，悄悄地來到了主屋窗前。許是習武累了，呼延查烈睡得正熟，暮青在窗外靜靜地看著，心頭生出些許不捨。

要走了，她該怎麼跟這孩子說呢？

這孩子生性敏感，渡江之後，難得開朗些了，若知她要走，會不會有被遺棄的感覺？

在窗外站了半個多時辰，暮青都沒想好怎麼開口。呼延查烈下午要讀書習字，他的大興話說得越來越好，字卻剛練不久，暮青在書房裡指點了半日，呼延查烈很歡喜，頗為用功。越是如此，那句要走的話，暮青越說不出口。

月殺罰呼延查烈傍晚加練武藝，小傢伙約莫時辰到了，才擱筆奔去了練武場。

暮青在樹下觀望，見天色已晚，正尋思著今日是否暫且回宮，改日再提要走之事，忽聽有人道：「要走了，也沒見妳對為夫這麼不捨。既然喜歡孩子，不如別走了，咱們生個孩兒可好？」

暮青回頭，見漫天紅霞燒入廊中。步惜歡踏著紅霞而來，到了樹下，撥枝一笑，指尖微粉，人似玉仙。

「你怎麼來了？」暮青問。

「娘子一日不在，為夫心慌，只好來尋娘子。」步惜歡笑道。

暮青失笑。「有何可慌的？」

「娘子就要拋下親夫去南圖了，為夫能不慌嗎？」步惜歡打趣著，人在霞光樹影裡，眉宇斑駁，幽柔之色似幻似真。

「妳要去南圖？」這時，一道稚聲傳來，暮青回身，才見呼延查烈和月殺已在近前。

月殺道：「參見主子！」

步惜歡淡淡地應了聲，轉頭看向暮青，她還沒說要走的事？

暮青嘆道該來的總歸要來，這才蹲下道：「我要到南圖走一趟，路上有險，故而不能帶你同去。你在王府裡好好讀書習武，我會盡早回來的，好嗎？」

呼延查烈默然良久，眼裡湧著的情緒讓暮青不忍久看。但他沒惱，也不鬧，而是仰頭看向步惜歡，問道：「你們不是成親了嗎？」

步惜歡垂眸瞧著孩童，懶洋洋地答：「是啊。」

「你們成親有半年了。」

「是啊。」

「那她怎麼還不生孩兒？」呼延查烈掃了眼暮青的肚子。

暮青聞言踉蹌了一下，步惜歡眼疾手快地扶住她，淡淡地問：「狄王何意？」

呼延查烈鄙視道：「我們草原男兒要是成親這麼久，早有個孩兒在女人的肚子裡了，你們大興人要久一些嗎？」

「是啊。」步惜歡氣定神閒地噙起笑，意味深長地道：「大興男兒是要久一些。」

「喂！」暮青瞪了步惜歡一眼，這人教壞小孩子！

而且，剛剛不是在說南圖嗎？怎麼扯上了這些亂七八糟的？

暮青問道：「為何問及此事？」

小傢伙眼神飄忽。「妳肚子裡若是有個孩兒，就去不了南圖了。」

暮青怔住，心裡頓時湧出些酸的甜的滋味，說不出的難受。「我答應你，一定會照顧好自己的，好嗎？」

「本王不信！妳那麼蠢！」呼延查烈癟著嘴，像被拋棄的孩子，喊：「妳能不能不去送死？」

暮青默然良久，伸手將呼延查烈擁進了懷裡。起初，她護著這孩子是為了兩國的未來，如今打從心底裡喜歡他。

呼延查烈沒有推開暮青，阿媽死後就沒人抱過他了，他記得阿媽身上總有股子濃郁的香氣，那是狄部最尊貴的女子才配得上的桑蘭香。而她身上聞不見脂粉香，只有淡淡的藥香，似風拂過草尖時留下的清香，讓他想起最思念的草原。

哭很丟臉，呼延查烈卻還是哭了出來。暮青沒有安慰，只是撫著他的背，耐心地等待。

等了許久，小傢伙的情緒漸漸平復了下來，悶悶地問道：「妳何時回來？」

「事情辦好了就回來。」

「回來了就會生孩兒嗎？」

怎麼又是生孩兒！

暮青懵了懵，發現自己斷案無數，竟跟不上這孩子的思維。

步惜歡垂眸低笑，一身斑駁樹影，滿目柔情無涯。她這性子，竟拿孩子沒辦法，倒叫他越發憧憬三年兩載之後的光景了。

「朕的皇后何時生孩兒與狄王何干？」步惜歡問道。

呼延查烈道：「你們生個女兒，本王娶她做大遼閼氏！」

步惜歡愣了愣，見呼延查烈的臉上淚痕未乾，鼻子下還掛著兩行大鼻涕，不由皺了皺眉，一口回絕：「朕不准。」

「為何？」小傢伙擦了把大鼻涕，急急地表態：「本王一定會殺了呼延昊，即大遼汗位！若娶公主，必能助陛下踏平北燕，收復河山！」

暮青聞言皺了眉頭。「你若有此打算，本宮也不答應。」

呼延查烈愣了愣，暮青在他面前從不自稱本宮。

「當初在麥山上，我說的話，你可還記得？」暮青放開呼延查烈，目光寒得讓人想起那夜山上凜冽的風。「王道務德，不來不強臣；霸道尚功，不伏不偃甲，你說過不學呼延昊。」

「誰想學他？」呼延查烈惱得跺腳，委屈地道：「本王想幫妳！」

阿媽死了，但依舊是他的阿媽，他不能認別的女人為母親，但若他娶了她的女兒，她就是他阿媽，他就能理所應當地幫她了。

暮青並不知一個孩子的心裡能有這麼多彎彎繞繞，滿目寒霜漸被柔情所化，說道：「我誤會了，抱歉……謝謝。」

呼延查烈把臉撇去一旁，一副不希罕的樣子。

暮青道：「你的心意我領了，北燕也好，南興也罷，若百姓安居樂業，又何必興兵？收復河山乃帝王之業，澤被子民亦是帝王之責，為圖大業妄動干戈，收復一片焦土，又意義何在呢？」

呼延查烈眉頭深鎖，這話對他而言顯然還有些深奧。

「狄王。」步惜歡倚樹而立，晚風殘霞挽照著衣袂，人在樹下，卻似立在霞端。「那半壁江山是朕棄的，收或不收乃朕之意願，能否收回看朕的本事，無需外邦襄助。即便朕與人結盟，也絕不會將妻女當作政治籌碼，更不會為公主擇一個將妻女當作政治籌碼的男子為婿，你懂嗎？」

呼延查烈仰著頭，兩人對視，有一瞬間，他竟真的生出仰視之感。許久後，他以拳心抵住心口，鄭重地道：「待本王殺了呼延昊，一定會當個好皇帝，到時再向公主求親！」

步惜歡沒答應，也沒說不準，只是笑而不語。

暮青看著兩人，既感動又覺得古怪，瞧這兩人說得煞有其事的，公主在哪兒呢？

這時，步惜歡笑吟吟地道：「今夜就在王府用膳可好？今兒是初一，街上有廟會，咱們去逛逛。」

暮青好些年沒逛廟會了，而呼延查烈從未見過中原廟會的盛況，她當下便決定帶他一起去。

晚膳後，暮青與呼延查烈上了馬車，步惜歡卻遲遲未來。

天色已黑，書房裡卻未掌燈，步惜歡撫著窗臺上的一片蘭葉，似撫著一柄青劍，音調淡而涼：「可有思過？」

月殺回道：「主子既然留屬下一命，屬下願將此命交給皇后殿下。」

「哦？」步惜歡低頭賞蘭，不置可否。「朕還能信你嗎？」

「能。」

書房裡靜了下來，窗前似有暗流湧動，讓人不敢驚破。

半晌，步惜歡問：「你跟隨朕多久了？」

「回主子，八年。」

「從今往後，你不再是刺月門的人，朕也不再是你的主子。」步惜歡將一片蘭葉棄之一旁，負手望向窗外。
月殺一聲不吭，不見喜悲。
步惜歡道：「從此以後，你便是神甲軍大將軍，朕賜神甲軍為鳳衛，她便是你的主子。」
「屬下遵命！」月殺叩首，久久未起。他跟了主子八年，太清楚主子的脾性，主子若不信他，南下途中就不會用他看守人質，渡江後也不會把狄王府的安全交給他。
他辦差不力，本該依門規論處，主子卻明貶實保。他剛說自裁，主子便將他逐出刺月門，不是組織中人，便不必再受門規處置。主子以皇后的名義安置他，不過是為了尋個藉口服眾罷了。
這是他最後一次自稱屬下，從今往後，天下間沒有月殺，只有越慈了。
「明天起，血影會接替你在狄王府的差事。」
「是。」
書房的門吱呀一響，步惜歡在門口停住。「此去南圖，朕把她的安危交給神甲軍，交給你了。記住，如遇大險，不惜一切代價，帶她回來。」
步惜歡出府時，暮青和呼延查烈正在馬車裡說話，女子與稚子相伴而坐，叫人有些失神。

暮青與呼延查烈讓了讓，叫步惜歡上了馬車。

畫舫靠在江邊，江上燈影隨波，街上火樹燭龍，人間熱鬧迷人眼。

孩子們圍著糖人嬉鬧，暮青買了只糖人塞給呼延查烈，牽著他的手鑽到面具攤前，在琳琅滿目的面具裡挑了挑，說道：「勞煩老伯取這三只。」

「姑娘稍候。」老漢笑咪咪地取了面具。

暮青蹲下來，見呼延查烈滿嘴糖色，便拿帕子擦了擦，為他戴上了一只大花老虎的面具。面具圓胖可愛，他一戴上，頓時便如街市上追鬧的孩童一般，添了幾分稚氣。

暮青給自己挑了個判官面具，牽著呼延查烈的手走入了人群裡。

步惜歡端量著剩下的那只兔子面具，神色古怪。一抬眼，暮青已在燈火斑爛處，手中牽著個幼童，幼童拿著個糖人，小步子邁得有些彆扭。

他忽然便不想放她走了，想把她留在身邊，月月年年，與她看這人間熱鬧繁華，而不是把她送入險境裡，一旦離去，禍福難料。

但他們身為帝后，可在家事上任性，卻不可不理國事，更何況止戰不僅是為了百姓，也是為了他們自己。

分離的那一日，步惜歡希望來得慢一些，再慢一些，但終究還是來了。

十一月初十，巫瑾趕回都城，與南圖使臣相見。

十一月十一早朝，巫瑾稟奏賑災之情，步惜歡宣布由神甲軍護送巫瑾回國，視察災情及吏治之事交由皇后，鳳駕將擇日啟程南下。

百官譁然，皇后干政之議復來，卻因刑曹和兵曹支持，殿閣大學士秋儒茂、工曹尚書黃淵、督察院左都御史王瑞的幫腔，以及襄國侯何善其的沉默，而沒能掀起多大浪花。

南圖皇病重，巫瑾定於次日一早啟程，而鳳駕南下則倉促不得，儀衛的準備尚需時日。

然而，只有少數帝后的親信知道，鳳駕南巡只是個幌子，皇后將祕密前往南圖。

是夜。

承乾殿內，宮帳千重，雲雨正濃，龍床上斷斷續續地傳出低啞的話音。

「青青。」

「嗯？」

「不走了，可好？」

帳中無答音，長夜漫漫，風馳雨驟總有歇時，心緒多愁，臨別難捨卻在濃處。

紅燭過半，夫妻相擁，誰也不說話。

許久後，暮青先開了口：「阿歡。」

「嗯？」

「等我回來，我們生個孩兒吧。」

「好。」

第十三章

何氏自薦

嘉康初年，十一月十二日，晨。

神甲軍護送巫瑾和使臣回國，百姓夾道相送，皆想一睹神甲軍的風采。

親衛隊裡有個貌不驚人的少年，一身黑袍，粗眉細眼，曾經名動盛京的江北水師都督周二蛋走在汴都城的街頭竟無人識。

神甲軍出城不久，何少楷匆匆地進了書房。「祖父，南圖使臣出城了。」

何善其看著書道：「那又如何？」

「聽說鳳駕不日要南巡，您不覺得蹊蹺？」

「與你何干？還沒長記性？」

何少楷聽著膩煩，卻隱忍不發。「朝中出了大事，孫兒只想與祖父討教討教罷了。」

何善其臉色稍霽，擱下書道：「那你說說看。」

何少楷道：「災情已緩，何必南巡？此舉徒惹皇后干政之議，又可能置皇后於險境，聖上怎會有此決策？」

「以聖上的城府，的確不該有此決策，其中定有深意。」

「祖父之意是，鳳駕南巡只是個幌子，皇后南下另有圖謀？而那件事縱觀朝野，非皇后不能為？」

何善其點了點頭。

何少楷問：「能是何事？」

何善其搖了搖頭，猜不透。

何少楷道：「孫兒聽說陳有良和韓其初政見不和，是否可從他們身上探聽一二？」

何善其斥道：「老老實實地待著，今日有官媒來府裡，多幫你妹妹掌掌眼，去吧！」

說話時，何善其有意無意地瞥了眼房門。

門外，何初心沿著遊廊跑開了。

她往後院奔去，剛過垂花門，一個丫鬟從假山後的小徑奔來，兩人迎頭撞上，何初心驚得直撫心口。

丫鬟慌忙跪倒，呈上一封信箋，上頭蓋著老蘭齋的章。

信是從後門遞進來的，沒蓋私印，看不出是誰送的，信上字跡娟秀，只有一句話——

欲問姻緣，十五戌時，江月樓，秋風居。

江月樓是間茶點鋪子，因掌櫃是個風韻勾人的女子而頗受達官顯貴的青睞。何初心從前是不屑踏足江月樓的，但到了約定之日，她還是來了。

秋風居在二樓，門口擺著盆景，十分隱蔽。

何初心一進屋，門就忽然關上，門後有個黑袍人抬指一點，她便啞了喉嚨，而門口的家丁也沒了聲息。

一道話音從屏風後傳出：「何小姐很守時。」

聲音文弱，卻令何初心面露驚色——屏風後的人是個女子！

女子道：「不可對貴客無禮。」

黑袍人聞令解穴，帶著何初心轉進屏風內，只見一個女子通身罩在黑袍裡，風帽壓得低，難辨身分容貌。

何初心驚魂未定，問道：「妳是何人？約我來此有何居心？」

女子嘲弄地道：「一封來歷不明的信能讓何小姐赴約，妳不覺得，妳也是居心叵測之人？」

何初心道：「妳我素不相識，妳不敢以真面目示人，我怎敢信妳？」

「妳敢來，就敢信我。」女子斟著茶，慢條斯理地道：「何小姐已在山窮水盡的境地，我是何人有何要緊？能幫妳就行，不是嗎？」

「好！那我倒要聽聽，妳想怎麼幫我。」何初心坐下，見女子推過一盞茶來，沒動。

黑袍女子自品了口茶，徐徐說道：「何小姐痛失后位心有不甘，眼下正有個天賜良機，就看妳能否抓住了。」

「是何天賜良機？」

「鳳駕南巡的時機。」

何初心聞言起身，冷冷地道：「還以為妳有何良策，原來不過如此。今日就當我沒有來過，告辭！」

說罷，她轉身就走。

黑袍女子問道：「妳以為我是讓妳趁此時機接近聖上，蠱惑於他？」

「難道不是？」何初心住步冷笑。

「錯！」黑袍女子道：「皇后此時已不在宮中了。」

「什麼？」何初心猛地回身。

「她在神甲軍中，護送巫瑾往南圖去了。」黑袍女子擱下茶盞，淡淡地道。

何初心驚疑不定地道：「我聽不懂妳在說什麼。」

黑袍女子毫不掩飾嘲弄之意。「難道妳相信鳳駕南巡的說辭？災情已控，巡查吏治又非亟需之事，皇后何必冒著干政之議和嶺南之險親自南巡？妳不覺得此事蹊蹺？」

這話耳熟，正是祖父和兄長在書房裡議過的。

黑袍女子道：「南圖國書剛到，皇后便要南巡，難道是巧合？北燕虎視眈眈，嶺南蠢蠢欲動，南圖皇位行將更替，鳳駕南巡的用意很難猜嗎？南圖新皇若為盟友，則嶺南可平，反之，南興必有國難。皇后必是往南圖去了，意在助巫瑾奪位。」

何初心驚極不知言語，眼底似有風雲湧動，說道：「笑話！瑾王為質多年，其勢必微，皇后只率千餘神甲軍前去南圖，助人奪位豈非痴人說夢？妳當我是無知稚子？」

黑袍女子道：「妳並非稚子，但的確無知。妳以為皇后是何許人也？暹蘭大帝機關重重的陵寢她都能來去，南圖的宮城怎能擋得住她？妳眼中痴人說夢的事，對她而言未必是難事，即便是，她也有出其不意之智，險中成事之能。」

「妳似乎很欣賞她。」何初心冷冷地望著黑袍女子，目光含毒。「別忘了，滿朝皆知鳳駕即將南巡，來日啟程，儀仗浩蕩，所經之處，文武接駕，難道鑾駕裡敢是空的？」

黑袍女子道：「這就是我約妳來此的目的。鑾車裡不會是空的，但人一定是假的，關鍵在於，替身誰來做。」

「妳的意思是……讓我去做皇后的替身？」何初心的眸底湧起滔天驚瀾。

黑袍女子道：「這就要看妳的本事了，若妳能說服聖上，妳的機會就來了。鳳駕南巡，嶺南王必有所動。對嶺南王而言，皇后在手就意味著制住了聖上，對妳而言，妳的機會便是——被嶺南王擒住。」

「什麼？」

「別太驚訝，想想便知，妳一旦被擒，替身的事就瞞不住了，到時必將引起軒然大波，聖上為平非議，唯有將皇后前往南圖的目的昭告百官，如此一來，皇后的聲譽可保，可消息傳到南圖，皇后必然有險。而妳在嶺南王手中，何家掌著江南水師的兵權，妳又有替皇后涉險之功，聖上不能不救妳。只要妳表現得忠義痴情，妳的美名自會傳遍天下。到時，天下皆知妳心在聖上，誰還會聘妳？妳有功於社稷，有恩於帝后，聖上除了把妳接進宮，別無他法。若妳運氣好，皇后死在南圖，后位就非妳莫屬。若皇后能回來，妳娘家勢強，也無需懼她，慢慢爭鬥，如妳在後宮之術上還不及皇后，那大抵是真沒有鳳命了。」

何初心扶著桌子，著實沒料到會聽見這樣一番驚天之言。

「我該信妳嗎？」許久後，她問：「滿朝文武都看不破的事，唯有妳看得破？」

「這不奇怪，畢竟皇后的能耐，滿朝文武見識得還少，縱然對南巡心存疑慮，也不敢往太出格的事上猜。」

「如此說來，皇后的能耐，妳見識得多？」

「妳問得太多了。」黑袍女子不欲多言。「言盡於此，不送。」

話音落下，黑袍男子進了內室，何初心神色複雜地看了黑袍女子一眼，道聲告辭，轉身走了。

是夜，襄國侯府後宅。

何少楷聽著江月樓裡的事，神色變幻，許久後才道：「這幾日，朝中在準備鳳駕南巡之事，皇后免了刑曹班子去立政殿聽事。」

何初心目光一變。「如此說來，她真有可能不在宮裡了？」

「有可能，若說皇后南下是為巡查吏治，我是不信的，但若說她往南圖去了，我倒是信，這的確像是皇后敢為之事。」

何初心皺了皺眉頭。「那黑袍女子似對皇后頗為欣賞，卻與皇后是敵非友。

我們何家與她非親非故，她獻此計，有借刀殺人之心。」
何少楷一笑。「她的推測如若不虛，這把刀借給她又有何妨？」
何初心按捺住喜意，試探道：「兄長覺得此事可行？」
「此乃良機，只是有險……」
「小妹不懼！」何初心跪了下來，含淚說道：「祖父瞻前顧後，讓我錯失良緣，我意難平！還請兄長憐我，助我面聖！」
何少楷嘆道：「若祖父當年能這般無畏，今日豈容他人位居中宮？」
何初心神色哀婉。「只怪我命不好。」
「妳是何家之女，命豈會不好？」何少楷扶起妹妹，嘆道：「祖父老了，他從前瞻前顧後，如今連一爭之勇也沒了。」
「兄長肯幫我？」
「妳我一母同胞，理應相互扶持。妳放心，面聖之事，為兄來安排。」

江南冬日溼寒，臨江茶樓裡生了火盆，掛了蘆簾。學子們賦詩作畫、辯議朝政，這百年老字號的茶樓如今儼然成了書院。

聖上化名白卿與學子們辯政之事已成佳話，許多學子慕名而來，可惜聖上再沒駕臨過。但學子們依舊祈盼著聆聽聖訓，故而在茶樓裡鬥學激辯，不敢鬆懈。

只有掌櫃的知道，聖上偶爾會微服駕臨，只是在雅間裡聽議，不曾顯露身分。

比如今日。

一大清早，大堂裡剛生上火炭，蘆簾便被人挑開了。

掌櫃的一抬眼，見來者是襄國侯府的小侯爺何少楷，他忙要招呼，哪知何少楷帶著小廝逕自上了樓，往雅間而去。

到了門口，何少楷跟侍衛低語了幾句，侍衛進了雅間，少頃開門出來，放何少楷和小廝進了屋。

屋裡明窗半開，玉爐焚香，清風榻上鋪著貂氈，几上花開幾枝，茶香正濃。步惜歡倚榻臨窗，人在江霧煙絲裡，聲音卻涼而遠，似從江上來：「朕今兒駕臨茶樓，毯子還沒坐熱，你就來了，消息倒是靈通。」

何少楷跪下見駕，回道：「回陛下，微臣這些日子在府中面壁思過，清茶淡飯三省己身，本無顏陛見，聽聞鳳駕將要南巡，心中憂慮，深覺沐浴皇恩理應報效，故而斗膽陛見，還望陛下准臣奏事。」

「哦？你三省己身？」步惜歡的目光落在小廝身上，意味深長地道：「可朕怎麼覺得，朕的一番苦心白費了呢？」

「微臣不敢欺君，確有要事請奏！」何少楷伏低而拜，屏息靜候。

步惜歡不置可否，江風拂進窗來，涇寒刺骨。半晌，他端起茶來品了品，淡淡地道：「朕本是聽學子們議政的，既然事關皇后，姑且准你奏來。」

這話漫不經心的，小廝打扮的何初心卻僵了僵。

何少楷叩首謝恩，奏道：「啟奏陛下，嶺南王有不臣之心，恰逢關淮水澇，災事方解，流民未散，兩州治事堪憂，若皇后娘娘南巡，臣恐嶺南王會藉機生事，危及鳳駕。」

「此事朝中早已議過，朕自有主張。」步惜歡將茶盞放回几上，力道不輕不重，清音敲入人心，卻有錘落之威。

「陛下英明，微臣有一拙策，願為陛下分憂。」何少楷見皇帝誤解了他的意思，忙說道：「微臣聽聞高祖征戰天下時，為防刺客，曾豢養過替子。而今正值非常時期，微臣斗膽獻策，陛下何不效法高祖，擇一替子安置於儀仗之中？如此一來，倘若有險，可保娘娘周全。」

步惜歡揚了揚眉。「那依愛卿之見，朕該擇何人為替子？」

何少楷往後瞥了一眼。

「臣女願為替子，隨鳳駕南巡，護娘娘周全！」何初心見機行事，心跳如鼓，想要抬眼，卻又情怯。

屋裡靜了靜，不知過了多久，一道脆音傳來。

喀嚓。

聲音不大，卻叫人一驚，何初心耐不住心焦，偷偷望向上首。

明窗半啟，山遠水寒，那人倚榻臨窗，經年不見，風華更勝年少時。他低頭剝著花生，指尖明潤如玉，矜貴之氣逼得脈脈晨暉都退了些，閒話家常般地問：「你們兄妹來此之事，你們祖父尚被蒙在鼓裡吧？」

何少楷回道：「陛下聖明，但祖父近來亦為了鳳駕南巡的事憂思難眠，常問微臣可有良策，微臣不才，替子之策實乃臣妹之意。」

「胡鬧！」步惜歡剝完一顆花生，又從瓜果盤中拿了一顆繼續剝。「你們爹娘過世得早，你們兄妹倘若有個三長兩短，叫朕怎麼交代？」

這話聽著有斥責之意，但天子漫不經心之態卻叫人猜不準喜怒，何少楷小心翼翼地道：「食君之祿，理應為社稷分憂，何家的列祖列宗若泉下有知，定會欣慰之至。」

「一計良策足以功於社稷了，此計朕會思量，若真能護皇后周全，自當記何家一功。」步惜歡拂了拂落在身上的花生衣，一副倦了之態。

「陛下！」

「行了，朕今兒還想聽聽學子們議政，跪安吧。」

何少楷料到今日不會太順利，於是暗暗地給何初心使眼色。

這時，步惜歡笑了聲，看了眼杵在一旁的李朝榮，懶洋洋地道：「你今兒可是朕的人證，回頭皇后問起來，你做個證，他們兄妹可是憂心社稷才來獻策的，與朕無關。」

李朝榮回道：「您不跟皇后娘娘提此事不就是了？微臣在御前行走，微臣的證詞，娘娘未必信。」

「你以為朕不提，她就看不出來？」步惜歡往後一倚，霽月清風，笑意醉人。「她若問起來，你只管稟奏，實與不實，她自能斷出。你要真有本事叫她斷錯了，朕就調你去刑曹任個侍郎，以後接傅民生的班，朝廷正缺人才。」

李朝榮苦笑道：「微臣沒那本事，還是在御前行走吧。」

君臣二人敘著閒話，旁若無人。

何少楷心裡直打鼓，難不成他們都猜錯了？還是說，聖上有意詐他？

何初心面白如紙，如蔥玉指生生地掐出了血色。遙記得當年他來府中，她偷偷在簾後瞧著，那年他年少，一身月色龍袍，言談間驚才絕豔。聽說他是來提親的，有意立她為后，從那以後，她就以為自己會成為他的皇后，只是沒想到那日之後，他再沒來過何府。

奶娘說，元相有自立之心，江山恐會易主，祖父沒有答應親事。可她總忘不掉他與祖父談論天下時的風華，於是偷偷買通了採買小廝打聽他的消息，可打聽到的盡是他縱樂無道的消息。

她不信，可他一年一年地下江南，行事一年比一年荒唐，罵名也一年比一年不堪。她著急煎熬，終於在及笄那年忍不住喬裝出府，混進了西園。

西園是城南有名的戲園子，聽說班主從江北買了個俊秀小生，聖駕晚上到西園聽戲，伴駕的有汴州文武、名門公子。她混在人堆裡，見他像變了個人，一襲紅袍，縱情聲色。她羞於看那荒唐事，避出人群後慌不擇路，不知不覺迷了路，見近處有條小路，便沿路而上，沒想到又撞見了他。

他本在聽戲，不知如何撇開人來到這寂靜處的，她只記得那夜皓月高懸，他孤身立在路盡處，衣袂在夜風中沉浮，割碎了如水月光。他轉頭望來，容顏寂寞，彷彿只能於這僻靜無人處自處。

那夜，他的目光就這麼撞進了她心裡，她心頭亂撞，竟轉身逃了。

回到府裡，她魂不守舍，鬼使神差地進小廚房熬了碗解酒湯，想溜出府去把解酒湯送給他，但奶娘勸住了她。

奶娘說，男子為成大業可以不惜名聲，女子卻不能。她若名節有損，不僅會連累娘家，也會連累夫家。他曾背負昏君之名，定不希望皇后名節有汙，所以她只需等待。

她覺得有理，所以猶豫了，解酒湯漸漸冷了，那晚終究沒能送出去。

那年，她覺得自己做得對，可多年後，等來的卻是他軍前立后的消息。

他為了那個賤女子，不惜棄了半壁江山，因她纏綿病榻，他竟昭告天下，為她沖喜祈福，准她提點刑獄。南興的年號、皇后的徽號及居所，乃至選妃一事，皆能看出他對那女子的寵愛不是越制，而是根本不以世俗禮法拘束她。

這叫人豔羨的寵愛，本該是屬於她的，卻因那年那夜的猶豫而錯過了。

若世間有醫悔恨之方，她願傾盡所有去換，可她知道沒有，所以今時今日才會跪在他面前，用尊嚴去換一個成為替身的機會。

「陛下！」何初心不知不覺已淚流滿面。「臣女自知無福，不能服侍陛下，故而想求一次涉險的機會。臣女知道帝后情深，陛下定然擔憂鳳駕有險，真正叫臣女不忍心的人是陛下，難道陛下當真不知？祖父已在為臣女議親，臣女悔恨當初年少，不夠勇敢，所以想要勇敢一回，若能回來，再嫁他人也無憾了。您可以擇他人為替子，但臣女以為，鳳駕南巡，儀仗浩蕩，所經之處，文武接駕，容不得露怯。臣女自幼學習禮儀宮規，許能擔此重任，若您擔心祖父不答應，臣女自會稟過祖父，求祖父進宮面聖！」

雅間裡尚有外人，何初心卻已顧不得名節，一番陳詞真情流露，說罷連禮都未行，便起身跑了出去。

大堂裡發出一陣愕然之聲，眾學子紛紛抬頭看向雅間。

步惜歡涼涼地道：「還不去瞧瞧你妹子？朕今日來此之事，若走漏半點兒風聲，唯你是問。」

何少楷應是，恭恭敬敬地行了個禮，匆忙卻退而去。

人走後，雅間裡靜了下來，步惜歡一鬆手，一把花生仁兒落進盤中，劈里啪啦，似玉珠砸落。

李朝榮道：「何氏之言聽著倒是可信。」

步惜歡冷笑一聲：「可信什麼？朕方才拿話試了她一試，她心思可深著。」

李朝榮愕然，心道莫非聖上跟皇后在一起久了，學了察色於微的本事？他莫名想笑，斗膽問道：「那……陛下還需微臣這個人證不？」

步惜歡睨來一眼，沒好氣地道：「朕看你是真想調去刑曹。」

「微臣知罪，陛下息怒。」李朝榮趕忙服軟，言歸正傳：「何氏欲行險事，何少楷極力促成，用心不可不查。」

「何需查？他妹子若在南巡時遇險，朕救是不救？人若落在嶺南王手裡，嶺南王與何家以此逼朕，朕豈不腹背受敵？」步惜歡望向江面，聲比風涼：「盯緊何家，朕倒要看看，何善其是不是真的老了。」

這天，何家上演了一齣鬧劇。

何初心回到府裡，一身小廝打扮闖進了書房。

何少楷回來，硬著頭皮把事情回稟了一遍，他未提黑袍女子和其所獻之策，只道是妹妹痴心一片。

何善其震怒，斥道：「孽障，你們想氣死祖父不成！」

何初心道：「分明是祖父想逼死我！我剛出世，祖父便害我沒了爹娘，今又毀了我的姻緣。兄長尚知疼我，祖父呢？當年祖父回絕親事倒罷了，可您模稜兩可，瞻前顧後。我及笄後有人上門提親，您說想多留我幾年，打什麼主意，您自己清楚。這一留就把我留到聖駕渡江，聖上親了政，您的盤算卻落了空。您博弈輸了，就想將我嫁了，好跟聖上示好，合著我就是件衣裳，想送誰就送誰？既如此，何不讓我隨鳳駕南巡？我若死了，好歹能替何家掙個功勳，豈不如您的意？」

何善其晃了晃，他從不知孫女如此怨他。當年海寇猖獗，海防連連告急，當時他的胞妹遭元貴妃構陷死於宮中，他急於建功報仇，便舉薦獨子領兵剿寇。不料在一次海戰中，大軍遭遇風浪，戰船觸礁，不慎傾覆，他的獨子葬身海底，連屍首都沒能尋到。噩耗傳來，妻子、兒媳一病不起，相繼離世。他深受打擊，覺得對不住孫兒、孫女，便將心思都花在了他們身上，從此凡事都謹慎而行，生怕再因一己之私而危及至親，卻沒想到孫女如此怨他。

「我只求南巡一趟，生死由命，全當為聖上盡一回心。若能回來，婚事任憑祖父做主，若祖父不答應，就全當那年我也隨祖母和爹娘去了吧。」何初心把話撂下便走出書房進了祠堂，在祖母和爹娘的牌位前長跪不起。

這一跪就是三天，第四日清早，何初心暈倒在祠堂裡，驚了侯府上下。

何家遞了牌子到御醫院，何初心醒後卻不肯用湯藥，御醫把何善其請到一旁，說道：「孫小姐此病乃心火所致，湯藥難治其本。小姐折騰了些日子，已虛弱至極，再折騰下去，只怕禁不住幾日。」

御醫說罷，嘆著氣走了。

何善其抬頭望著西去的雲霞，恍惚間看見那年喪報進門時的光景，剎那間心生悲意。許久後，他嘆道：「備轎吧。」

這日黃昏時分，何善其進了宮，沒人知道君臣兩人談了些什麼，只知何善其出宮時，長街上已響起了報更聲。

太極殿內，步惜歡笑了聲：「何善其老了，倒還沒老糊塗。」

李朝榮沒吭聲，何善其求了兩件事，一是求陛下擇何氏為皇后的替子，二是求鳳駕南巡歸來後，為何氏賜門婚事，而後便歸還兵符，辭官告老。

江南水師是陛下的心頭大患，若能兵不血刃自然是好，可何善其卻只有空話，不見兵符。他請陛下為何氏賜婚，言外之意是希望何氏能平安歸來。何氏絕食明志，何善其縱容孫女，還想保她周全，進宮面聖，不帶兵符，只拿一句空話來談條件。這老狐狸當年就想空手套白狼，如今毛病還沒改。

「您打算答應何家？」李朝榮問。

「不然呢？人都以死明志了，朕倒有興趣瞧瞧她志在何處。不然這回不允，定有下回，朕倒想看看，他們兄妹的心有多大。」

「可若有變故，微臣擔心朝局會對您不利。」

「不利在朕這兒，好過在她那兒。」步惜歡起身來到窗邊，舉目南望，思念之情鎖在眉宇裡，濃得揉不開。「七日了，她該入淮州地界了。」

一品仵作 捌
MY FIRST CLASS CORONER

作　　者／鳳今
榮譽發行人／黃鎮隆
總　經　理／陳君平
經　　　理／洪琇菁
總　編　輯／呂尚燁
執 行 編 輯／陳昭燕
美 術 監 製／沙雲佩
美 術 編 輯／方品舒
國 際 版 權／黃令歡、梁名儀
企 劃 宣 傳／楊玉如、洪國瑋
文 字 校 對／施亞蒨
內 文 排 版／謝青秀

國家圖書館出版品預行編目資料

一品仵作（捌）/ 鳳今作 . -- 初版 . -- 臺北市：
尖端 , 2021. 08-
冊；　公分
ISBN 978-626-308-872-6（第 8 冊：平裝）

857.7　　110004650

出版／城邦文化事業股份有限公司　尖端出版
台北市 104 中山區民生東路二段 141 號 10 樓
電話：（02）2500-7600　傳真：（02）2500-2683
讀者服務信箱：7novels@mail2.spp.com.tw
發行／英屬蓋曼群島商家庭傳媒股份有限公司城邦分公司　尖端出版
台北市 104 中山區民生東路二段 141 號 10 樓
電話：（02）2500-7600　傳真：（02）2500-1979
劃撥專線：（03）312-4212
戶名：英屬蓋曼群島商家庭傳媒（股）公司城邦分公司
劃撥帳號：50003021
※ 劃撥金額未滿 500 元，請加付掛號郵資 50 元
法律顧問／王子文律師　元禾法律事務所　台北市羅斯福路三段三十七號十五樓

台灣地區總經銷／中彰投以北（含宜花東）　楨彥有限公司
電話：（02）8919-3369　　傳真：（02）8914-5524
雲嘉以南　威信圖書有限公司
（嘉義公司）電話：0800-028-028　　傳真：（05）233-3863
（高雄公司）電話：0800-028-028　　傳真：（07）373-0087
馬新地區總經銷／城邦（馬新）出版集團 Cite（M）Sdn Bhd
電話：603-9057-8822　　傳真：603-9057-6622
E-mail：cite@cite.com.my
香港地區總經銷／城邦（香港）出版集團 Cite（H.K.）Publishing Group Limited
電話：852-2508-6231　　傳真：852-2578-9337
E-mail：hkcite@biznetvigator.com

版　次／ 2021 年 8 月 1 版 1 刷　Printed in Taiwan